一生只做一件事
——从教五十年间的师生情缘

马昌法　等◎著

吉林出版集团股份有限公司
全国百佳图书出版单位

图书在版编目（CIP）数据

一生只做一件事：从教五十年间的师生情缘 / 马昌法等著. -- 长春：吉林出版集团股份有限公司，2022.10

ISBN 978-7-5731-2586-6

Ⅰ.①一… Ⅱ.①马… Ⅲ.①散文集 – 中国 – 当代 Ⅳ.①I267

中国版本图书馆 CIP 数据核字 (2022) 第 189162 号

一生只做一件事——从教五十年间的师生情缘
YISHENG ZHIZUO YI JIAN SHI——CONGJIAO WUSHI NIAN JIAN DE SHISHENG QINGYUAN

著　　者	马昌法　等
责任编辑	王　宇
封面设计	李　伟
开　　本	710mm×1000mm　　1/16
字　　数	280 千
印　　张	17
版　　次	2023 年 3 月第 1 版
印　　次	2023 年 3 月第 1 次印刷
印　　刷	天津和萱印刷有限公司

出　　版	吉林出版集团股份有限公司
发　　行	吉林出版集团股份有限公司
地　　址	吉林省长春市福祉大路 5788 号
邮　　编	130000
电　　话	0431-81629968
邮　　箱	11915286@qq.com
书　　号	ISBN 978-7-5731-2586-6
定　　价	98.00 元

版权所有　翻印必究

作者简介

马昌法 男，浙江师范大学副教授。毕业于浙江师范学院物理教育专业，本科生。研究方向：中学物理教学、物理教育课程与教学。主编或参编《新编物理教学论》《世间冷暖知多少——热学趣谈》《从银盐到数码——照相机写真》《物理教学技能训练》《物理实验教学研究》《热》等多部著作，在《全球教育展望》《物理教师》《中学物理》《物理教学》《大学物理》《浙江教学研究》等期刊上发表多篇论文。在金华一中培养出浙江省高考状元（1990），自制的实验教具获浙江省特等奖（1992），全国中学生物理竞赛指导获全国一等奖、二等奖、三等奖5人，在浙江师范大学获得优秀共产党员、优秀实习指导教师等称号。

序

2022年是马昌法老师从教五十周年。

消息一传开，马老师的学生们就自发组成了马老师从教五十周年纪念活动筹备小组，发出了纪念文集征稿的倡议。一呼而起，八方响应。从2022年3月26日到6月20日，短短不到三个月的时间里，七十多篇真挚感人的纪念文章满载着学生们的祝福，从世界各地发送过来。筹备组将这些文章汇集成书，经过师生的多方讨论，取书名为《一生只做一件事》。

翻开这本文集，看到的是马老师的拳拳教育之心。马老师在数篇文章中回顾了自己的教育生涯：1972年高中毕业即投身民办教师的工作，1977年考入浙江师范大学物理专业，1982年大学毕业分配至金华一中任物理教师、高级教师，至教导主任，2000年到浙江师范大学数理学院任副教授从教直至退休，退休后至今在教育战线发挥余热。一路走来，他历经了职业、专业、事业"三重"境界而不懈攀登；一路走来，他展现了一名传道、授业、解惑的师者对教育真谛的上下求索。这正是马老师"一生只做一件事"的执着。

翻开这本文集，看到的是马门学子的点点感恩之情。他们当中，无论是生活在全国各地，还是旅居于遥远海外；无论是年近花甲的师兄师姐，还是正值青春的学弟学妹，都在文章中表达出对马老师培养和教诲之恩的深切感激之情。"马昌法老师是一位真正改变我人生命运的老师""马老师日思夜想的，当是如何将貌似羸弱的驽马训练成肌肉丰盈的名骥""马昌法老师在做人做事及'如何做好一名教师'等方面，都是我们学生辈的楷模"……这些质朴而滚烫的肺腑之言，是学生们对他一辈子教书育人的认可。这正是马老师"一生只做一件事"的回馈。

翻开这本文集，看到的是"马家军"的殷殷报国情怀。马老师从教的这半个世纪，正是中国从封闭走向开放、从保守走向革新、从温饱走向富强、从世界边缘走向舞台中央的五十年，我们的国家取得了翻天覆地的变化和举世瞩目的成就。在汹涌澎湃的社会建设浪潮中，马老师倾心培养出来的学生们工作在不同的岗位。我们都在各自岗位上践行了马老师的教导："该干什么的时候就干什么，该干什么的时候就干好什么。"我们有幸遇到了这样的时代，时代也有幸遇见了这样的我们，而这样的我们正是得益于像马老师这样的师者以培养人才为己任。这正是马老师"一生只做一件事"的功绩。

一生无悔，两袖清风，三尺讲台，四季耕耘，五秩风华。马老师用其半世的经历诠释了师者之道：立德树人。在这个值得纪念的时刻，让我们一起再向马昌法老师道一句：马老师，您辛苦了，从教五十周年快乐！

马昌法老师从教五十周年纪念活动筹备组
2022 年 6 月 25 日

目　录

一、一生只做一件事 ……………………………………… 1

二、岁月悠悠，情思绵绵 ………………………………… 18

三、四十六年绵延不断的师生情谊 ……………………… 23

四、随想：忆我与马老师二三事 ………………………… 28

五、如昨往事，助力远行 ………………………………… 31

六、外表冷峻，古道热肠 ………………………………… 34

七、教育的最终目的是什么？ …………………………… 37

八、我敬佩的班主任和难忘的高中时期 ………………… 42

九、四十年前的相遇，改变了我的人生 ………………… 45

十、师恩如山，感谢有你 ………………………………… 49

十一、天涯有尽处，师恩无穷期 ………………………… 53

十二、回忆马老师 ………………………………………… 57

十三、遇见 ………………………………………………… 60

十四、回忆马老师的随想 ………………………………… 63

十五、寻梦金华一中的点滴岁月……………………………… 67

十六、回眸高中的青葱岁月片段……………………………… 69

十七、心中永远的故乡………………………………………… 72

十八、回忆金华一中…………………………………………… 75

十九、忆马昌法老师随记……………………………………… 77

二十、莘莘学子情，悠悠芳草心……………………………… 80

二十一、三十六年的相遇、相识到相知……………………… 84

二十二、和马昌法老师的一次偶遇…………………………… 90

二十三、永远的一中情………………………………………… 94

二十四、种桃种李种春风，开尽梨花春又来………………… 97

二十五、无处不在的物理老师………………………………… 101

二十六、纪念马昌法老师从教五十周年的随笔感想………… 103

二十七、金华一中往事………………………………………… 107

二十八、龙睛巧点作扶梯，幽谷飞香不一般………………… 109

二十九、桃李芬芳满天下，教泽绵长遍九州………………… 115

三十、师说：一生只做一件事………………………………… 118

三十一、十年树木，百年育人………………………………… 122

三十二、马老师和我的物理情缘……………………………… 125

三十三、黑发积霜织日月，粉笔无言写春秋………………… 129

三十四、点滴回忆话师恩……………………………………… 131

三十五、我的优秀班主任——马老师 ················· 133

三十六、记金华一中马老师二三事 ··················· 137

三十七、忆那段激情燃烧的蒋堂金中日子 ············· 141

三十八、我心中的马老师 ··························· 148

三十九、岁月的小溪,从一中门前淌过 ··············· 151

四十、半世桃李满天下,三秋师恩如海深 ············· 154

四十一、诗一首:贺马昌法老师从教五十周年 ········· 157

四十二、忆高中时马老师给我的教导 ················· 158

四十三、老马的三次"请喝茶" ····················· 161

四十四、献给马昌法老师从教五十周年 ··············· 165

四十五、两年一中生活,一生金华情 ················· 168

四十六、献给马老师从教五十周年 ··················· 172

四十七、献给马昌法老师从教五十周年 ··············· 175

四十八、照亮前行的路 ····························· 178

四十九、致师恩与青春 ····························· 181

五十、满园桃李知恩义,良师益友忆当年 ············· 184

五十一、我的老师——马昌法 ······················· 189

五十二、回忆与感恩 ······························· 191

五十三、我师之飘逸,再授生活真谛 ················· 194

五十四、经师易遇,人师难期 ······················· 197

五十五、我的物理老师马昌法……200

五十六、时有春风化雨者……203

五十七、良师益友马老师，终身学习好榜样……206

五十八、与马老师相遇、相识、相知的点点滴滴……210

五十九、教诲如春风……214

六十、我的实习指导老师——马昌法老师……217

六十一、与马昌法老师的师生缘……220

六十二、长者，师者……222

六十三、我的良师益友——马老师……224

六十四、我的导师马昌法……227

六十五、贺马老师从教五十周年……229

六十六、感念马昌法老师……231

六十七、我与导师的相识相知与相任……234

六十八、缘分妙不可言……239

六十九、桃李不言，下自成蹊……242

七十、骥老犹存万里心，初心未改步难止……246

七十一、与马老师相遇的两个月……251

七十二、忆随笔：与马老师……255

后　记……259

附录：马昌法老师从教五十周年年表……260

一、一生只做一件事

2021年6月5日晚上，为迎接党的一百周年诞辰，浙江师范大学教育学院召开《"百年初心·矢志奋斗"2021届毕业生党员集体组织生活会》。受学院党委邀请，我作为有三十六年党龄的退休党员教师参加《浙师初心故事汇》，在接受主持人访谈、为毕业生党员们讲述浙师故事、阐释浙师初心的时候，谈到初心，想起人民教育家陶行知的教育名言"捧着一颗心来，不带半根草去"，感悟自己近五十年的从教生涯，我总结成了一句话"位卑未敢忘教育，一生只做一件事"。如今已是信息化非常发达的时代，此事的报道很快就被一位三十五年前的金华一中学生关注到，她在文稿中以"一生只做一件事"为题来向我从教五十周年致意，感慨之余不忘总结，下面就让我简单回顾五十年来我是如何专注"做个好教师"这件事吧！

1972年9月10日，我是刚从高中毕业才两月多的青年，在生产队辛勤劳作一天回家的路上，被生产队党员队长叫到大队部接电话。义浦公社中柔五七学校的初中语文金老师生病，没有老师上课，公社的教育干事俞老师让我救急去代初中一年级的语文老师兼班主任。初生牛犊不怕虎，没有过多的推辞，也没有豪言壮语，我背起铺盖，挑起行李，步行十里多路，坐船穿过月潭村的义乌江，稀里糊涂地走上讲台。直到金老师病愈后，我才回归生产队劳动。1973年9月，时逢让河五七学校的胡老师经生产队、大队、公社的推荐上了大学，他所任教的初中二年级的物理、化学课没老师能教。大概我在前面的代课给大家留有好印象，公社领导让我顶替他当上了民办教师，而且除了初二的物理和化学，还要兼任小学过渡班的数学老师和班主任，另外还上小学五年级三个班的体育课。这样从上午

1

第一节到下午第四节，整天的课排得满满的，好在我年轻力壮，也不知道辛苦，反而觉得比在生产队的体力劳动省力，只是觉得学生不太听话、不喜欢上课。在让河五七学校教了一年，又因为离公社最远，需爬山越岭走二十多里山路的龙潭下村、里旺村这两所村校需要教师，领导动员我到祖国最需要的地方去。我责无旁贷，于是就在这两所村校教了两年小学。龙潭下村比较大，两个老师教五个年级，陈老师教一年级、二年级、三年级复式，我教四年级、五年级复式；而里旺村比较小，就我一个老师，我既是校长，又是主任和教师，负责管理全校一年级、二年级、三年级的教学工作，而四年级、五年级的学生就让他们家长送到外面让河或中柔去读。没想到的是，1976年9月因各地教育发展的需要，义浦公社竟然也办起了高中。当时缺少高中老师，领导又让我从山里出来到义浦中学任教。义浦中学办在中柔村的芦荡水库大坝下面，没有校舍，借用水库的库房，没有宿舍，男生借用水库工作人员的办公楼打地铺，女生借住在中柔村农民的家里。六十个学生，三个老师，每人教二三门课。到第二年也就是1977年9月，学校新建了校舍，新招了高一年级三个班。开学不久，传来了国家正在抓教育和科技的消息，我就白天上课，晚上批改作业后躲进水库大坝上面的小屋看书复习。1977年10

一、一生只做一件事

月21日清晨，广播里传来恢复高考的声音，我就马上和学校的俞老师一起去报名。后来，虽然在县里初考时闹了乌龙，我却也在以前同事"老马老师"的帮助下得以顺利纠正，到母校孝顺中学参加省里的统考，并且成为母校当年考入大学本科的唯一幸运者。1978年3月8日报到，我到浙江师范学院物理系开始了四年的全日制教育，期待着成为正式的人民教师。

回顾五年半民办教师的艰苦经历，作为涉世未深的青年，我最直接、最粗浅的感受是：教师是一份职业，要随时根据领导的安排和社会的需要，哪里艰苦到哪里去，哪里需要到哪里去，没有选择的余地和条件。

1978年3月到1982年1月，读大学的四年，如同人们对恢复高考后第一批考上大学的1977级大学生的首肯，我们书写了"曾经沧海难为水"的人生传奇和"青春无悔"的当代神话，铸就了一如夸父追日，再造长城般的伟业和历史。当年我们勇于站出来参与竞争，检验的不仅是个人的学业基础，而且是个人的意志品质和拼搏精神，是勇于挑战自我，实现人生理想的生活态度和进取精神。从某种意义上说，大学时代形成了我的精神人格。四年大学求学，就是我的精神摇篮，也为以后的教师生涯打下了坚实的基础。

1982年1月，我离开大学到金华地区教育局报到，年前告知我落实在经委，转眼过了春节，我去取介绍信时，拿到的却是金华一中的通知单。因为觉得自己就是"一块当教师的料"，我当时竟然没有问工作人员一句"为什么"，转身就去了蒋堂这片"远离市区的农村学校"。三年后在党支部民主生活会上，我才了解到，原来当时是大学任老师春节期间给一中卢校长推荐的，校长急忙跑到教育局，在已得到两名师大毕业又是1977级同学的同时把我也从经委名学上"挖"了过去。从此，先是蒋堂的"黄土地"，再是八一南路301号的"封闭式"，我把我十八年半最靓丽的青春年华奉献给了金华一中。开始是高一年级第二学期的初步适应，很快到1982年9月我就接受了高一年级三个班物理教学的重任，一年后接任5班的班主任，同时参与全国中学生物理竞赛的指导，且第一届竞赛就由许勇同学获得理论考试的全省第二名——这届金华一中的开门弟子。三年物理老师，两年班主任，我努力去关爱、关注每位学生，与他们结下深厚的友谊。"一位真正改变我人生命运的老师。"（蒋文华语）"在学习兴趣和自信心不稳定的时候，都单独找我谈话、因势利导、积极鼓励，使我重燃学习热情。"（马晓雯语）"感谢马老师抬爱，让我增强了自信心；感谢马老师关爱，让自己感受到无比温暖，一种家的温暖。"（藤顺寅语）"对马老师感觉就特别亲近，可能这种师生的交流和相处方式特别适合我这样的人。"（顾劲松语）"同学们都把马老师当成兄长和朋友，心里话都愿意和马老师讲。"（王会存语）"我打心眼里感谢马老师和他的学生们，锦上添花不为奇，雪中送炭尤为真。"（王胜珍语）

我与同学们共同成长，在1985年9月，把他们送到各大学深造的同时，自己也来到浙江省委党校参加培训学习。特别有意义的是，1985年9月10日，第一个教师节，我是以学生的身份在浙江省委党校度过节日的。因为自己的教师情结，在党校培训学习结束后，我没有到组织部门曾经考虑的某个新单位，而是欣然接受一中校长的应急安排，担任1986届高三毕业班两个班的物理教学及全国中学生物理竞赛的辅导，这届学生只教了半年多。送走这批学生后，我又在1986年9月接下新一届（1984级）高三毕业班两个班的物理教学和班主任以及全国中学生物理竞赛的辅导工作。这届学生学习1年，于1987年7月毕业。在前三届全国中学生物理竞赛的指导中有五个学生获奖，同年9月，学校领导把我提为政教处副主任，要求我向新的高峰攀登。当然，经过从教十五年的摸爬滚打，我相对也有了些经验和教训，我的眼光当然要放到全校学生思想道德的培养上。在物理教学上，与1990届7班和8班的学生同呼吸、共进退，齐心协力。"该干什么的时候就干什么，该干什么的时候就干好什么"——我的语录成为班级的座右铭。功夫不负有心人，在大家的共同努力下，1990年的浙江省高考理科状元也落在我当班主任的8班。"半世师三地，一冠压浙江。悠悠多少事，最忆在蒋堂。"（金国锋语）同学们"老马"的称呼、"约出教室谈心"的记忆、"请喝茶"的调侃都让我对这届学生情有独钟。后来因为我当了中层干部，又兼年级组长，送走他们就没再当班主任了。1993届的4班和5班，我虽然没当班主任，却也和他们相处得相当融洽。"虽然我一直无缘成为物理学课堂中少数的骄傲之一，但这丝毫不影响我对于马老师的死迷和崇拜。"（王磊语）"满园桃李知恩义，良师益友忆当年。"（曹寅语）"在我脑海里，永远是那位站在一中讲坛上英俊、年轻的小伙子。"（戴惠芳语）"马老师先后教过小学、初中、高中、大学，这样丰富的执教经历，大概是绝无仅有的。"（洪刚语）"马老师的音容笑貌、言传身教常常浮现脑海、萦绕耳畔。"（陈彩琦语）"马老师始终保持乐观的精神，对于个人的宠辱得失始终以淡泊置之。"（傅梅望语）"马老师自己就一直在践行这个哲学：求学时孜孜不倦，工作时兢兢业业，退休后关心后进，马老师永远是我们学习的好榜样。"（钱徽语）看到这些肺腑之言，我既高兴，又惭愧。送走1993届毕业生，迎来金华一中的搬迁，因为是一年迁回一个年级，第一年高一的八个班中我教1班、2班的物理。同时，作为政教处主任和年级组长，我主要考虑的是学生管理。到1994年9月，第二个年级迁回，领导让我下沉到1994级的高一，仍然管理整个年级，直到他们1997年7月毕业。这三年里，与4班同学过从甚密，一直陪伴他们。"在自己工作学习中遇到困难时，在我们教育自己的孩子时，还常常能想起马老师的各种名言和教诲。"（宋春景语）到高三时增加了高三10班的物理课，并且从高一开始，根据需要和学校安排重新指导物理竞赛，且在1996年12月张鸿同学获得全国第十三届物理竞赛一等奖。送走1997届毕业生，于1997年9月开始，我是个普通的物理教师，指导物理竞赛兼两个班的物理教学，与2000届1班和2班的学生共同进步、不断提高。"让我们这些跨度五十年并且分布于各行各业，分散于世界各地的师兄师姐学弟学妹能跨越时空，相聚在此分享彼此和马老师相遇相识相知的难忘经历，致敬马老师从教五十周年。"（陆增义语）

回眸金华一中度过的峥嵘岁月，自己践行的是努力提升专业水平。如果说在民办教师时，我把教师当成"职业"的话，现在我已经从思想认识上将其转变为专业。"马老师身体力行地演绎着对于'教师'这一职业的最佳诠释。"（黄可悦语）"马老师把毕生的眷恋都献给了教育事业。"（吴小英语）其间，我虽有很多次机会被选拔到其他行业，但确是"三离校门而未出"，因为我觉得自己天生是一名教师。

2000年，进入新世纪，国家开始基础教育课程改革，我也响应母校浙江师范大学的召唤，回到母校专门从事为浙江省培养合格物理老师的工作。从"自己教物理"到"教学生教物理"，我开始在数理信息学院的物理系，后来到教师教育学院，从大一到大四，从理论到实践，先进行理论的教学，分别开设本科生的《中学物理教学法》《中学物理实验教学》《中学物理教学概论》《物理课程与教学》《中学物理实验研究》《中学物理教学的理论和实践》《中学物理教学技能》《微格教学训练》《案例教学》，以及研究生的《物理教学论》《物理实验教学研究》《物理课程与教材分析》《物理教学的改革与发展》等课程，然后大四带学生们分别到全省各地的中学进行教育实习，听课、评课、再听课、再评课，就这样，"马老师带着他鲜活的教学气息，把我们从钻研物理拉回到钻研教学中来，我们不再纠结那道需要三页纸运算的电磁学的计算题，而是更加关注学习本身，关注学科知识的内在逻辑，关注学生学习的认知规律，关注教育过程中的最需要关注的核心：那不是知识，而是在学习知识过程中需要培养的素养。"（徐海龙语）其间，我在数理信息学院担任课程系的党支部书记，在教师教育学院担任课程与教学系的教学首席，在完成基本课程教学的同时，致力于师范生见习、实习、研习的课程改革研究。2012年4月，我参加浙江师范大学和中国高教研究杂志社联合举办的"地方师范大学教师教育模式改革研讨会"，发表《教育研习：创新教师教育培养模式的实践与思考》的论文，并有幸与教育泰斗顾明远先生畅

聊教师教育改革的实践与思考。2014年，我退休了，退休又退而不休，继续应初阳学院以及学校教务处的邀请，不辞辛苦、不计报酬、不分学科，从2015年至2019年及2021年先后六次带多学科的大四学生到宁波镇海中学、杭州建兰中学、金华二中、义乌群星外国语学校、汤溪中学等学校教育实习，一直延续至今。

  回首二十多年的芳华岁月，我自己完成了教师从师任教由"专业"到"事业"的第二次转变。我认为，职业是教师工作的载体，专业是教师工作的内涵和实质，事业是教师工作成熟和发展的风帆。获得职业是教师生涯发展的基础和前提，专业提升是职业发展的高级形式，而事业则是职业、专业发展的终极目标。我的教师教育心态也从开始的"从业"境界到后来的"敬业"境界，慢慢地达到"乐业"的境界，路漫漫其修远兮，吾将不懈努力之。

  让我开心的是，1974年在里旺村小所教的朱恒标写的《岁月悠悠，情思绵绵》一文中提到的我历时四十二年寻找恩人马世天老师的事，那真是一段奇缘佳话。记得2019年12月22日，金华电视台《百姓零距离》采访我后拍成新闻电视片的题目是《跨越四十二年的重逢》。此事说来也巧，先是我与离别四十三年的朱恒标在2019年国庆节通过微信联系上，接着10月19日我们群友相聚，在交流中知道我1977年高考的县考碰到乌龙的困难时热情鼓励并积极帮助我到县招生办查分纠错，从而使我有机会参加省考并考上大学。在我读大学后因故四十二年一直未找到的恩人"老马老师"，竟是朱恒标的初中老师，朱恒标还知道老师的住处，"踏破铁鞋无觅处，得来全在话语中"。我和朱恒标相约马上去看望拜访"老马老师"。我终于了却了积在心中四十二年之久的夙愿。

  从教五十年，"一生只做一件事"，就想"做个好教师"，我做到了吗？

马昌法
于杭州青山湖
2022年6月11日

（一）教师职业的艰辛与欢喜

2022年6月7日早上7点，我在"马铭群"（马昌法1972—2017团队）发了一条微信：同学们好！今天高考，一早醒来，想起四十五年前自己的高考情况及半个世纪的从教经历，有感而发，写了《采桑子·高考》，供大家批评指正。

人生易老天难老，岁岁高考。

今又高考，赛场黄花分外香。

四十五载寒暑转，为国选才。

一生选才，半百春秋万里霜。

这完全是有感而发。2022年的高考离我1977年参加的高考已有四十五年了，虽然那年我参加的高考是在寒冬，以后这么多年的高考都在夏暑，但相同的是全在为国家选拔人才。联想到自己的一生，从1972年高中毕业当民办教师的半个世纪，不分春夏秋冬，当好教师，为国家培养人才。因此，作为理科出身的物理老师，以诗引志，没想到很快得到群里同学的响应，既有师大阶段的老师，也有一中时期的各行各业精英，还有我当民办教师时的兄弟姐妹。大家比较一致的是称赞"好文采"并给予大大的点赞。1987届的方立忠同学还迅速地提供了上午语文的高考题目，1990届的黄文俊同学发出"少时拼过，就不负那些曾经努力过的青春"的感叹！在群里互动的有海内外各地同学，从纽约、洛杉矶到上海，从北京到杭州，以及本省的宁波、温州、金华，竟达五十多人，其中就有 1973 年在让河教的俞敏生、1974—1976 年在里旺教的朱恒标和 1976—1977 年在义浦中学教的吴秋萍。

上面照片中的三位是我当民办教师时所教学生的代表，朱恒标同学在《岁月悠悠，情思绵绵》里所说的"1974 年到 1976 年，我八岁到十岁，短短两年时间，跟整个人生相比，真的不值一提。但就是这两年，马老师为我打开了一扇窗，让我管中窥豹，见识到外面世界的美妙；也正是这两年，因为有了马老师的启蒙引导，我在学习上一直很顺利，这让我获得学习上的自信……"发自内心的表白，让我觉得当年翻山越岭二十里，涉水步行两小时去里旺村任教是值得的！那时，过河的时候小木船摇摇摆摆，遇到风浪就有翻船的危险，在当地百姓称为"十八弯"的凤凰岭上逶迤慢行……2019 年朱恒标同学帮我找到高考恩人"老马老师"，终于圆了"感恩帮助我，寻人四十二年"的梦想，实现跨越四十二年的重逢。朱恒标在初中、高中的成绩都很好，顺利考上大学，并于 1985 年成为光荣的人民教师。他兢兢业业、爱生如子，最后独当一面，成为一所初中的校长。

还有俞敏生，现在是当地小有名气的塑料厂厂长。他虽然不善动笔，却非常讲情义。我清楚记得 2011 年初，他在母校举行百年校庆，邀请我这个只教过一年的老师回校庆祝，作为村党支部书记的他给我以热情的拥抱。2021 年 9 月 13 日，在与俞敏生交流中，我偶然得知，教他时我的同事、八十多岁的让河学校老校长方仁权老师还健在，我想去看望。他主动从厂里赶来帮我实现愿望，然后约上当年他的那些小伙伴与我把酒言欢。还有就是吴秋萍，当年我在教她们的时候觉得很不好意思，试想高中毕业教高中，若不是时代的产物真不应该，可她没有半点儿抱怨。四年前，2018 年的毕业四十周年同学会，她与我一起组织并邀请我讲话。她在《四十六年绵延不断的师生情谊》一文里，回忆起 1976 年我们刚见面时久别重逢的亲切感。原来 1973 年我在让河教俞敏生时，她就是那所学校的小学生。文中不仅记录了义浦中学的相遇相识，义乌经商的相逢相知，组织同学会的友情再续，还深情表达了"马老师的言传身教一直激励着我们，在人生道路上求真向善，砥砺前行"。要知道当年公社办的高中可是既没有教室又没有宿舍，而在办学过程中边建校舍边上课，我们师生经常"一起劳动，一起种菜，一起到龙潭下挑柴，参加小秋收，浦口砖瓦厂搬砖……"那时的艰辛一般人很难体会到。

后来乘着改革开放的春风，她在义乌成为小有名气的企业家，经常参与各种公益活动，也与我分享了她的开心和快乐。

从朱同学、俞同学、吴同学的事业成功和真情流露，让我真真切切地感受到：五年半民办教师的经历，虽物资匮乏、生活艰苦，且缺少合格教师的相应条件，只要我们思想上关注、学习上关心、生活上关怀他们，有困难帮他们解决、有情绪帮他们疏解、有成绩与他们共享，就对得起教师这份职业。我们教师的辛苦和付出，肯定会得到学生的肯定。

后来，依据方立忠同学提供的高考作文题，联系我当年高考作文题的《路》，群里的同学们畅所欲言，积极交流讨论，大家感受到时代变化和信息社会对自己的影响此时似乎回到了当年（不同时期）他们和我共同度过的那段美好时光，交流一直持续到晚上九点多。后来1985届黄立刚、1990届张芳江、陈江红等同学聊到今天晚上刚刚在金华品尝1993届曹寅同学公司生产的柚子汁和酸梅汤，感谢同学的热情款待，大家兴犹未尽，慢慢散去。

马昌法
于杭州青山湖
2022年6月7日

（二）专业提升的历练与成果

在上面的那篇文章中，我谈了谈在民办教师时期，自己把教师当作职业的教学历程和感悟，本文就来聊聊从"职业"到"专业"的第一次转变。

经过四年大学系统的理论学习和教育实习，1982年1月到金华一中的第一个学期，我就拜浙江省首批特级教师、在全省乃至全国有名的毛颖可老师为师。我一节不落地听他讲课，虚心向前辈学习，在教学中不断进步，逐步懂得要在省重点中学当个受学生欢迎的好教师就必须付出加倍的努力和辛苦。

在实现"教师专业发展"的进程中，我首先明白了专业与职业的区别在于"专业是需要专门技能的职业"：(1)从事专门职业需要长期训练，有着较高的学历要求，而从事普通职业则主要靠经验积累和个人经验；(2)从事专门职业需要以专门的知识技能为基础，而普通职业则主要按例规行事；(3)专门职业需要有专门的从业资格和职业道德规范，而普通职业则无明显的内行与外行之分；（4）专门职业需要把服务与研究融为一体并通过行动研究不断提高专业水平，而普通职业仅是提供一种服务，没有研究的意识；（5）专门职业的从业人员需要有强烈的事业感、职业投入感，献身于自己所从事的职业，而普通职业的从业人员仅仅把自己的职业作为谋生手段，以收入的高低作为价值判断的主要依据。

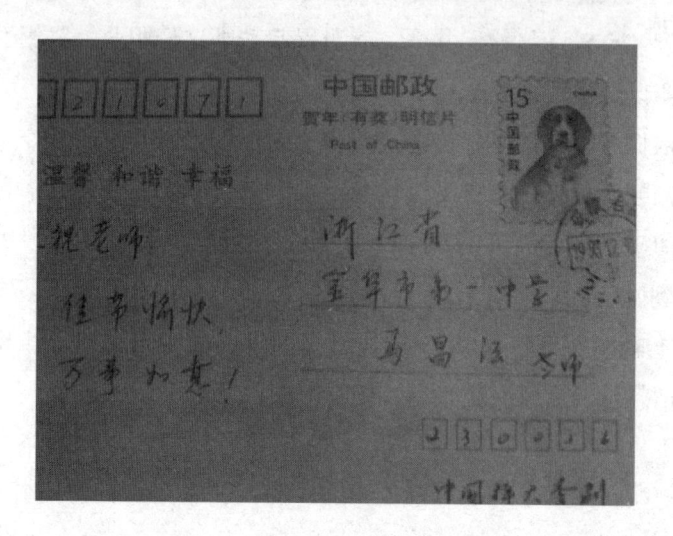

为了实现教师专业发展，教师要逐步培养自己，使自己具备课堂管理、课程与教学、课堂评价、学生发展和学习理论、管理与组织等方面的专业知识，逐步培养和提高自己的课堂教学能力、课堂管理能力和教师学术能力，以便更好地培养学生的学习兴趣、学习方法、学习习惯、创新精神、自主能力、思维品质、情感态度和价值观等。终身教育、学习型社会是新时代显著特征，所以我们必须善于思考、勇于探索、敢于质疑，不断发现问题，通过学习求索而不断去创造。

一、一生只做一件事

在十八年半的金华一中教学生涯中,我送出了七届毕业生上大学,当了三届即六年的班主任和十年政教处主任,三次有机会离开学校从事其他行业工作,却最终在一中坚持了下来。1990届周励谦同学的感言"马老师当年如果去从政,也许中国多了一位好官员,但一定少了一位优秀的教育工作者,一位杰出的物理老师,也许自己高中的物理学习就没有那么幸运了"是对我最好的认可和慰藉。还有1987届方立忠同学说:"感觉到与老师从相遇、相识到相知的步步深入,感受到了马老师从教之初心、育人之心切、待人接物之热忱。"1985届藤顺寅同学说:"四十年前的相遇,改变了我的人生。只言片语无以表达我心中对马老师的谢意。"还有1993届学生曹寅说:"通过马老师搭建的平台认识了很多优秀的一中校友……时光如流,岁月不居,回忆往事,感慨不已。"群友们纷纷对我5年前建马铭群、搭建平台促进交流加以肯定,特别值得一提的是当年获得浙江省理科高考状元的李剑因为毕业后就去了美国留学,后来定居台湾,所以,1990届8班的二十周年、三十周年同学会一直没有他的消息。这次活动,远在美国洛杉矶同为1990届8班的姜光强同学与他通过邮件联系上,他马上发邮件给我并寄来《忆高中时马老师给我的教导》一文,深情地表示"从马老师那里领受的教育影响,相信会在下一代孩子和学生身上继续传承下去"。在与李剑的交流中,我还发现了他于1993年寄给我的明信片。程哲同学说:"如果不是遇到了马老师这位优秀班主任,也许我就考不上大学更不要说还是重点大学,人生完全就是另一个样子。"张芳江同学说:"马老师不仅在高中三年对我影响至深,而且他的教诲成为我一生的座右铭。在华东师范大学的四年间,我每年都获得了一等奖学金,最后毕业那年还成为上海市优秀大学毕业生,而且成功地被保送到中科院上海有机化学研究所读研究生。在就读博士研究生期间,我还获得全A奖。在毕业后的工作中,我的工作效率非常突出,工作成绩亦是斐然,成功地创办了上海立科药物化学有限公司。"正如1990届楼锦英总结说:我们的同学有国际著名金融街的巨鳄、世界顶尖网络商务、港交所上市公司的总裁、著名985高校的专家、知名证券研究中心的统帅,各类拔尖技术型人才包括医学精英、高级工程师、知名品牌营销总监、各类私营企业主……我为他们骄傲和自豪。前不久,周励谦、方立忠两位校友受母校金华一中的邀请,回到学校的丽泽讲堂讲学,给学弟学妹们传经送宝,共同进步。

当然，由于金华一中是省重点中学，虽然进到金华一中的学生在自己的初中是数一数二的"尖子生"，但到金华一中后"在班里的排名大概在二十几名"（贾涟漪语）甚至更后，可能变为"问题生"，也有各种原因在学习的过程中遇到挫折甚至失败，我们老师，特别是班主任，就应该"关心关注班级里每一位学生，马老师有仁爱与责任"（吴慧芳语）并且"马老师不辞辛苦地陪伴，对学生个人生活加以辅导关怀"（李剑语）。

　　应该说，我五十年从教的教学生涯，其中最辉煌的时期是在金华一中，为国家培养了人才，为学校赢得了荣誉，为我亲爱的学生们奉献了自己的才智和青春，也得到了大家的肯定和赞赏。筹备组的同学策划为我举行庆贺活动，发出《纪念马昌法老师从教50周年师门聚会倡议书》和《马昌法老师从教50周年纪念文稿倡议书》，那么多的同学在紧张繁忙的工作中回顾当年在蒋堂或者金华的八一南街301号与我相遇、相识、相知的青葱岁月，表达了真情实感，表露相惜相容，让我既诚惶诚恐，又深感提高专业水准，热爱教育对象，认真负责工作，我坚信"该干什么的时候就干什么，该干什么的时候就干好什么"就会得到学生的厚爱，虽有专业提升的辛苦，终究能迎来欢乐的微笑。

马昌法
于杭州青山湖
2022年6月8日

（三）事业追求的幸福与美好

从到金华一中的那天起，三出校门而未离开，其实我已经做好在那里服务一辈子的思想准备。2000年，国家开展基础教育课程改革，浙江师范大学在全省物色、吸收有实践经验的中学教师参与师范类学生理论课程的教学和教育实习的指导，此时母校又来召唤我，使我能够为全省培养合格的中学物理教师献计献策，贡献青春才华。而实际上，从1990年为金华一中培养出浙江省高考状元开始，我在金华一中已经付出不懈努力。历时十年，于情于理，我选择了积极参与，现在已经过去二十二个年头了。前面十四年的在职，后面八年的退而不休，让我充分感受了追求事业的幸福，也对未来充满希望。

2000年9月，我带着一本英语参考书《转评职称需要参加英语、政治、教育心理三门课程全国统考》，带着来自全省各地的十六名大四即将毕业的物理系同学，经过半月的试讲培训，来到台州温岭的城南中学进行教育实习，如同徐海龙同学说："带着他鲜活的教学气息，把我们从钻研物理拉回到钻研教学中来，我们不再纠结那道需要三页纸运算的电磁学的计算题，而是更加关注学习本身，关注学科知识的内在逻辑，关注学生学习的认知规律，关注教育过程中的最需要关注的核心。那不是知识，而是在学习知识过程中需要培养的素养"。"马老师凭借温文尔雅、平易随和的谈吐，很快拉近了和大家的距离，但老师对我们试讲中的问题却毫不客气地指出和纠正。在这次的交流过程中老师送给我们三句话：一是明确自己现在该干什么，二是在该干什么的时候就去干什么，三是在干什么的时候就去干好什么。朴实无华但又蕴含了做人做事的大道理，至今令我受益匪浅。"（施亚军语）"马老师每天和我们吃住生活在一起，听我们每一个人的课，然后马上提出改进的意见。有他在，我们一个小组的同学虽有各种困难要面对，却因为有每天微笑着看着我们的马老师在我们身边，如定海神针般让每一个人都感受到无比踏实与安全。"（徐海龙语）得到实习学校领导、老师和学生的广泛好评，现在十六人都是全省各地的教学骨干，特别是徐海龙同学，被温州中学评为省物理特级教师，现在是温州教育教学研究院的书记院长。二十多年的积淀，他已明确"关注学习的本身而不仅仅知识，是大学时马老师教给我们的；关注沟通与交流而不仅仅学习,是实习时马老师教给我们的;关注学生一生的发展,是马老师用一生的教育实践教给我们的。"我真为有这样的后起之秀感动、高兴和幸福。

的确,获得职业是教师生涯发展的基础和前提,是教师生涯发展的初级阶段;专业提升是职业的高级发展形式,专业发展的同时也能促进职业的成功,是教师生涯发展的中级阶段;而事业追求则是职业、专业发展的终极目标,是教师职业境界的拓展,与教师的人生价值和成就密切相关,是教师生涯发展的高级阶段。在回到师大,从"教物理"到"教物理老师",需要我完成从专业再到事业的"第二个转变"。我们教师自己,对从师任教的情感可以逐步由从业到敬业再到乐业,完成"两次提升",实现"三重境界"。

在师大十多年的教学生涯中,无论是数理信息学院的物理系,还是教师教育学院的课程与教学系,不管是做普通教师,还是担任党支部书记,抑或是"教学首席",在课堂教学中,我始终关注学生的兴趣和注意力,让他们明确教什么、为什么教和怎么教的问题。而在带领他们奔赴中学一线进行教育实习的时候,我严守课前试讲、课堂听课、课后点评讨论的"三原则",认真完成见习、实习、研习的"三部曲",如被上海引进的优秀人才蔡本再所说:"马老师说教师应该是文明的传承者,知识的传递者,道德的引导者,思想的启迪者,心灵世界的开拓者,情感、意志、信念的塑造者,学生学习的帮助者、支持者。作为一位老师,我也会把马老师的教育理念继续传承。"在浙江宁波惠贞书院的赵春博还风趣地把我的口头禅编成四句"教学有法、教无定法、重在得法、得道昌法"。他们都在自己的岗位上作出优异成绩,实践着对教师从师任教的认知和境界的提高。

一、一生只做一件事

　　记得 2011 年在带 2012 届学生到杭州长河中学实习时，我有幸认识了浙江师范大学 1977 级同学（数学学科）也是当时长河中学的校长陈立群老师。他于 2019 年被中宣部授予"时代楷模"称号，在 2021 年纪念中国共产党成立一百年时被中共中央授予"全国优秀共产党员"称号。我与他认真探讨了教师的专业发展，颇受教益，使我能够在 2014 年 10 月退休后退而不休。从初阳学院到学校教务处，在他们邀请我为学校、为学生发余热、献余光的时候，我没有考虑报酬而是事业需要。文科的学生罗远红说："马老师是主修物理的，但对我们文科学生试讲的点评也能入木三分、恰到好处，特别对我的一些点评使我收获良多，受益匪浅"。她感叹道"原来教育是不分学科的，教学方式和教学手段是互通的"。

　　结合师大退休前后 22 年的教学实践，我深刻体会到，2022 届师大人文学院黄可悦所期待的：爱岗敬业，不计私利，顾全大局；乐于成人之美，充满仁爱之心，勇于追求真理。吾欲卓然成为大家风范，必将以"立下园丁志，甘为后人梯"为座右铭，以红烛精神、春蚕思想作为自己的追求，努力"充满爱心，忠诚事业，淡泊名利，潜心钻研，学为人师，行为世范"，笃定不懈追求，奋斗终生。

马昌法
于杭州青山湖
2022 年 6 月 9 日

二、岁月悠悠，情思绵绵

（一）旧时往日，我欲重寻

我出生在金华南山（金东与义乌交界）的大山深处，儿时的记忆许许多多，有的模糊而短暂，有的清晰而长久：吃萝卜饭，吃野菜饭，吃玉米糊；在山地中挑水除草，到高山上砍柴背树；夏天在蒸腾着热气的水田中拔秧踩田，蚂蟥分分钟就叮满小腿。除了这些道不完的辛劳，当然偶尔也有令人垂涎欲滴的纸包糖，冰凉透骨的白糖棒冰，金黄喷香的长油条。

和大多数同龄人一样，我的回忆基本是艰苦的，有趣、快乐的记忆少之又少。但有一件事，却如刀刻斧凿般保存在我的记忆深处。正是这件事，让我的儿时充满欢乐，充满期待。七岁时，我走进了小学的课堂，也不知什么原因，当时我经常哭闹，让我的父母烦不胜烦。就这样过了一年，到了二年级，马昌法老师出现了，他就像一束阳光，照进了我的童年。

记忆中的马老师瘦削而挺拔，帅气而亲切，我一见之下就心生敬仰。或许是因为我天生好学，或许更是因为马老师的引领和教导，哭闹了一年的我竟从此对学校不再排斥，对学习也产生了浓厚的兴趣，每天我都早早完成马老师布置的作业，自觉地巩固所学的内容。就这样，我的学习开了挂，成绩一路领先。这给我曾经平淡的生活增添了许许多多的乐趣。

更值得一提同时也让我深感幸运的是，每天放学前，马老师都会留出一节课，给我们讲述课外阅读内容。这在当时的金华一中教学中绝对是首创，绝无仅有的！这是马老师开创的先河！这成为我们所有人最期待的一节课，也是我最期待的学习时间。马老师给我们讲解小说连载故事，我记得是有关西沙群岛的。时光荏苒，对于马老师讲的具体内容我已经记不清了，但我至今仍记得，当我们听得如醉如痴之时，马老师的那一句："欲知后事如何，且待下回分解"。每当马老师说出这句话，教室里总会响起一阵遗憾之声："唉，又要等到明天了。"我的心每天都被马老师吊着，每天盼望着这个时间快快到来。

马老师讲得如此生动有趣、活灵活现，令儿时的我知道了外面的世界是如此的广阔、精彩、丰富。马老师学识渊博，教学有法可见一斑。

充满着希望的生活才是最美好的，最开心快乐的。马老师每天的故事不但没有影响我们的学习，反而使我们的学习更有动力、更有情趣、更加高效了。这美好的往事一直印在我心里，给我满满的幸福感，激发了我学习的兴趣，培养了我良好的学习习惯和态度。

（二）心心念念，我爱我师

1976年，马老师由于工作需要到大山外面的高中任教，我也离开山村到外面读四年级。我万万没有想到，与马老师这一别，竟整整四十三年。

从1974年到1976年，我从八岁到十岁，短短两年时间，跟整个人生相比，真的不值一提。但就是这两年，马老师为我打开了一扇窗，让我管中窥豹，见识到了外面世界的美妙；也正是这两年，因为有了马老师的启蒙引导，我在学习上一直很顺利，这让我获得了学习上的自信，使我小学阶段高年级、初中成绩一直很好，并顺利考上当时的重点高中金华三中普高班。我们是三中最后一届普高班。在那个大部分父母并不会过问子女学习、埋头只顾一大家人生活的年代，因为马老师的影响，我成了一名优秀的学生。

1982年，我考上了浙江师范大学，1985年我走上了工作岗位，成为一名光荣的人民教师，慢慢爱上了这份职业。执教多年，我兢兢业业、爱生如子，对得起学生们"老师"这一声称呼；从教多年，后来辗转得知马老师在恢复高考第一年就考上了大学。后来，我到了金华一中，得知马老师回到了浙师大，现在马老师已经退休了。遇到有缘人，我就会想起马老师，念叨着与马老师的过往，追忆马老师的美好往事，虽时时想念着马老师，但却总是无缘，也没能相见相聚，心里一直期盼着。

重聚时刻，情难自持。

相见的时刻终于来了！2019年国庆节，我到杭州的儿子家团聚，期间抽空游览了美丽的西湖。

我堂哥朱恒修退休后住在西湖边上的求是路，这天堂哥邀请我们去吃中午饭。在异乡与家人团聚是令人高兴的大好事。闲聊中无意知道了我堂哥与马老师竟是孝顺中学的老同学，且多年保持着联系。我惊喜万分，马上要了马老师的联系电话和微信号，激动之情难以言表。我心想，拜见马老师、与马老师相聚的时刻终于就要到了！

2019年10月19日，终于到了相聚时刻。马老师带着金华一中的三位群友王会存、王胜珍和洪刚来到曹宅。有缘的是，洪刚竟然是我的学生，我是他的班主任，而他时任班长。

六十六岁的马老师帅气依旧，精神矍铄。他还和从前一样健谈，笑声朗朗。更想不到的是，马老师竟是冬泳达人，是曹宅的几个水库的畅游常客，太了不起了！不简单啊！这真是让我自愧不如。这一天，我们游走金兰古道，漫步千年古刹大佛寺，观赏横腊花海，参观石桥民宿。我们且走且聊，且喝且玩，真是不亦乐乎！

（三）感恩寻访，泪湿衣襟

群里的师友们都知道马老师寻找恩人马世天老师（下称老马老师）的漫长历程。马老师当年因为县考的高考选拔成绩手工登记失误，差点错失省高考！两位马老师是1972年时的同事，因为对马老师学习功底的了解，1977年县初考成绩出来后，老马老师断定这是一场乌龙案，便鼓励马老师到招生办查分，并介绍了一位在招生办工作的东阳老乡。在老马老师的斡旋下,县招生办及时纠正了这一错误,马老师凭自己的实力顺利考上了大学。

　　缘分真是妙不可言!缘分让我们拥有了这一场师生缘,也让我们的人生更加丰富精彩。马老师是我小学的启蒙老师,而老马老师是我小学高段、初中的老师、班主任。同时,我还是老马老师班上的班长,说一句"无巧不成书"并不为过。19日相聚那天,我和马老师聊起还有一位老马老师,也是我非常敬仰的老师。马老师一听,马上对我盘根问底起来。原来,他当年考上大学后也曾去找过老马老师,想不到老马老师却已调走,四十年来一直苦寻未果。踏破铁鞋无觅处,得来全在闲聊中!我的老马老师竟是马老师多年苦苦寻觅的大恩人!马老师知道了联系方式之后,立即联系上老马老师,我陪他拜谢了大恩人。此事还被金华电视台38频道拍成电视片《跨越42年的重逢》。马老师这份知恩图报、知恩必报的人格魅力深深影响了我、教育了我、感动了我。陪马老师与老马老师相见的当天,我们都激动地流下了眼泪。

(四)恩师昌法,相伴永远

　　与马老师重聚后,在马老师创建的"马铭群"里,我认识了很多师友。群里的人都是马老师的学生,既有师兄师弟,又有学姐学妹;不管教授、博士,还是普通教师、职工，大家平等相待，亲如一家人。在这里，我对马老师五十年教学的过往有了更清晰的认识。

马老师每天会在群里发《冯站长之家》，给我们提供资讯；还不时发篇随笔文章，增添我们生活的乐趣；更常常以师者拳拳之心给我们各行各业的学友提出建议和指导，引领我们更好地面对生活和工作。

马老师最让我动容的地方是他的心态，最让我佩服的地方是他对教师职业从"职业、专业，上升到事业"的认知；对教育境界由"从业，敬业，最后到乐业"的情怀。一日为师，终生为我师。马老师用自己的行动实践了这一信条。成为马老师的学生，我三生有幸。我们永远感谢马老师，永远陪伴马老师。此生愿不离不弃，永在一起。

朱恒标[1]，1974—1976届学生

于浙江金华

2022年4月15日

---

[1] 朱恒标，男，1974年—1975年在金华县（今金东区）低田乡里旺小学二年级、三年级读书时马昌法老师担任其班主任。1985年7月，朱恒标以浙江师范大学物理系毕业。先后在孝顺初中、塘雅中学、曹宅初中、潘村初中任教，现在曹宅初中任教。担任了辅导区物理大组长、辅导区团支部书记、教务主任、校长等职。他热爱学生、热爱教育，尽心尽责，在教师这一岗位上耕耘至今已有三十七年。

三、四十六年绵延不断的师生情谊

疫情还在肆虐，义乌已启动Ⅱ级响应，我被迫宅在家里，顾客少了许多，恰好有时间好好回顾一下，与既是老师又是兄长的马昌法先生四十六年绵延不断的师生情谊。

（一）义浦中学的相遇相识

我和马老师相遇相识是在特殊的1976年，那是历史上极不平凡的一年，既是灾难重重，又是改变中国命运的一年，我们家乡金华县（今金东乡）孝顺区义浦公社，开办了第一所高中——义浦中学。

记得公社从各个学校抽调最优秀的三位老师来给我们上课，其中有年长的何玮老师，有正值壮年的庄根洪老师，还有年轻的马昌法老师，我很荣幸成为义浦中学第一届的学生，记得我刚报到的那一天，见到了马老师就像见到老朋友一般，有种久别重逢的感觉，特别亲切，因为马老师1973年曾经在我就读的让河中心学校教过，只不过那时他主要教初中毕业班的物理、化学，当时我还是小学生。

义浦中学坐落在风景秀丽的南山脚下，芦塘水库的大坝外面，水库的管理用房就是我们高一的教室，边上的旧瓦房是我们的宿舍。没有床，大家都在楼板上打地铺，生活非常艰苦。白天，三位老师与我们六十位学生一起同甘共苦，除了上课学习数理化，还和我们一起劳动，一起种菜，一起到龙潭下挑柴，参加小秋收，浦口砖瓦厂搬砖……我清楚地记得何老师是长辈，女儿都比我们大，有点儿严肃，大家都怕他；班主任庄老师和蔼可亲，新婚不久但不住学校；马老师与我们只相差七岁至八岁，既是老师，又是兄长，与我们非常亲近。到了晚上，何老师和庄老师回家，马老师和我们住校的同学一起晚自习，晚自习结束先送住校的女同学到学校所在中柔村借宿的村民家,回来再和男同学一起睡在楼板的地铺上,这样度过整整一年值得回忆、美好的艰苦时光。

第二年下半年,新的教室建好了,宿舍也建好了,还新招了高一三个班!老师也多了,又赶上了改革开放好时代。开学不久,好像是10月份,高考恢复,马老师和教高一的俞老师去报了名,并马上开始备考。他白天给我们上课,夜深人静时还在宿舍里挑灯夜读,早晨和傍晚经常会看到他一个人在水库大坝上看书、学习。虽然县里初考选拔时闹了乌龙,但是经过查分,马老师还是取得了参加省考的资格。当他去毕业学校复习和参加高考时,我们的语文课就由马老师自己请的高中同学来代课。功夫不负有心人,1978年春节开学时,喜讯传到了学校,马老师被浙江师范大学物理系录取。听学校老师说,他是当年整个孝顺中学参加高考里唯一一个考上本科的考生。同学们既高兴又难舍,学校组织了欢送仪式。接着我们就进入了紧张的学习阶段,几个月后我们就毕业了。由于各方面的原因,我们毕业的时候学校就停办了,高一的班级也解散了,由此我们成为义浦中学唯一一届高中毕业生。

(二)义乌经商的相逢相知

毕业了,同学们都各奔东西,有的上大学、中专继续深造,有的进厂上班,更多的是回家务农。我选择来到义乌经商,借助义乌小商品市场的春风,经过十多年的摸爬滚打,21世纪初有了小小的收获,二十三年后也就是2001年的一天,幸运地再次与马老师在义乌相逢了!

我清楚地记得,那天晚上马老师给我打电话,说他第二天要带浙江师范大学物理系的大三学生,到义乌中学见习听课,是听义乌中学省特级教师吴加澍老师的物理课,问我是否在义乌,他想过来看我。挂掉电话后,我心情久久不能平静,可以说是非常激动,无法用语言来形容。中断联系二十多年后,我们终于又联系上了。原来是老师从其他同学那里得到我的信息,趁着带学生到义乌见习的机会来看望我,一股暖流涌上心头。

我马上约上同在义乌经商的洪爱贞同学,马老师在送走听课学生后与我们在义乌见面了。二十多年没见,马老师依然是那么年轻有活力。在交流中,我才得知马老师师大毕业后就分在金华一中教物理，前不久刚响应母校的召唤回到浙江师范大学任教，由中学老师变为大学老师，由培养中学生考大学到培养大学生成为合格的中学物理教师。马老师关切地询问我和爱贞同学的家庭、生意和生活情况，觉得当时我们就有说不完的话，聊过去，聊现在和未来……当老师了解到我们班长，考上大学的俞东仙同学就在隔壁县浦江当老师，就和我相约抽周末的休息时间去浦江看她。就在那个周末，我带着老师来到浦江，一起看望俞东仙和她同为教师的爱人，我们海阔天空地畅谈着……一日为师终身为父，但确切地说，马老师更像我们的兄长。从事教育事业几十年，他始终不渝为学生。通过这几次交往，我和老师更加亲近了，后来就一直联系没再中断。

2012年、2013年，老师两次带学生到义乌二中实习，每次马老师都会过来看望我们，和我们在义乌的同学相聚。我印象特别深刻的是2019年，老师已经退休多年，却连续五年一直在发热发光，帮初阳学院继续带大四毕业班的学生进行教育实习，到过宁波、杭州、金华、义乌、汤溪等地。这年的三四月，老师带不同学科的学生五十多人在杭二中白马湖学校、杭州建兰学校以及义乌群星外国语学校三个学校实习，平常在三个学校之间来回奔波、热情指导，还不忘在义乌的时候约我们交流畅谈，教诲如春风，师恩似海深，光阴似箭，往事难忘。

（三）组织同学会的友情再续

随着微信的兴起，和马老师的联系更方便了。2017年6月，老师建了"马铭群"（马昌法1972—2017团队），我是第一批成员。五年来，除了经常听马老师的教诲，我还熟悉了师兄，更多地认识了老师在大学毕业后于金华一中和浙江师范大学所教的师弟师妹，遍布海内外，涉及各行各业。大家互相交流、热烈讨论，而我比较多的是潜水做看客。这次那么多学友真情实感的回忆记录文稿，激起我回顾与老师四十六年从相遇相识到相交相知的师生情谊的热情，提笔写下此文。

最难忘的就是2018年的"义浦中学七八届四十周年同学会"，得到马老师的热情指导和友情帮助，从成立筹备小组，发出几次公告到聚会整个过程，凝聚了我们筹备组和老师的心血。记得筹备组由我和俞东仙、严有棋、毛艳芳、王金婵、叶昆超、何顺芳、洪爱贞、唐根明九位同学担任，经过几次商议决定，这次同学会最后于2018年10月6日在白溪湾山庄成功举办。

这天上午同学们从四面八方拥来，穿上由何贤法同学赞助，印着"义浦中学四十周年同学会"字样的大红体恤，会场洋溢着一片喜庆的气氛。在白溪湾山庄会议室举行庆祝大会，会议由班长俞东仙同学主持。她首先感谢陪我们成长和教诲的七位老师：庄根洪老师、马昌法老师、何玮老师、何孙枝老师、陈学忠老师、叶式根老师、余根荣老师，然后感谢筹备组同学和赞助同学的辛勤劳动和慷慨付出，接下来是老师们讲话。

首先，班主任庄老师总结了义浦中学1978届求学生涯的"芦荡精神"（因为我们的学校所处的水库叫芦荡水库）：一是艰苦奋斗的创业精神，二是如饥似渴的求学精神，三是追求卓越的进取精神，四是团结友爱的友善精神。庄老师的总结博得了同学们的热烈掌声。

再是陪伴我们三个学期（恢复高考上大学）的马老师讲话。马老师慷慨激昂、长话短说讲了三句话：第一句送上即兴而作的对联，上联是"忆昨日，一帮十六七的少男少女齐聚水库坝下的义浦中学，青春年华，孜孜不倦，在知识海洋中展鲲鹏遨游"，下联是"看今朝，一群五十八九的大爷大妈欢聚水库边白溪湾山庄，爷爷奶奶，外公外婆，在欢歌笑语里谈里短家长"，横批是"友谊地久天长"；第二句回顾与同学们朝夕相处的五百多个日日夜夜，上山挑柴、过河挑砖，起早出操、夜间自修，表达四十年后今日相聚的高兴之情和感激之意；第三句畅谈对生活的乐观态度和对未来生活的美好憧憬，期望同学们有良好的心态、健康的体魄、向上的追求。马老师的讲话同样得到了同学们的热烈掌声。

何玮老师、何孙枝老师、陈学忠老师、叶式根老师、余根荣老师相继讲话，感谢同学们的热情，盛赞同学们的成就，回顾当年的共处，感叹今日的重逢，期望明天的发展，博得同学们经久不息的热烈掌声。接下去是每位同学按序发言，简单介绍自己（有些是四十年没见，已叫不出名字了），回顾当年读书时的艰苦生活，毕业后的工作成就和现在的家庭生活……会议一直持续到十二点多。

下午，同学们回到四十年前学习、生活过的地方，由于历史的原因，虽然都已经大变样了，但依然可以清晰地看到当年的印迹和满满的回忆，让同学们感慨不已。同学聚会圆满成功，但愿同学之情友谊长存！

马老师的言传身教一直激励着我们，在人生道路上求真向善，砥砺前行！

吴秋萍[1]，义浦中学 1978 届
于浙江义乌
2022 年 4 月 30 日

---

[1] 吴秋萍，女，义浦中学七八届高中毕业生，义乌市金谷香料有限公司法人，经营食品香精、日化香精、食品添加剂、化工原料的专业公司。金谷香料凭借着"世界义乌"的美誉优势，面向全国，秉承客户至上的原则，坚韧不拔和诚实守信的企业精神，逐步发展壮大，现在已代理法国罗伯特、上海爱普、广州博馨、杭州西湖、华宝孔雀等众多国内外著名厂商产品。

四、随想：忆我与马老师二三事

1982年9月，我走进了金华一中的校园，那时的校园在离金华三十里外的蒋堂镇。随着时间的流逝，很多事模糊了，但对于金华一中的学生开学都要带锄头这事我还是记忆犹新。当时，我满城转了半天，终于买了把锄头，带进学校后才发现，我买的是除草的，不能锄地。当然还有校园里的白杨梅，门口的爆米花和操场后面的花果山。最难忘的是老师，程宗昌老师，何林喜老师，同学的爸爸校长卢为庆老师，上课抑扬顿挫的王尚文老师，还有印尼华侨李贤鹏老师等。

说句实在话，高中三年，我与马老师的交集并不多，印象最深的一次是文理科分班。知道我选择去文科班后，马老师专门找我谈话，他觉得我各方面表现都不错，各科成绩也比较均衡，建议我留在理科班，理科班的学生未来工作选择的机会要多些；还说如果我觉得物理学习有困难的话，他可以单独给我补课。马老师话虽然不多，但令我非常感动。最终，我还是选择去了文科班，跟马老师的联系也就少了。

后面几年虽然联系少了，但心中彼此挂念，我知道马老师后来去了浙师大，马老师也知道我毕业后在杭州工作。马老师关爱学生一直在路上。

四、随想：忆我与马老师二三事

（1）媒人

十多年前的一天，我接到马老师的电话，说班里一个很优秀的女孩子是杭州农村的，毕业后想回到杭州工作，当时到杭州工作还是比较困难的，马老师拜托我帮着一起找找需要用人的学校。我跟马老师开玩笑，这是你未来的儿媳吗？如果是我就努力努力，如果不是就算了。马老师笑呵呵地回答女孩子挺不错的，但不知跟我儿子是否有缘。经过一段时间的努力，我终于帮女孩落实到杭州四季青的一家中学当科学老师。未曾想几年后，马老师来电问我是否还记得当年的女孩儿，她将成为马家的儿媳，按照杭州人的习俗，需要有个媒人去女方提亲，马老师说思来想去我是最合适的人选。受马老师抬爱，我做了人生第一回也许是只此一回的媒人。后来，我还做了他们婚礼的证婚人。由此，我和马老师之间的交往多了很多。

（2）入群

2018年12月26日，我收到马老师微信入群邀请："陈英你好！时间真快，转眼2018年即将过去，新的一年马上来临，微信是近几年兴起的最方便的联系方式，通过微信，我加入了不少群，与四十多年中各种不同学生建立了联系，同时听从部分学生的建议，由我在去年6月建了一个'马铭群（马昌法1972—2017团队）'，成员一百来位，最早1972年、最迟2015年教过的学生，海内外、全国各地都有，当时没有你信息故未加入，快一年半了，开始讨论比较热烈，并因此有了1985届与1990届毕业的不同学生在美国相聚的事例，现在我想趁新年来临，加点儿新鲜血液，让你加入这个群，并通过你们促进这个群交流和讨论，你愿意吗？"接到邀请，我马上加了进去，但是，很惭愧，因为事务比较繁忙，我在群里只是观者。虽然发言不多，但我还是深深地感受到了马老师对学生的那份情、那份爱：每天的新闻三十分钟、每年的新年寄语、学生最新的动态和马老师的美文等。

（3）相聚

2019年11月26日，我们终于迎来了主题为"同门弟子相聚，同群朋友畅叙"的马铭群群友第一次相聚，我们在浙大启真大酒店再次聆听马老师的教诲。马老师谈了缘的五个阶段：相遇、相识、相交、相知、相认；谈了他的人生三悟：一悟人与人以诚相待，二悟人与事尽己所能，三悟人与自己心态为上。那天，大家畅所欲言，回忆与马老师相遇相识的点点滴滴，感恩马老师的帮助和教诲。第二次聚会是2020年11月7日于青山湖畔，这次学生的跨度更大，金华一中、浙师大和当年马老师当代课老师时的学生。因为马老师的这份缘，年龄差并不妨碍我们之间的交流，我们在蒋文华教授曼陀花园里畅谈、在甲鱼山庄畅饮、在青山湖边畅游。随着相聚的机会增加，我对马老师又有了更多的了解，他的豁达开朗、他的执着坚持、他的诲人不倦，令我敬佩。

点滴间见真情，细微处显真知。师者，传道授业解惑也，有师如此，幸莫大焉。

陈英[1]，金华一中1985届7班
于杭州
2022年6月13日

---

[1] 陈英，女，1989年7月毕业于杭州大学财经系金融专业，一直居住在杭州，从事教学和金融投资工作。

五、如昨往事，助力远行

最近一个多月，"马铭群"里异常的热闹，在马昌法老师从教五十周年的纪念文稿征集中，同学们陆陆续续发表了很多文章，各种精彩的回忆，无限真情的流露，特别是我们班德望兄弟的好文，让记忆把我又拉回到了高中那个纯真和奋进的年代，异国他乡已久远，往事如昨慢拾回。

我们是金华一中1985届的学生，三年中所有同学都在地处金华以西二十多公里的蒋堂乡住校，那时老师也一同住校。虽然远离城市，校园倒是很宽敞，满眼翠绿，各种树木和植物种满了校园，是个适合读书的好地方。老师真正地融入了学生们的学习、生活当中。马老师就住在我们宿舍的后两排，顶头的一间小屋子里。马老师虽然不苟言笑，很多时候严厉有加，却没有让我感觉生分，好像老师和同学就是一个有机的整体，共融共生。马老师很多时候呈现出来的就是一个长辈和朋友，除了关心同学们的学业，在生活中也会尽可能地帮助大家。记得有时候有些性格外向的同学，或者物理还不错的同学，在马老师的宿舍里和老师能谈笑风生、无拘无束。马老师的屋里经常备有一些零食，这对生活条件贫苦的同学们是一个很大的诱惑。这些事都过去三十多年了，依然记忆如新，这也是一种潜意识里的幸福感。正因为这样，我对马老师的感觉就特别亲近，可能这种师生的交流和相处方式特别适合我这样的人。

20世纪80年代初，国内生活水平相对低，除了基本的米面和简单的蔬菜，其他的物资乏善可陈。记忆中，学校的生活条件很艰苦，早上的五分钱菜汤有很多同学都省一半到中午再吃，多数的同学会从家里带菜，霉干菜和豆瓣酱是主打菜，难怪东阳来的同学叫霉干菜为"博士菜"。学校还圈养了几头猪，一年一次的同学们分到的土豆猪肉成了最大的盛宴。尽管生活艰难，老师并没有停下努力的脚步，毛颖可、毛应铎、赵依模，包括马昌法老师等名师辈出，教学全力以赴。同学们读书也很努力，对未来生活和成才的渴望造就了对学业孜孜不倦追求的我们。这是一段很特殊的经历，现在回想起来又开心又自豪。那时候学校南门外有几十亩学校自己的田地，下分给每个班级。我们的劳动课有了施展拳脚的场地，油菜、小麦等农作物在我们的精心养育之下焕发了勃勃生机，要知道一半多的城市里来的同学从来没有经历过这样的劳动场面。汗水从前额渗出，沿着脸颊滴到了地里，我们真真确确体会了《悯农》中"春种一粒粟，秋收万颗子"的艰辛和收获。同学们有的要淘粪，有的要挑担，到了地里翻耕、培土和施肥。恐怕在当下放眼全球，这种经历也是异常难得。我们每天一大早在陈老师的哨声中起来，和部队的战士一样，快速洗脸，有时为节省时间，晚上就备好洗脸水，快速洗漱，然后跑步去操场锻炼。冬天水冰冷刺骨，但大家都坚持下来。马老师和其他老师都身先士卒，在最前面带领着同学们奔跑，言传身教，树立榜样。后来，我通过仔细观察发现，中美两国学校的学生有很多共性，非常注意身体锻炼就是其中之一。这是一种意志力的培养，也是一种坚韧性格的培养，做任何事情都要有勇气和坚持。真是感谢老师对我们在高中三年的运动培养，让我们受益终身。

马老师留给我的永远是乐观、向上和不息的奋斗。记得有一年马老师出了车祸，头部做了手术，等我去看他时，他还没有彻底恢复。马老师三言两语说了说受伤的事情，大篇幅谈起同学们的情况，以及教学工作的很多想法，非常急切地表达想念学校，尽快返回讲台投入教学工作，这让我记忆深刻。上次去看马老师，马老师还很忙，想法也很多，退休不忘教育，还能返聘浙江师范大学带领毕业生们到各个中学去实习和实践活动。我发现岁月在马老师身上并没有留下太多的痕迹，他总是显得那么年轻，充满活力，我想这或许是上苍对奋斗不息的人们的最好的奖励吧！

高中毕业我考上了大学，在国内读完研究生，并在北京工作了几年。2000年我从北京来到了美国洛杉矶，从事软件开发和管理工作。在更新迭代快速的软件开发行业，我能从容不迫，跟上时代的节奏和行业变换的步伐，完全得益于高中三年马老师和其他老师的培养和引领。蒋堂一中就是一块坚实的培育基地，我从这里飞到了北京，最后落地洛杉矶。因为工作中也有培养人才的部分工作，我对其中的辛苦深有体会，也知道人生道路中遇到一位良师益友是多么幸运。感激之情万分不能表一，衷心希望马老师健康快乐，期待着马老师在未来从教六十周年、七十周年、八十周年纪念。写下这点点滴滴的记忆，共襄马老师从教五十周年盛事。

顾劲松[1]，金华一中1985届5班

于美国洛杉矶

2022年4月22日

---

[1] 顾劲松，男，1985届5班，西安交大信控系本科，清华大学电子工程系硕士研究生，在美国从事软件和人工智能开发和管理工作。

六、外表冷峻，古道热肠

我是1982年在蒋堂读的金华一中，当年好像考高中进金华一中没有现在这么难。当初我分在五班，班主任是程宗昌老师。他是教导主任，人瘦瘦的，戴个深度眼镜。程老师最厉害的是他的肺活量，他早上催促我们起床的哨子声是又响亮又长久，高二的时候程宗昌老师大概因身体原因不再做班主任了，便推荐了马昌法老师来当我们的班主任，他们两位老师是在讲台上做的交接。

马老师高高瘦瘦，平时不苟言笑，给人感觉有点儿不好接近。当时，马老师正教我们班的物理。当了班主任后，马老师经常在晚自修的时候悄悄地出现在我们的背后，一大早也和我们一起出操跑步。他话不多，讲话常常是很简短的，就是一点、二点、三点。他最常说的话就是该干什么的时候就干什么，该干什么的时候就干好什么，现在想想，我自己还是没能很好地做到。当年我的数学、物理、化学成绩都不错，上课只要认真听讲考试都还可以，但我又不是特别优秀的顶尖娃，所以也没怎么受到批评或者特别的关照。那时只觉得马老师不容易接触也不敢去接触。

六、外表冷峻，古道热肠

和马老师接触多了是考上了大学以后。我们去马老师家拜访，他很热情地款待我们，有说有笑，完全没有了以前那样严肃的表情，像个邻家大哥一样。记得我有一次去马老师家过生日，当时带了女朋友（现在变成了妻子）。马老师的儿子还是个小学生，乐呵呵地看我分蛋糕，而今这个小学生已是国企的中层领导了。

毕业后我辞职自谋职业，当时想做一家宾馆单位的电视接收系统的工作。无意中和马老师提起来，结果无巧不成书，领导的儿子正好在马老师班上当年自己刚开始做生意，胆子很小，最后的尾款还是马老师帮忙要回来的。

马老师外表看上去很难接近，其实骨子里是非常热心的。和他坐下来，他会一五一十和你拉家常，谈往事，诉缘由。当初马老师把他建群的初衷谈了，希望他这么多年教过的学生能够在同一个平台上大家互相认识，取长补短，互通有无。也很感谢马老师给了我很多机会认识那么多优秀的学弟学妹学姐。从杭州浙大紫金港，金华傅村蒋文华的碧水农庄，到后来杭州青山湖的聚会我都参加了，而且每次都收获多多。

马老师还常常将自己平常的日常点滴收获分享给大家，不管是冬泳，还是旅游或者是孙子小马旦的开心事儿，给大家带来很多快乐；同时也时刻提醒我们要加强身体锻炼，要像马老师一样身材健硕。

一生只做一件事——从教五十年间的师生情缘

在此衷心祝贺马老师从教五十周年圆满，也祝马老师永远年轻快乐！

黄立刚[①]，金华一中 1985 届 5 班

于长沙

2022 年 6 月 14 日

---

① 黄立刚，男，金华一中 85 届 5 班，1989 年毕业于西北工业大学航海学院自动化专业。分配到金华制药厂，三年后离职。自谋职业，搞过电脑及耗材销售，卫星接收系统，后加盟上海泰龙食品有限公司，在安徽、重庆、湖南开设冰激凌专卖店。然后转行做小休闲餐饮和中大型餐饮门店，为社会创造了不少就业机会。

七、教育的最终目的是什么？

唐宋八大家之一韩愈曾言："古之学者必有师。师者，所以传道授业解惑也。人非生而知之者，孰能无惑？惑而不从师，其为惑也，终不解矣。"

从 1974 年 9 月成为一名小学生开始到 2004 年博士毕业，共经历了二十多年的求学生涯。在这二十多年中，给我上过课的老师有近百位之多。在这些老师中，有五位老师对我帮助极大，影响极深。这五位老师分别是小学阶段的数学老师汤老师、初中阶段的语文李老师、高中阶段的物理老师马昌法老师、大学阶段的经济学老师白暴力老师和研究生阶段的导师黄祖辉老师。在这五位老师中，马昌法老师则是一位真正改变我人生命运的老师。

1982 年 9 月，我就读于蒋堂的金华一中。我所在的 825 班，班主任一开始是程崇昌老师，马昌法老师是我们的物理任课老师。据说每个同学的学号排序是根据中考成绩从高往低排的，我记得自己的学号好像是三十五名左右。在一个五十多人的班级属于中等偏后的位置。虽然我在秋滨初中毕业前的成绩名列全校第一，但毕竟那是一个金华的乡村中学，与金华四中、金华五中等城里的初中相比，差距还是相当大的。那一年的秋滨中学一共有3位同学有幸考入金华一中。

高一班主任程崇昌老师让我担任班级团支部的组织委员，我当时还是有点儿意外的，因为我的入学成绩比较靠后。我现在推测会不会是出于代表性的考虑，总不能全部由县城初中过来的同学占据所有班干部的位置吧。当时的我还以为是因为老师看出了我未来的发展潜力。我的小学和初中都有过逆袭的经历，小学阶段从中等生逆袭为全校第一，初中阶段又以同样的方式重复了一遍。因此，刚进金华一中的我虽然入学成绩暂时落后，但那份自信还是有的。现在想来，这份自信是多么的盲目啊！

高一第一个学期的期末考试成绩出来后，我的成绩排名和入学排名差别不大。我之前的学科强项是数理化，英语和语文是弱项。从各科成绩看，英语和语文依然弱，理化还行，数学居然没学好也没考好。基于我过往的良好表现，父母并没有询问我的成绩，自然也没给我太多的压力。记得那年寒假我还花了几天时间看了金庸的《书剑恩仇录》，惊叹这个世界上居然有这么好看的武侠小说，那种体验和我上大学期间看电影《乱世佳人》所带来的惊叹是一样的。

高一第二个学期我的成绩和第一个学期相比并没有明显进步，始终徘徊于中等水平。在学霸如林的825班，特别是从学习委员周飞同学身上，我明白了人生中的一个道理：有些人是你终其一生再怎么努力都无法超越的。这多少让我有点儿沮丧，同时也促使我寻求某些改变。

高二是我高中阶段的一个重要转折点。首先是学习方法的转变，高一结束后的那个暑假，我幸运地得到了一本书：《学习方法纵横谈》（王燕生编著，浙江人民出版社，1983年出版），这本书里介绍了很多好的学习方法，特别是强调了提前预习的重要性。提前预习上课内容，极大提高了我的听课效率和对课本知识的消化吸收能力。在高二第一个学期的全校物理竞赛中，我居然取得了全校第二的好成绩，这给了我极大的激励。其次是马昌法老师接替程崇昌老师成为我们班的班主任。马老师要求大家每周写周记，让大家用这样的方式和他进行深入的文字交流，他看了后会根据每个人的情况在周记本上进行点评反馈。我清楚地记得，有一次晚自习前马老师给全班同学分享了班里某个同学的周记内容，该内容居然是写我的。马老师说他看到了我在学习上的努力和进步，要向我学习。不难想象，班主任借同学之口对我的表扬和鼓励，让我惊喜之余，唯有加倍努力，才能对得起这份荣誉。此外，之前的团支书孔寒冰同学升任校团委副书记，马老师让我接替她的职责，担任班级团支书。同时，基于我物理成绩的进步，马老师还让我承担物理课代表的工作。由此，我的日常职责之一就是把同学的物理作业本收上来，送到马老师在学校的单人宿舍，这让我有了更多和他接触、向他请教的机会。

20世纪的80年代，改革开放的春风已经吹遍了神州大地，市场经济蓬勃发展，高考并不是年轻人唯一的上升通道。加之当时极低的高考录取率，使得那时的高中学习并没有像现在这么紧张。就算到了高二和高三阶段也还是有正常的寒暑假。印象深刻的是，高二的那个暑假，马老师特别邀请班级里几个物理成绩好的、准备参加市里物理竞赛的同学到他家里"开小灶"，给我们讲解竞赛难题。记得有几次学习完了，他还留我们在他家吃饭。所有这一切马老师都是不收取任何费用的。年少无知的我，去马老师家那么多次，居然没有带过任何礼物给他，坦然接受老师对自己所有的好，现在回想起来都觉得非常不好意思。

高三的那个寒假，我们比低年级的同学多留了一周在学校。马老师把他宿舍的房间钥匙给我，让我可以一个人在他宿舍里更安静地学习。他还给了我一本书《BASIC语言入门》，告诉我有空可以看看。虽然里面的知识完全和高考无关，但是我居然在他宿舍里很认真地学习起来，至少是把该书第一章中的二进制内容给弄明白了。这么一件看似微不足道的事情，彻底改变了我的人生命运。

1985年3月，西北工业大学来金华一中招一名保送生，金华一中一共推荐了五位同学，我是其中一位。招生官除了面试以外，还让我们五位同学参加了笔试。我清楚记得笔试一共五题，其中一题就是二进制转换。当我看到这个题目的时候，自信这题一定只有我一个人会做。此外，还有一道特别难的题目也是我曾经做过的。五位同学具体的笔试成绩并没有公布，从其他渠道获知，我是满分排第一，排第二的分数是六十多分。最终结果是我被录取了。这个结果其实并不能证明我有多优秀，而是证明了我有多幸运。幸运地得到了马老师的推荐才得以参加面试，幸运地得到了他给我的书才得以做对笔试的题目，幸运地得到了他一直以来对我的关心和鼓励才得以让我有信心面对各种竞争。

1991年3月，从西北工业大学研究生毕业后，我来到浙江大学（一开始是在浙江农业大学，后来四校合并后成立了新的浙江大学）当了一名大学老师，成为了和马老师一样的人。那时的马老师也从金华一中去了浙江师范大学当了一名大学老师。工作以后的三十多年中，我还是有和马老师很多次的交流和相聚，依然能继续从他那里学习教学方法和生活智慧，感受他对学生们的嘘寒问暖和无私帮助。

2021年教师节，浙江大学给我颁发了从教三十周年的荣誉证书，虽然和马老师从教五十周年相比还差了整整二十年，但是我和他的经历有一点是非常相似的，那就是自从当了老师以后再也没有离开过这个岗位。

回顾过往的人生经历，我经常思考的一个问题是教育的最终目的是什么？换句话说，对于一个老师来说，最应该教给学生的是什么？我自己的总结是：教育的最终目的是激发学生的潜能和善意，激发潜能以提高学生的创造力，激发善意以提高学生的合作力。

试想，在几百万年的历史长河中，人类在一千五百万种物种的自然竞争中取得目前的地位，靠的是什么？无非就是两点："符号"和"合作"。

有了"符号"，人类才能传承数千年前的人类智慧。为此，我们不惜把生命中三分之一左右的时间集中用来学习前人的经验和智慧。有了老师们的辛勤授课，才让我们能够有效缩短这个学习过程，提高知识的迭代速度。

学会了"合作"，人类才能跑得比马快、飞得比鹰高。基于专业化分工基础上的人类合作秩序的不断扩展是人类社会快速发展的最大源泉。有了老师们的无私奉献，才让我们感受到根植于内心深处的那份善良，在耳濡目染中不断提高今后与他人的合作效率。

七、教育的最终目的是什么？

正是千千万万个像马昌法老师这样的优秀教师，数十年的默默付出和辛勤耕耘，我们才能对人类的未来有信心、有期盼、有憧憬。传合作之道，赋创新之能，解意义之惑。唯此，作为一名教师方能无愧于社会之所托，学生之所需，职业之荣光。

难忘师恩！

蒋文华[①]，金华一中1985届5班

于浙江大学

2022年6月8日

[①] 蒋文华，男，浙江大学教师，管理学博士。国家级精品课程和一流本科课程负责人，"学习强国"首批慕课主讲教师，国内讲授博弈论课程最受欢迎的教师之一，主要从事经济学、管理学、博弈论、政府管理、企业管理等领域的教学及研究工作。

八、我敬佩的班主任和难忘的高中时期

人生年过半百，因事业、家庭、身体等事烦扰，一直没有机会静下来写点儿什么。看到群里各位校友同窗的好文章和热烈讨论，我也拿起笔，把心里所想表达出来。

回忆往昔，高中阶段一直是我人生中记忆最深、也最难忘的阶段，青葱岁月里同学的友情，为理想奋斗的日日夜夜，还有老师的谆谆教诲，都时常萦绕在我的脑海中。而我的班主任马老师就是我那个阶段的引路人。

我是金华一中1982级5班的学生马晓雯。记得当时我们有几个同学是7班调整成文科班时高二开始分到5班的。和之前高一就在5班的同学不同，我们还需要适应一下新的班级环境。马老师也就是那个时候开始当我们的班主任的，同时兼任我们班和4班的物理课老师。

对于我们这几个7班来的同学，老师和同学对我们都很好，同其他同学没有分别，我们也很快融入新的环境，喜欢上了我们班级这个小集体。

八、我敬佩的班主任和难忘的高中时期

我的性格应该是属于比较大大咧咧的，所以并不适合当干部。马老师为了培养我的管理能力，让我和王胜珍一起担任生活委员。记得那时我每天中午给同学们量米、记账。不过我还是很爱学习的，总是能认真完成作业。高一时我的文科成绩比较好，理科成绩一般；到了高二，慢慢地我的理科成绩也上去了，特别是物理。我记得我这一科进步很快，因为马老师课讲得好，他讲课总是重点突出，能让学生举一反三，激发了我学习物理的兴趣。半年后，我的物理成绩就提高了。

现在回想起来，马老师真的是一位令人尊敬的师长，每个同学的性格特点不同，但都能得到老师的关心和及时指导。

我也有几次学习成绩下滑，学习兴趣和自信心不稳定，马老师都单独找我谈话，因势利导、积极鼓励，使我重燃学习热情。对此，这么多年过去了，当时的情景依然历历在目，我也一直心怀感激。

让我印象很深的一件事是：我的家乡是湖北，高三时，我父母已经联系了调回湖北武汉的单位，当时想让我也转学回去参加那边的高考。当时离高考也就半年时间了，记得有一天马老师和副班长申俭以及黄立刚同学一起到我家里，做我父母工作，为了不影响我高考，让他们同意我不转学，高考后再回故乡。

后来，我如愿以偿，考取了故乡的武汉大学。我至今一直记得此事，感谢马老师为了我能顺利参加高考所做的工作。

由于我家里搬回了湖北，寒暑假就很少能回到金华拜见老师和同学，这是我的一大憾事。但是，我对马老师给我的帮助以及高中时期与同学结下的情谊，一直未曾忘怀。

2005年，高中毕业二十周年聚会。在风景秀美的千岛湖，我与马老师和诸位同学重逢了，大家在一起度过了愉快的时光。那时马老师应该已经是在浙江师范大学工作，无论在哪里从教，马老师都是那么饱含热情、兢兢业业，把他毕生的精力奉献给了教育事业。

2019年，我生病了，一年半才康复，目前身体也是大不如从前。马老师得知我的情况之后，多次联系我，给予关心以及正能量的鼓励。都这么多年过去了，马老师没有忘记他教过的学生。马老师积极的生活态度也使我心情开朗了起来。

退休后，我身体还好的话，我一定经常回我的第二故乡金华，看望老师和昔日同窗好友。

一生只做一件事——从教五十年间的师生情缘

在马老师从教五十周年这个值得纪念的日子里,祝老师身体健康、万事如意!最后,以一首小诗作为结束语:

　　　　回望人生数十载,
　　　　最忆求学少年时。
　　　　恩师教诲犹在耳,
　　　　桃李芬芳报春晖。

马晓雯[1],金华一中1985届5班
于深圳
2022年5月7日

---

[1] 马晓雯,女,高中毕业于浙江省金华一中1982级(1985届)5班,本科毕业于武汉大学病毒学系85级89届,硕士研究生毕业于武汉大学病毒系1989级1992届,生活城市是广东省深圳,从事医疗器械行业的体外诊断试剂生产和质量管理,工作单位是深圳市亚辉龙生物科技股份有限公司,试剂总工程师职位。

九、四十年前的相遇，改变了我的人生

2022年，是马昌法老师从教五十周年，也是我进入金华一中与马老师初次相识的四十周年！那是值得纪念的1982年，也是改变我的命运的1982年。

我是从农村走出来的农民的孩子，进入金华一中的虽然也有很多同学跟我一样来自农村，金华一中也在蒋堂农村，但是，那时的我犹如"刘姥姥进了大观园"，不适应。加上自己性格内向，人也比较腼腆，我一下子很难融入高中阶段的学习和生活。

记得高中一年级我们825班的班主任是程崇昌老师，马老师是我们物理任课老师；自以为理科无忧，文科特别是语文和英语需要努力的我，一下子都感到束手无策！似乎每门课都很困难。唯有靠死记硬背的，才略有见好。印象最深的如物理课力的分解，我怎么都理解不了。平面的好理解，没问题，但是对于斜面的力的平衡分解就是搞不明白，我也不敢多问老师。记得与我交流最多的就是蒋文华，因为我们是同桌；还有，蒋文华在学习上有一股子劲儿，很能钻，对于不懂不会的，一定得打破砂锅问到底，问老师，和同学交流，不搞清楚誓不罢休，因此，我便就近经常打扰蒋文华！再有，蒋文华也很热情，只要问他，他会的，都会仔细地给予解答。但是，我又不喜欢他，因为，他太能分辩了！

高中二年级，我们进行了文理科分班。当然，我依然留在理科班825班。这一年，我们班做了比较大的调整，记得有七位同学出去到了文科班，同样补充进来七位原7班的同学；原来的班主任——程崇昌老师应该是退休了吧（记忆中应该是退休继续留教），不再担任我们班的班主任，由马老师接任我班的班主任。这一年，应该换了很多课的老师，主课老师应该基本上都更新了：数学老师换了，语文老师换了，英语老师也换了，甚至有的课的老师是一年一换，记忆中应该是唯有物理课马老师一直跟着我们走完三年高中生涯。

高一，因为进入了新的学习环境，我的人生也进入了改变命运的关键时期，没有马上适应高中的学习和生活。

高二，因为学习阶段性调整，几个主课老师的调整使我渐渐适应了的学习，又变得不适应了。

幸好马老师担任了我们的班主任老师、继任了我们的物理课老师，还是在带着我们。记得当年我因为能"死记硬背"，"副科"政治课比较好，担任了班级的政治课代表，由此，我就多出来了一个"名字"，被同学戏取了"*格尔"的外号！（因为德国近代著名唯心主义哲学家是"黑格尔"）直到今天，同学见面还偶有被这么叫着，也是羞愧。那时，每晚自习前的15分钟时间，马老师都安排了唱歌、读报等活动，唱歌是我班的孔寒冰同学负责教唱、带唱；读报，因为我是政治课代表，马老师就委派我负责，由我指定同学轮流进行，有时，也是马老师亲自读报！读报的意义在于让同学及时了解时事，是一项有意义的活动。当然，对于我来说，最大的意义是能第一时间看到报纸！在那个信息闭塞的年代，这也是很荣光的一件事！周六、周日，马老师回金华，会把房间钥匙给我，便于我能及时取到报纸，因为我这"专权"，很多同学就来拍我"马屁"，期望着能第一时间了解报纸里的趣事和阅读报纸里喜欢的新闻、连载。这很大程度加强了我的自信心，虽然我心里还是有些卑微，但已经改变了很多，

九、四十年前的相遇，改变了我的人生

这是马老师给予我的！现在回想起来，确实是很感激马老师的知遇之恩！因为这样，和马老师便有了经常的联系。

看了朱德望同学的感想，其实，很多地方，我是很有同感的。马老师的抬爱，让我增强了自信心；马老师关爱，让自己感受到无比温暖，一种家的温暖；马老师的名言"该干什么的时候就干什么，该干什么的时候就干好什么"，让我受用不浅。因为马老师在三年高中生涯潜移默化的指点，也在与蒋教授时不时的"狡辩"中，我从一个不自信、性格腼腆、不善言谈的典型农村娃完成了蜕变，最能体现这一点的是我的大学生活。在进入大学的时候，虽然我的高考成绩比浙江省普通高校（当时高校分重点大学、普通大学、大专三档）录取分数线高十多分，但是，进入大学（我当时考入的是安徽淮南矿业学院，现在改名为安徽理工大学，学校隶属于煤炭部，学的专业是采矿工程专业）后，我马上就适应了大学的学习和生活，而且学习成绩一直拔尖（年级前三）。大学期间，我连续被评为"三好学生"，连续获得一等奖学金。学习上我最为自豪的是理科成绩，大学物理每次考试几乎都是100分，理论力学、材料力学等的考试成绩也几乎都是满分，这应该归功于高中阶段打下的基础，归功于马老师精湛的教学功底，是其声情并茂教学的功劳。马老师的物理课教学严谨、形象生动，条理清晰，通俗易懂，犹如春风化雨，润物无声，为我打下了扎实的根底。也正是因为自己学习成绩优秀，我在大学毕业分配中受益。我们专业浙江学生只有五位，有两位同学的学习成绩也是很优秀（当然我比他们更优秀）。当时，杭州的煤炭部杭州煤炭设计研究院在我们学校有一个分配名额，有两位同学在竞争（我当时抱定下煤矿的思想准备，未参与他们的竞争）。结果，我们的系主任找到我把这个分配到杭州的唯一名额给了我！

所有的这一切，让我受益、让我改变命运的根源在于金华一中，在于马老师。马老师从教五十周年纪念筹备组发出的马老师从教五十周年纪念文稿征集倡议，很好。我也一直在思考，以什么样的文稿来纪念，朱德望同学的文稿给了我启示。

我四十年前走进金华一中，马老师三年的陪伴，亦师亦友，潜移默化地为我奠定了人生的坚实基础，造就了我大学的优秀，带给了我杭州工作生活的平台。

四十年前的相遇，改变了我的人生。只言片语，无以表达我心中对马老师的

谢意，马老师从教五十周年，"三尺讲台，三寸舌，三寸笔，三千桃李；十年树木，十载风，十载雨，十万栋梁"，是马老师半个世纪传道授业的最高荣光展现，马老师五十周年的从教，五十年的辛勤耕耘，换来桃李满园香，春晖遍四方！

感谢马老师！

滕顺寅[1]，金华一中1985届5班

于杭州

2022年4月26日

---

[1] 滕顺寅，男，金华一中1985年毕业。大学本科学士学位，毕业分配到煤炭部杭州煤炭设计研究院从事煤矿开采设计工作，2000年后转行进入房地产开发企业从事房地产开发建设，高级工程师职称，国家注册监理工程师。参与并见证了杭州城市的蜕变和钱江新城的崛起。

十、师恩如山，感谢有你

我来自金华曹宅镇岩后村，一个不起眼的山村，一周岁时不幸得了的脊髓灰质炎，爸爸妈妈当天就卖掉了喂养没几天的小猪，筹钱到金华给我医治。整整经历了一年，我的病情才稳定下来，但也落下一些后遗症。因为留下了脚部后遗症，我从小性格内向自卑，父母认为我承担不了繁重的农活，跳出农门是我唯一的选择，而读书是农村人跳出农门的主要途径。在我上学后，父母经常要求我要认真读书，虽说家里很穷，但父母拼尽全力培养我。当时父亲是十里八村的象棋高手，我也遗传了他的大脑，虽然来自农村学校，但读书一直很顺利，我的初一是在村里读的，初二是在曹宅镇上读的，初三是在塘雅中学读的，每次升一级都有差不多一半的人不能读。我那届塘中，二个班共八个人考上金华一中，有贾瑾、杜世清、曹青林、傅华为、陈艳珍、王文琴、王文花，创造了那几年最好的成绩。

1982年中考，我顺利考上梦寐以求的金华一中，第一次到金华一中是和爸爸一起来的。先坐一辆运石头的手扶拖拉机到东关，再走路一直到金华老火车站，在车站广场登上金华一中的接送车，车子在路上一直开，开了好久好久才到金华一中。到学校安顿好后，我含着眼泪到火车站送别了爸爸。这是我第一次出远门，第一次和五湖四海的同学在一起，心中自然忐忑不安。在金华一中的最初几天，一方面想家，另一方面又想着自己有后遗症，怕同学们歧视我。但经过一段时间，我发现老师同学对我很好，把我和正常人一样看待，我也渐渐融入班级大家庭。马老师那时刚刚大学毕业，教我们物理，年轻有活力，身材颀长，声音洪亮，讲课抑扬顿挫，板书漂亮，画图很精确，课堂风格严肃认真又不失风趣幽默，思路敏捷，条理清晰，同学们都喜欢听他的课。我们班来自四中和五中的学生很多，放眼望去，一大堆尖子生，蒋文华、周飞、顾劲松、申俭、王胜珍等同学的成绩都很好。我来自农村的学校，基础较差，学习压力很大。刚开始，我的物理成绩并不好，例如对物体受力分析不清楚，经常多加或少加了几个力。但有疑问我就问老师。马老师非常有耐心，有问必答，我慢慢地开了窍，对物理的兴趣也浓厚起来，成绩也就慢慢地提升起来了。到了高二年级，马老师当了我们的班主任，这是他在金华一中第一次当班主任，他的工作更忙了，不仅要教我们学习，还要管理好班级。从他当班主任开始，我们班每周都要写一篇周记，同学们都把马老师当成兄长和朋友，心里话都愿意和马老师讲。每周总有一个晚上是马老师点评我们周记的时间，每篇周记都会写下马老师精心准备的评语。晚自修，马老师会轻轻站在教室后面或者站在窗外，静静观察我们，我们也深深感受到马老师的勤奋和认真。我们班的成绩一直在年级名列前茅，马老师付出了极大的心血。

十、师恩如山，感谢有你

高二下半学期，我们村里的县办水泥厂要招人。其中要招一批技术员和化验员，我爸爸打电话问我要不要报名。当时我的很多小学初中同学都报名了，我也理解我爸爸的苦衷，他一直身体不好，家里有两个孩子读书，家庭负担很重。我一时没了主见，就叫爸爸到学校征求一下马老师的意见。爸爸到学校后，我们就去见马老师。到了马老师的住所，马老师向我爸仔细分析了我的学习成绩以及将来高考的前途，认为现在终止学业是一个不明智的选择。正是由于马老师对我坚定的信心，使我爸有了让我继续学习的信念。马老师在我对前途迷茫时，给了我正确的人生指导，马老师不仅是我的学业老师，更是我的人生导师，是我的良师益友。

1985年参加高考，我的高考成绩虽然上了本科线，但成绩不理想，再加上体检出了点问题，没有被录取。我的情绪一下子陷入低谷，不知道今后的路该怎么走。想过上复习班的这条路，但又怕成绩好了，体检通不过。家人也不知道怎么办，一家人对我的前途很迷茫。后来想想还是要征求马老师的意见，很凑巧，我姐夫是让河人，马老师曾经在那里教过书，认识马老师，知道马老师老家在浦口，于是到浦口找马老师。终于，我们和马老师见了面，马老师建议我消除不必要的杂念，鼓励我认真复习，将来一定要考上理想的大学。1986年高考，我取得非常好的成绩，超出本科线73分。当拿到大学录取通知书时，我第一个想到的是向马老师报喜，当我带着喜悦的心情来到解放西路凤凰山马老师住所时，马老师和师母都很高兴，还热情招待我吃热腾腾的馄饨。

上了大学之后，我一直断断续续和马老师有联系，上大学时是书信来往，参加工作之后在金华一中及马老师家见了几次面，后来加了微信，还在美篇上关注了马老师，联系更方便了。2017年6月，马老师建立了"马铭群"，我非常荣幸成为第一批加入的群友。2019年8月，参加了蒋文华、方立忠组织"相约畈田蒋，品味诗人情"的聚会。2019年10月和马老师及朱恒标、王胜珍、洪刚同学相聚曹宅。2020年11月又和马老师和同学们相聚美丽的青山湖。通过几次聚会，我认识了很多师兄师弟、师姐师妹，大家畅所欲言，回忆师生情谊，感觉自己又回到那激情燃烧的岁月。在聚会上，我再次聆听马老师的教诲，体会马老师待人处事的原则，以及马老师对待工作的态度，真是受益匪浅。

在工作中，我始终牢记马老师经常说的名言"该干什么的时候就干什么，该干什么的时候就干好什么"，努力做好自己的本职工作。

　　世界上有一种情，超越了亲情、友情，那就是老师对我们无微不至的关怀之情，对我们悉心地教导之情。今年是马老师从教五十周年，桃李芬芳满天下，师生友谊地长久，我衷心祝愿马老师幸福美满，永远健康快乐！

王会存[①]，金华一中 1985 届 5 班

于浙江金华

2022 年 5 月 7 日

---

① 王会存，男，1985 年自金华一中毕业，1991 年毕业于华西医科大学（现四川大学华西医学中心）公共卫生学院，大学本科，主任技师，现任金东区疾病预防控制中心检验科主任。2004 年获金东区优秀医务工作者；2017 年金华市卫生应急技能竞赛第一名，并获金华市技术标兵的称号；2020 年评为金东区统一战线抗疫先锋，2022 金东区卫健系统"抗疫之星"。

十一、天涯有尽处，师恩无穷期

迟迟不肯动笔，无非是不想回顾有些不幸的过去，一腔努力白费，求而不得，不堪回首，自动封存，刻意回避罢了。但风风雨雨五十几载，人生有痛苦也有欢乐，对于那些在人生道路上给予你无私帮助和鼓励的人，有机会公开表达自己的感恩之情，那何尝不是一种快乐呢？

我是1982年考进的金华一中，那时的一中在蒋堂，条件比较艰苦，大概十个人一个宿舍，木制的上下铺，宿舍很旧，泥地，木板床一动就咔咔响，茅厕在很远的地方，有几个女生当晚就哭了。我倒是很坦然，因为父母是老来生我，工作又辛苦，平时就顾不上我，所以我从小就比较独立。何况我觉得自己打小就比较优秀，学习成绩名列前茅，小学担任大队长，初中在金华四中当班长，就做出一副女强人的样子来，满满的自信。

但我很快就被现实打败了，能来金华一中的都是各学校的学霸，人才济济，我一下就被挤成了生活委员，尤其是数学和物理那真是我的天敌。我突然感到压力巨大，不知所措，但要强的性格促使我平静下来，加倍努力地学习。金华一中在金华地区小有名气，能分配来一中教学的都是优秀的大学毕业生。记得马老师是高一就来我班任物理老师的，那时的马老师身材挺拔，声音洪亮，思路敏捷，解题方法灵活，讲课条理清晰，有问必答，表情严肃而不严厉，一下提起了同学们的学习热情。我是个问题大王，搞不清楚的地方是一定要问个底朝天的，琢磨着提问方便，就自荐当了物理课代表，于是和马老师的接触时间就多了些。马老师在教学方面是极有耐心的，对于我不懂的地方都是多遍讲解，不厌其烦。慢慢地，我喜欢上了物理，觉得其实物理并不那么难，成绩也上去了。我还有幸参加了多层次的物理竞赛，虽然没有取得好名次，但能参加物理竞赛的女生很少，我还是感到很自豪的。

记得马老师是在高二当了我班的班主任的，年轻的他身上的担子更重了，也更忙碌了。那时他的儿子刚出生，他在金华与蒋堂两地来回跑，全部的时间都花在我们身上，因此没有影响他的教学质量和对班级的管理。我们毕业时高考平均分在全年级是名列前茅的，而且出了好几个尖子生，有保送中国科学技术大学的，有考上清华的，还有考上上海交通大学的，考上浙江大学的有多个，现在他们都在国内或国外的各个行业小有名气，这都与老师的因材施教和他们个人努力分不开。回忆那时一中的校园生活应该是我人生最快乐的时光，虽然生活简单，学习辛苦，但良好的学习氛围，积极努力向上的精神，对大学生活充满向往的希望时刻充盈着我的生活，我总觉得有使不完的力量。

1985年，我参加了高考，取得超重点三十七分的成绩，虽然不是很理想，但报考外省重点是没问题的。正当我忙着选大学志愿时，问题来了，在统一体检时查出了心脏杂音，被判定为先天性心脏病。虽然我身体一直很好，完全感觉不到异样，但当年上大学的门被关上了，对我来说多年的努力白费了，那真是灭顶之灾。我痛苦不堪，家人也无计可施，只是长吁短叹。马老师听闻消息第一时间赶来我家了解情况并安慰我，还与我哥一起找到主检说明情况，寻求补救办法。记得那些天马老师都在为这件事忙碌，找他以前民办教师时教过的学生帮忙，但一切努力都白费了，政策摆在那里，不行就是不行。马老师又与我父母商量，先把手术做了，复读一年再考，并鼓励我不要气馁，来年再战。

我们全家听取了马老师的建议，支持我先去医院做了心脏手术。在医生精湛技艺和父母、兄长悉心照顾下，手术很成功，我刀口未合就去上复读班，那时别的同学都上好几月课了。功夫不负有心人，1986年再次参加高考，我的成绩也是上了重点线的，填报志愿满心欢喜等录取通知书时，突然祸从天降，有一天两个招生办的同志找到家来核实情况，说是不知什么人举报我手术未满两年参加高考，这在当时是违规了，因此取消我的录取资格。这次可真的把我全家打垮了，虽然马老师闻讯赶来劝说我父母让我继续复习再考一年，但父母年事已高，他们说等不起了，加上我自己也心灰意冷，就决定参加工作算了。这样，我就比其他同学早参加工作了。我想既然工作了就要把工作干好，不能给金华一中、给老师丢脸，良好的学习基础帮助我从车间一线一步步干到了办公室，算起来换了四个岗位。期间马老师虽然惋惜我过早参加工作，但还是到单位来看我，鼓励我不要放弃自身的修养,要活得开心,该干什么就干好什么。

2012年,平静的生活又泛起波澜,我丈夫查出鼻咽癌并且是晚期,那时他才五十岁,我们的儿子还在上大学。我一下懵了,几天都没有睡好觉,不知所措,在感叹命运不公的同时又想着应该积极治疗,哪怕只有一线希望。两人商量后想到上海复旦肿瘤医院治疗,但人生地不熟的,怎样才能找到好医生并住院治疗呢?困难的时刻我又想到了马老师,马老师桃李满天下,或许能有办法。马老师接到我的电话劝我不要着急,立刻联系他的学生帮我想办法。后来,我丈夫住进医院,得到及时治疗,虽然现在身体状况大不如前,但病情稳定,算是捡回一条命了。我打心眼里感谢马老师和他的学生们,锦上添花不为奇,雪中送炭犹为真。其间,马老师经常通过电话和微信询问我丈夫的病情,鼓励我鼓起勇气战胜困难,并来我家看望。

2017年6月,马老师成立了"马铭群",我是第一批加入的群友。原来此群是老师专为他从教四十五年学生所建的,其目的为大家提供一个信息平台,让同学们在交流讨论中互相学习并受益。时至今日,群里师兄师姐、师弟师妹已近一百五十人,遍布五湖四海、涉及各行各业。五年来,我不仅再次聆听老师的教诲,还与同道中人通过微信交流,共享,共勉,闲暇时欢聚一堂,畅所欲言。我好像又回到了金华一中,回到了那充满温暖与和谐的大家庭。

有道是天涯海角有尽处，唯有师恩无穷期，篇幅所限，千言万语浓缩一短篇，谨以此文贺马昌法老师从教五十周年。愿马老师好人一生平安！

王胜珍[①]，金华一中1985届5班

于浙江金华

2022年5月3日

[①] 王胜珍，女，金华一中1985届5班毕业，浙江佳环电子有限公司工作，经历四个岗位至管理层，直到退休。人生格言：过程用心，结果随缘。

十二、回忆马老师

马老师和我相遇在金华一中。我是在1982年考进金华一中的,金华一中是当时金华最好的高中,学生都是各学校的学霸。我性格很内向,身体比较虚弱,说话结巴,不是很适应住校生活。在与学霸们比拼的过程中,我的成绩一年不如一年。我人生的最低谷好像是1985年初的寒假期间,记得高三上半年,我期中和期末的数学考试都没有及格,掉到了全班倒数第一。当时金华的冬天特别寒冷,冷风嗖嗖的,我家的住房条件不太好,我只能不断喝酒取暖,结果在寒假快结束时体检发现肝功能指标异常。

说起我家的住房,它原来是我的曾祖父在金华的豪宅边上一间简陋的房屋。我的曾祖父是个很厉害的人,白手起家,官至京都高等审判厅厅长,相当于现在的北京高等法院院长。我的曾祖父朱献文也是家庭赤贫,在中学时得到本村的名师壁斋公指点,以全县第一名的成绩考中举人,随后进入京师大学堂(北大前身),毕业后考取日本京都帝国大学攻读法政,后来考中法政科进士。我曾祖父在新中国成立前就去世了。我家条件一直不太好,我爸被下放到农村,我妈是农村妇女。

在高中时代，我一直都黯淡无光，音乐文体活动都很差。马老师的物理课是我高中时代唯一引以为傲的科目。物理我学得不错，我特别喜欢听马老师讲这世上万物的道理。马老师那时刚大学毕业，意气风发，好像天生就能把复杂的东西讲得简单明了。

我高中最大的亮点是在金华市物理竞赛中荣获第一名。好像这是我唯一的一次击败了我班的学霸——周飞同学。记得马老师当时辅导我们几个竞赛学生非常用心，课余叫我们去他办公室做题训练，周末有时会让我们去他家练习；记得当时他小孩还不到一岁，他自己家的事还特别忙……在省级比赛中我没有得奖，周飞同学得奖了，后来周飞同学保送去了中国科学技术大学，再后来他考取了李政道教授的 CUSPEA 去美国留学，现在在 UBC 做物理终身教授。

记得马老师在高三寒假期间来我家探望我，和我爸一起分析我的成绩，最后他们决定让我休学一年。马老师以我的物理成绩鼓励我，说我不比任何人差。我信心倍增，花了一年时间在家自学数学等课程。马老师非常关心我，有时会到我家来看望我，有时会让团支书蒋文华同学、黄立刚同学来看望鼓励我。一年后，我回到金华一中，马老师当时不是毕业班的班主任，他与毕业班的班主任们沟通，帮我选了一个当时金华一中最好的班。半年后，高考时我的数学考了 110 分，进了浙大计算机系。浙大毕业后我被保送到中科院空间中心，中科院硕士毕业后拿到 NYU 计算机系全奖，来到了美国纽约。

是的，人有的时候在关键一步需要名师指点一下，走过来以后就不会太难。我在人生低谷的时候遇到了马老师，这是我一生中最大的幸运。我觉得人生最重要的阶段就是高中那两三年，如果是在这几年遇到挫折就更需要有名师指点。我儿子今年申请大学，我这几年特别紧张，怕他走上我的老路。不过我儿子比较顺利，他现在已经拿到了加州理工学院、杜克大学和哥伦比亚大学的录取通知书，杜克大学给了他每年 8 万美元的奖学金福利待遇。哥伦比亚大学给了奖学金，同时我们还在等待麻省理工学院的通知书。

岁月悠悠，情深切切，在美国这么多年，我始终想念着在最困难时马老师的出手相助，那时的帮助像一盏明灯，在幽暗的时刻给了我光明和温暖。上次见到马老师大概是 2009 年，难得回国一趟的我特地到雅堂街马老师的家里看望。看到我比以前活泼健谈，老师非常高兴，并鼓励我继续努力。我也感念金华一中其

十二、回忆马老师

他老师和同学们的诸多鼓励。只言片语不能表达我心中的谢意,我谨对马昌法先生从教五十周年表示由衷的祝贺!这不仅仅是马老师半个世纪传道授业的高光时刻,更是成为社会栋梁之材的芬芳桃李们滋养成长的最好见证。

朱德望[1],金华一中1985届
于美国纽约
2022年4月22日

---

[1] 朱德望,男,金华一中1986年毕业,1986—1990年浙江大学计算机本科专业,1990—1993年中科院空间中心计算机硕士,1993—1995年中科院遥感卫星地面站,1995—1997年纽约大学计算机硕士。1997—2016年于多个计算机公司任职,2016年退休在家。

十三、遇见

1984年的初秋，我怀着无限憧憬的心情坐着那记忆中的绿皮火车来到了蒋堂，来到了梦想中的金华一中。在一中的三年里，说实在的前两年我过得有点儿恍惚，直到高三才有点儿紧张起来，这时我们班迎来了一位新的物理老师兼班主任——马昌法老师。

在我的记忆里，马老师那时年轻帅气、上课生动有趣，特别是声音让人感觉一身晴朗。虽然我的物理成绩不好（那或许是与我自己不善于抽象思维的东西有关），但马老师的物理课我都非常认真听，做好笔记，打心底里想提升自己的物理成绩，可天不遂人愿，高考物理还是拖了后腿。

作为班主任，马老师对我们非常严格，一般情况不苟言笑，但是在看到班级进步的时候，也会开怀灿烂地笑。印象深刻的是老师一大早陪着我们跑操，现在我还记得马老师小跑的样子：板脸着、嘟着嘴巴，生怕我们不好好跑步和做操。而在晚自习的时候，他又会在窗外注视着我们，他一般不进教室，怕打扰我们学习。当时只知道马老师在送走前面1985届、1986届两届高三毕业班后，准备离开金华一中的。

十三、遇见

由于高考不理想,加上不想进高考复习班,我并没能走出金华这座黄土丘陵的老窝,所以后来我学习、工作、生活一直在金华,可能因为自卑,与马老师中断联系许多年。

转眼到了 2017 年 10 月,母校安排我们整个毕业三十周年的 1987 届校友回校聚会,因此,我便有了与马老师重新相聚、相识相知的机会。来自五湖四海的同学们,不少都是二三十年没有见面了,兴奋的同学们仿佛回到当年。我们 1 班的同学先在汤溪报到,再次聆听马老师的教诲,并知道他已离开金华一中回到大学母校浙江师范大学为培养合格的物理教师努力,也了解到他已走上讲台四十五年,且已退休了。我们还知道他退而不休,在为师大的初阳学院带实习,继续发光、发热。我们和老师一起回到蒋堂老校区,绕着原来的校园边走边谈,在老行政楼前的空旷地照相,这也使得我和马老师有了更多了解、接触的机会。

特别是 2020 年,马老师把我拉进他的"马铭群"。在群里,我认识了更多的师兄师姐、师弟师妹们。马老师对前后五十年的学生不分高低、不讲辈分、一视同仁,可以说他成了我亦师亦友的朋友。在群里,马老师还如当年一样鼓励同学们相互学习,相互帮助,永不言弃,他时常用实际行动鞭策着我们。比如,他发的冬泳照片就深深触动了我,一个年近古稀的人还那么坚强,那么有勇气、有活力,作为他的学生,我有什么理由退缩!

从马老师那里我开阔了视野，增强了自信。2020年虽然自己已办了退休，但我告诫自己一定像老师那样退而不休，因此，那年我就利用自己的专业特长继续工作，开了人生第一家属于自己的小公司。

在这里我要谢谢马老师，是您给了我勇气，让我体会到人生不在于结果，而是去享受奋斗的过程。

最后，我祝愿我们桃李满天下的马老师青春永驻，万事安康，我们的师生群永不散场！

丁敏[1]，金华一中 1987 届 1 班
于浙江金华
2022 年 4 月 20 日

---

[1] 丁敏，女，1984级1987届一中学生，成教本科毕业，取得档案高级职称，几十年热心于人事档案工作，有三十年档案工作经验，退休前为人才市场管理办公室档案中心负责人；工作期间，几乎每年都被评选为优秀党员或先进个人，做人诚恳实在，工作自觉踏实；退休后开办档案公司，目前业务主要是人事档案整理审核和各大系统的人事档案实训培训。

十四、回忆马老师的随想

我是现在的金华金东区傅村镇、当时属于孝顺区傅村镇人。1984年，我从孝顺中学考入金华一中。孝顺中学是当时整个孝顺区最好的重点初中学校，我跟方立忠同学、邢慧娟同学等属于一届。后来，我才知道马老师也是孝顺中学培养出来的，无意之中加深了自己跟马老师的关系了。我不仅是马老师的学生，还有幸是马老师的校友。

我们的家乡现在又叫诗歌小镇，因为这是著名诗人艾青的故乡。但是我却不才，一直为写文章发愁，从小学生开始就一直对写文章恐惧，从来写不出什么文章，实在是辜负了前辈先贤圣人开创的名声，只好天马行空，想到什么，就记录什么，供大家一起回忆与马老师相知相遇的故事，共同祝贺马老师执教五十周年。

1984年，我幸运地被金华一中录取来到蒋堂，第一年班主任是李贤鹏老师，第二年班主任是金利进老师，第三年班主任是马昌法老师。与其说我认识马老师，不如说马老师在认识我们、发掘我们，培养我们这些学生。受时代和家庭的影响，我一直担心随时有可能在政治上不合格被刷下来。非常幸运的是，1987年高考我竟然被录取了，这当然是赶上了好时代，这也与班主任马老师的正义和鼎力支持是分不开。事后知道我们当地政府也担心我落榜，准备一旦落榜就送我参军去。

我是一个学习成绩不好的学生，体育也不好，德育也很差，对政治也不感兴趣，是一个德智体都需要加强学习的学生。我不仅数理化成绩一般，而且还严重偏科。像我这样的学生，能考上大学真是万幸中的万幸了。有幸看到群里立忠同学，张芳江同学，傅梅望同学的回忆点滴，真是情真意切。结合自己的经历，我发现马老师从不嫌弃成绩差的同学，并十分擅长把成绩落后的学生的成绩提升上去。班上有那么多的学霸，我大概是从倒数几名提升到了我的极限，最好成绩达到班上十几名。这显然跟马老师的教育经验丰富有关。

虽然马老师与我实际上只有一年的接触时间，但是这是我人生中最重要的阶段，没有之一。老师对我的关心关怀始终如一。在这里要我分享一下我的几则小故事，一是当年高考填志愿的时候，我的第一志愿是计算机科学。但是，马老师却在我第二志愿里改了一下，选择了上海铁道医学院。不承想，这样一改彻底改变了我的人生，也有幸让我认识了群里的陈艳珍师姐。从此我走上学医的道路，

十四、回忆马老师的随想

一直到医学博士后。二是当年在出国读博士后前，恰逢马老师到华东师大访学，特地来看我并陪我游玩。三是我们毕业三十周年同学会在蒋堂相见时马老师一眼就认出我，并将我与他安排在同一房间，让我有机会了解到老师更多的事情，如马老师意外受伤，幸好师母作出最正确判断，留院观察。就在观察期间，马老师发生颅内出血，由于得到及时诊治，避免了悲剧发生。

我很幸运在高中三年遇上了许多优秀的老师，我认为这是我一生中最宝贵的财富。金华一中的优秀老师们对我的影响是最深刻的。遇上这样的老师，你想要"躺平"不好好干，想混日子过一生都很难。因此，他们的学生注定也是优秀的。虽然我高考物理学成绩不好，但是我在大学里，物理学就吃老本，一直是整个年级，包括医学系和口腔系的物理学考试第一。

我也是后来才知道，教过我的老师中，马昌法老师和古开法老师是1977级和1978级大学生。我也是走上工作之后，才真正发现这批大学生的厉害，一个字"牛"。可以说，中国改革开放四十年，能够迅速发展到世界第二的实力，这批大学生功不可没。我为自己是他们的学生而感到高兴和自豪。

马老师是平易近人的。我在毕业后曾经拜访过一次马老师。记得马老师骑自行车带着我。我真的难以想象，我们的关系更加亲密了，马老师对我就是亦师亦友。不记得谁说的，真正的朋友不在乎有多少时间在一起，而是不在一起的时候，仍然想到一起了。我想，我和马老师做到了。

65

也是在这个群里，我又认识了更多的师友。比如，通过马老师的"马铭群"，跟朱德望师兄，张芳江师弟2017年在美国东部相聚了，又如，通过群里的交流，认识了马老师85届、90届不少在美国的学生，过段时间疫情防控允许我会去看望，希望随着新冠疫情的早日结束，有更多的师友们能够相逢相聚，回忆点滴，促进友谊，让真情永在！

祝马老师，各位师友们身体健康！

傅晓颖[1]，金华一中1987届1班

于美国费城

2022年4月18日

---

[1] 傅晓颖，男，金华一中1987年1班毕业，就读于上海铁道医学院，上海医科大学，Drexel University（德雷塞尔大学），获得 M.D., Ph.D.,MS.。1992年—1994年上铁医附属甘泉医院住院医生，1999年—2009年在 University of California at San Diego（加利福尼亚大学圣迭戈分校），Brown University（布朗大学），North Carolina State University（北卡罗来纳州立大学）从事肿瘤基础研究。2009年—2020年从事临床统计，先后在 Thomas Jefferson University（托马斯杰弗逊大学），担任 statistician（统计师），Research Scientist（科研人员）。2020—现在 AmeriHealth Caritas 工作，任 clinical outcome specialist Sr. 曾经的部分工作成绩可以参见 https://www.google.com/search？q=xiaoying+fu+nox5&oq=xiao&aqs=chrome.1.69i59l3j69i57j0i131i433i512l3j46i199i433i465i512j46i433i512l2.3208j0j15&sourceid=chrome&ie=UTF-8 或者个人 google scholar https://scholar.google.com/citations？user=yQRIRgMAAAAJ。2009年起定居于美国宾州费城西郊。

十五、寻梦金华一中的点滴岁月

时间是最无情的，我们不得不在岁月中老去，不管你有多留恋青春，青春都一去不复返了，留下的只是无尽的遗憾。如果时间能够倒流，我们肯定会做得更好，过得更精彩……然而，时间又是最有情的，我们经历的每一个人生片段都永远地刻在了脑海里。回首往事，历历在目，恍如昨日，每一个回忆都让我们乘着想象的翅膀飞回遥远的过去，在睡梦中忍不住微笑。

人生中最难忘的便是三年的高中生活了，那时候我们简单快乐。早上的豆浆油条让我们感受到生活充满美味，中午的下课铃声是我们一天中最大的期盼。静谧的校园处处弥漫着鸟语花香，蒋堂的原野隐隐约约地散发着田野的芬芳。最难忘的有李贤鹏老师的谆谆教诲，金利进老师的形象教学，马昌法老师的物理推导，单子平老师的逆向思维，古开法老师的翻天妙手与众不同的写作方法等。走向了社会我才体会到，老师们教给我们的其实不仅仅是读书写字，也教给我们做人的道理，是我们生活的导师。他们的言行举止、为人处世的方式早已经通过言传身教，使我们在不知不觉中已经模仿并受益匪浅了。我庆幸自己遇到了这么多优秀的老师。

  在金华一中最难忘的老师是马老师，他是我高三的班主任，既威严又和蔼，他那严肃的表情中总是夹杂着浓浓的关切。马老师做事原则性很强，纪律性很强，整个班级管理得井井有条，高三（1）在紧张的学习中快乐地度过高考准备时光。马老师也非常关心学生的生活和个人成长，就像一个父亲对待孩子一样关心学生。作为毕业班的班主任，马老师经常和学生谈心，为学生出谋划策规划未来。我有幸加入物理兴趣小组，物理老师们利用自己的课外休息时间辅导学生各种题型及解题技巧，马老师严谨的物理推导和解题技巧到现在都让我佩服不已，我获得的物理竞赛奖凝聚着马老师以及其他物理老师的汗水和心血。我也因此选择了物理专业，选择了中国科技大学，走向了出国留学这条路。可以说，马老师是我的人生导师，我感谢命运让自己遇到了马老师。

  毕业将近三十五年了，马老师也从教五十年了，马老师把自己人生最辉煌的五十年献给了教书事业，献给了学生，而今桃李满天下，我在这里想深深地对马老师说一声谢谢，谢谢你的教导和关心，你是我永远的老师，祝你在以后的人生中再创辉煌，幸福美满！

胡旭宏[①]，金华一中 1987 届 1 班
于美国哥伦比亚
2022 年 5 月 1 日

[①] 胡旭宏，男，1987 年毕业于浙江金华一中，1992 年获得中国科技大学物理学学士学位，1995 年获得中科院上海冶金研究所电子工程硕士学位，2001 年获得美国南卡罗来纳大学电子工程博士学位。博士毕业后从事半导体器件设计和制造工作，担任工艺总监。

十六、回眸高中的青葱岁月片段

以前,"双抢"季节是我们农村人最苦最累的日子。就在这个时节,一个平常的傍晚,我们村里的一位贤达,也是金华一中1982级学生的父亲,手里拿着他为我代收的挂号信,在我家门口等候多时。他一看到我们割稻回来,老远就喊:"你们文清考上金华一中了!恭喜,恭喜!这是录取通知书……"那晚,他在我家坐了很久,说了很多我父母爱听的话。我在一旁傻笑,懵懵懂懂地体会考上金华一中意味着什么。多年来,我就读的中戴初中因为没有开设英语课,除一人考上金华师范外,就没有人考上过普通高中。因为在我们那个相对封闭的地方,还真不知道考上金华一中有啥了不起。但从那晚开始,在体力劳动方面,我父母对我偏袒了许多,也使我对金华一中的学习生活充满憧憬。

等到九月初,我父亲乘公交车拎着生活必需品,送我到学校报到。记得报到接待我的是我们的数学老师单子平。那天单老师操着带东阳腔的普通话问我,我竟然听不太懂,使得我手足无措。为什么会这样?虽然我就读的小学初中里很多老师用汤溪方言上课,但至少语文老师是用普通话上课的呀!我诧异,心中好惶恐,但努力使自己镇定。在一旁的我爸爸也愣在那里,一个劲地说:"老师问你呢。"于是,我似是而非很机械地回答着,估计那天单老师看我这人应该是很奇怪。

在比较长的一段时间里,有几个老师的课我听得比较吃力。为此,我开始着急,心里一遍遍地受打击,开始害怕走进课堂上课。那时的天空阴霾沉重,我睡觉也不那么深沉。本来,数理化是我初中时的强项,记得摸底考试在班里也还靠前,但高中学习了一段时间后我的薄弱科继续薄弱,我的强项开始滑坡。高二时,我还让我父母亲看到我从未出现过的挂了一盏灯笼的成绩单。我妈妈着急地落下了眼泪。我自己的心情就像是钟摆,围绕着成绩名次那条线摆来摆去,时而高兴时而郁闷。

在高中对我影响最大的是高三班主任马昌法老师。当我稀里糊涂、跌跌撞撞地进入高三后，学习生活更加紧张。同学们个个都铆足了劲儿。记得我们班一年换一个班主任，高三的班主任是教物理的马昌法老师。马老师在我们班第一次训话时，他讲"该干什么的时候就干什么，干什么的时候就干好什么""要做到自己跟自己比，做到每一阶段比上一阶段有所进步"这两句平凡而深刻的话深深地影响到了我。回望自己高中前两年患得患失，经常盯着每次考试成绩在班里乃至学校的排名，心情如同浮萍随波逐流跌宕起伏，我发誓高三这一年要潜心学习，做到两耳不闻窗外事。经过一段长时间的自我压制式地努力，我的作业和考试成绩逐步有了起色，心头一扫之前阴霾，整个人都轻松了起来，特别是对于数学和物理，我感到比较得心应手。

后来，高考选专业，我是个脑子简单的人，大概是我们这代人看多了战争片，受解放军英雄气概影响，我从小梦想参军当军官；到了高中，特别是换了新式威武的军装，更向往考军校。为此，我从来学校宣传的军校中选择了搞导弹的合肥第二炮兵学院，还专门去征求马老师的意见。马老师耐心地给我做了分析，由于我视力不符合只好作罢。最后我选专业在很大程度上是受马老师一堂精品课的影响。

记得高三时，大概九十月，天气比较炎热，人很容易发困。有一天下午，马老师给我们上电磁场的麦克斯韦尔方程。在那堂课上，教室后排坐了好多老师来听课。马老师深入浅出，娓娓道来，把非常枯燥难懂的麦克斯韦尔方程解析得引人入胜，让我们惊羡于方程梦幻般的完美展现。也由于这堂精彩的电磁场课，让

十六、回眸高中的青葱岁月片段

我深深地喜欢上这奇妙的电磁学。以致我在高考填志愿时所选专业大部分是带"电"的，并最终就读于电力系统专业，且在供电公司就业至今。回望曾经的点滴，有过奋斗，有过骄傲，也不乏缺憾。

恍惚间，高中毕业已三十五年了，曾经风华正茂，如今已是须发皆染。马老师从教五十载，春风化雨，桃李芬芳。最后，借用季羡林的慧语：智者乐、仁者寿、长者随心所欲，祝马老师福寿安康乐晚年，顺应自然心畅快。

吴文清[①]，金华一中1987届1班

于浙江金华

2022年5月13日

---

① 吴文清，金华一中1987届1班，重庆大学电气工程系电力系统及其自动化专业毕业，现为金华八达集团有限公司总经理、党委副书记，高级经济师。

十七、心中永远的故乡

"每个人心中一亩一亩田,每个人心里一个一个梦,一颗一颗种子是我心里的一亩田。用它来种什么,用它来种什么,种桃种李种春风……"三毛作词齐豫演唱的"梦田"依然常常余音绕梁。我们曾经喜爱的人和事似乎都在越来越多的日子里渐渐地远去,可是真正回眸,一切又都这样地清晰,近在咫尺,仿如昨日。

能进金华一中是我爸爸的努力。记得我的总分上线了,但是我当时最拿手的数学却没考好。记得考试当天,我正好病了,有些发烧,碰巧初二数学竞赛在临汇区拿了个奖,于是爸爸拿着我的奖状,带着一颗充满父爱的心,骑着每次我要猛一跳才能坐上后座的单车,去到金华一中要求见当时的卢校长。非常的幸运,卢校长拍板收下了我。因为是后面录取的,所以我的学号比较靠后,好像是45,三年下来班主任分别是高一的李贤鹏老师,高二的金利进老师,高三的马昌法老师。每一位老师都在我刚刚开始懵懂的心里留下了丰富和美好的记忆,马老师是清瘦、高挑、严谨和不说多余的话的那一位。他和他教的物理一样,有条有理,每一句话和每一个结论都有其充分支持的定律或定理，清晰而明了。因为对每一个步骤都知其所以然，所以我也分外地自信。

在记忆里，马老师总是站在写满推导过程的黑板前，窗外是一中美丽的天和教室外的几棵绿树。在老师耐心的教诲中，我熟记了许多物理的公式，并且尽量学会怎样翻来覆去也不被考题所迷惑。我现在还是惊叹牛顿能从一个掉下的苹果领悟出地球的万有引力，感慨富兰克林会在雷电交加中放一个有金属导线的风筝去亲历电的产生，崇拜蓬头散发的爱因斯坦能够想出解读宇宙奥秘的 $E=mc^2$。我对这一切的最肤浅的一点儿理解，其中的很大一部分，要感谢金华一中所有的物理老师，包括马老师孜孜不倦的传授。

高三的下学期，我忽然得了阑尾炎，做了手术。之后同学们高三各自埋头努力学习的氛围让我有些茫然和失落，我最后选择了休学一年。为了帮助和开导我，马老师找我聊了好几次。记得我们坐在一中独特的厚实的木制课桌旁，他犹如父亲一样地充满耐心和爱心地询问和开导我自己也不是很知其所以然的迷惑。

又过了一年，我的大学生活在南方的城市广州开始了。选择广州的原因很简单，我想要远走，虽然不一定高飞。大学志愿本来第一志愿是北京医科大学，第二志愿是中山医科大学，临交志愿前的一天，我把两个位置换了一下，因为在北京上过大学的爸爸说那里太冷，于是我来到了温暖的南方。

中山医科大学是我在金华一中之后求学生涯中的又一个故乡。让我惊喜的是有一天马老师来宿舍看我了，他的到访像一座桥梁，把我的大学和中学联系了起来。天是湛蓝的，空气是清新的，心是明朗欢笑的。我们还一起去找了当时在广州工作的车持强老师，遗憾的是当时没有相机也没有手机，所以没有留影。

再一别至今，居然近三十年！马老师马上从教五十年了，一个人的一生能有多少个五十年呢？最多两个吧！而精华处的，最多也就只有一个五十年。能够说自己工作五十年退休的人应该不多，五十年从事同一份事业和工作，这是一份怎样的幸运、热爱和执着呢？

金华一中犹如梦中的一幅水墨画：她是翘首等待总是不来的公共汽车；她是下了很挤的公共汽车之后，要走十多分钟才能到大门口的田间小路；她是正门口高大的红色砖房的办公室和两旁耸立的大树；她是十年树木、百年树人的谆谆善导；她是办公大楼旁草丛边一个复习功课熟悉的角落；她是天未亮前就开始的晨跑和随后朗朗的读书声；她是宿舍停电后床头违规点着的摇曳的蜡烛光和被窝里的手电筒；她是水墨画里栩栩如生的同学、老师，和永远的故乡情愫。

"每个人心中一亩一亩田，那是我心里一个不醒的梦"，谢谢马老师在我心中播下的一颗"永远不倦地去追寻"的种子。

为您高兴，骄傲和祝福！

谢俊，金华一中 1987 届
于美国小石城
2022 年 4 月 22 日

十八、回忆金华一中

　　从1987年高中毕业至今已整整过去三十五年了。蒋堂金华一中的学习和生活，以及与同学和老师相处的过往已模糊得只剩下零星片段了，有一些断断续续的事件或许可以引发我久远的思忆，勾勒出我当年尚是懵懂少年的青春印记。

　　高一的班主任李老师、高二的班主任金老师，他们都很好，李老师严肃又文艺，依稀记得周六点蜡烛晚自习；还有金老师，他讲滑块在斜坡上的受力分析时，听懂是很不容易的，印象深刻的是他带我们去金兰汤水库野炊。还有教数学的单老师，记得有一次发测试考卷，我们同学一个一个被叫到了讲台上。在蒋堂的三年读书学习，回望的体验是艰苦又极其美好，吃着霉干菜，天天勤奋努力却没有觉得苦与累，青春岁月，学校是美好的，老师是美好的，同学们也都是美好的。

　　到了高三，换马昌法老师做我们的班主任，并任教物理课。我现在才听说本来马老师已经调到金华担任一个新的事业单位任创建人，不知为什么1986年9月开学又回到金华一中，并带我们1班，也有传说，可能是他1985、1986届连续两年教高三毕业班很有经验，高考取得了耀眼的成绩，学校领导照顾我们班吧。关于马老师的讲课印象已经没有了，但是我的观点是这是一件令人高兴的事情，因为物理本身难学，加上前面两年我们班的物理成绩不够理想，有些同学将原因归结于原来的物理老师是新教师，还不能把教学做到了然于心。好在高三这年学校把教学经验丰富马老师调过来教我们的物理课，马老师把概念、过程和方法讲解得十分清晰，自然而然觉得物理也没那么难了。有一次，我们几个同学去马老师那里帮忙统计分数。大概是看我们方法不好，他就教我们如何从个位开始，快速算总和的方法，这个方式我至今还用着。

　　马老师当我们的班主任无疑是最好选择，马老师既严肃又不失谦和，细心看顾着全班的每一个同学。记得当时我任团支部书记，我们班长也是一位女同学，开学的第一周，马老师就在班级中积极鼓动男同学竞选一位副班长。在老师的鼓励和同学们的支持下，周箭同学当了副班长，"男女搭配、干活儿不累"，由此我们班各项工作开展得有声有色。开学不久的国庆节假期的一天，我突然看见马老师来到我家里。原来马老师的老家离我老家很近，趁着他回老家看望父母时特意到我这个团支书家里家访，向我了解一些班里同学的情况，聊一些班级工作的建议。通过聊天，我了解到老师是我初中母校孝顺中学的校友，后来我也和婶婶一起去过马老师的家。那时由于学校在蒋堂，离孝顺镇有近五十公里，老师到学生家里家访是很难得的。马老师的家访拉近了我们师生之间的感情，在家访过程中，很多学习和班级团工作的事情有了深刻的交流沟通，针对难点问题马老师也对我做了启发和引导。最难忘的是高考那几天，有同学吃不下饭，天又热，马老师买了好多西瓜回来。我记得自己高兴地抱了一个回宿舍，细节虽然已经记不清，但回想起来也体会到了马老师的细心呵护。

从清华大学本科、硕士毕业后我去了英国，2004年来到了美国路易斯安那州工作与生活，还因为时差等原因，我与同学的来往较少，虽然比较早加入老师的马铭微信群，但一直都默默无闻，上次群里马老师布置的"自我介绍"的作业我就没有完成。一晃到了马老师从教五十周年，是该好好庆祝一番。读到同班同学晓颖的回忆随想和谢俊的《心中的故乡》，真情感人，激起了我三十五年前对金华一中的回忆。高中三年，年少无知，或许很多地方辜负了老师们的辛勤和付出。在此祝愿马老师一生平安喜乐，五十年的执教，桃李已遍天下，何其美好。

邢惠娟，金华一中1987届1班
于美国路易斯安那州
2022年5月2日

十九、忆马昌法老师随记

我考上金华一中前就读于鞋塘初中。当时哥哥庄曙光（1982级，1985届）和表姐张江玲（1983级，1986届）两位榜样已考上金华一中。榜样的力量是无穷的，怀着对金华一中的无比憧憬，我在初三时脑子开了窍，奋力拼搏了一年，终于在1984年9月考入心心念念的金华一中学堂。那一届鞋塘初中有两名学生考入金华一中，我是其中之一，为鞋塘初中争了光，为自己跳出农门进城门打下了基础（现在想想可能还是农村好）。

不知是哪个环节出错，高中报到时我的名字变成了确正。还记得当时单子平老师带我领蚊帐、找寝室时问我为什么不叫"正确"，我不记得怎么回答了。总之高中三年一直就叫"确正"。

回想高中三年的任课老师，每一位老师都如马老师一样为人师表，像李贤鹏、金利进、单子平、古开法、程沫金、赵依模、何麟喜、王缪田、车持强等，他们尽责尽心、博学多才、个性鲜明、受人尊敬。

我是一个学习成绩不好的学生，尤其是英语，初中几乎没学过，基础差，上英语课根本就听不懂，像鸭子听雷一般。高一是车持强老师教的英语，老师上课全程英文，我懵了，只听懂good morning，其他一概不知。后来为了提高英语成绩，我把大部分的时间花在英语学习上，导致其他课程又落下了，典型的遵守能量守恒定律之案例。

前两年迷迷糊糊过去了，从高三起，由马老师教我们物理并当班主任。马老师平易近人，上课条理清晰、通俗易懂。他讲话声音洪亮、清脆明朗，绝不拖泥带水，仿若大珠小珠落玉盘，把一道道复杂的物理题目简单化，一个个抽象的物理现象生活化。由此，我对物理学习兴趣倍增，觉得物理不那么难学了。

其实，我跟随马老师上课只有一个学期，因为那年高三的第二个学期，学校从八个班中抽取部分学生专门组织了一个特殊班——九班，由各个班级的后进生组成，我也是其中之一。这得感谢马老师的安排，在特殊班里，老师们给我们着重加强基础知识的补习。当然，除了上课和自习，其他的生活、住宿还在原来班级，班主任马老师还是那么关注着我的思想和学习。短短三个月，我感到从未有过的踏实，进步飞速，在毕业考试的时候成绩竟然排名全校第一百二十名，这是高中三年来我唯一的高光时刻，令我记忆犹新。但是，终究因为基础不够扎实，在高考时我被刷了下来，高考以四分之差，没能考上大学。

我毕业后一直没有与马老师联系，直到2017年10月6日，母校首次安排我们整个87届校友毕业三十周年回校聚会。我惊叹马老师惊人的记忆力，他记得我们班所有同学的名字！还侃侃而谈当年与同学们的逸闻趣事，连细节都记得那么清楚。想当初只有半年的相处时间，又是一个默默无闻的学生，时隔30年，他竟然记得我，并且还能叫出我的名字。在这次聚会上，老师还询问了我大伯、我哥哥的情况。因为后来我的大伯也调到金华一中工作与老师同事过，还有我的哥哥，当年在老师所当班主任5班隔壁的6班。哥哥学习小有名气，也许老师在进行物理奥林匹克竞赛中指导过，总之，老师记得我哥庄曙光，他还在退休后带学生到宁波镇海中学实习时看望过我哥。老师对学生的关心、关怀可见一斑。

十九、忆马昌法老师随记

对马老师的了解更多是在加入了"马铭群"后，马老师对教育事业的执着、对学生的理解包容和对生活的积极向上的态度，永远是我学习的榜样。记得2019年8月底，师兄蒋文华、同届同学方立忠他们组织群里学友近二十人在艾青故乡、金华畈田蒋的碧水农庄举行"相约畈田蒋，品味诗人情"的聚会，大家从上海、杭州、温州、金华、义乌等地赶来聚会，就有老师民办教师时期所教的学生，认识了不少师兄师姐和师弟师妹，学友们的交流回忆满满。我获益匪浅，还再次聆听老师的教诲，更深入地了解老师为人处事的基本原则，懂得要诚以待人、专以处事、心态为上。与马老师的相识到相知，从良师到益友，真是缘分不浅。

这些天，我认真拜读了群里其他同门师兄弟姐妹们的回忆记录，真羡慕他们在人生的关键时刻能得到马老师的悉心关怀指导。何其有幸！

值此马老师从教五十周年之际，衷心祝愿马老师永远健康快乐！

庄确真[①]，金华一中1987届1班

于浙江金华

2022年4月28日

---

① 庄确真，女，高中1984级1987届1班，现居住金华，工作单位是浙江意诚检测有限公司，从事建筑工程、水利工程、交通工程等的检测工作。

二十、莘莘学子情，悠悠芳草心

当方立忠同学告诉我"马老师从教五十周年"的时候，我着实震惊了一下，时间过得怎么这么快啊？我真的感慨万千，往事历历在目却无从说起。因为我经常笑我自己是一个不断挖掘着道路前进，没有时间回头翻看人生过程的小鼹鼠，蓦然回首我作为他的学生都从教31年了。金华一中那段看似平淡、艰苦的岁月对我人生的影响至今都是无可替代的。

20世纪80年代，对于有城市户口的学生也许很难体会到我们这些来自农村的孩子要想考上大学的那种强烈愿望，因为那是我们可以改变命运、放飞自己的唯一出路。我出生在一个知识分子家庭，父亲是在"社会主义新建设"的金华二中"红楼"里读的初中，金华一中的老校友，正规师范毕业后执教的中学老师，他琴棋书画样样精通，所以对我的厚望是沉甸甸的：学好数理化走遍天下都不怕，身体是革命的本钱，要锻炼好身体，还要多才多艺。

可现实是，我是以金华城南中学（现在的十五中）拔尖的学生身份进入金华一中的，却被城里来的学生远远地抛到了后面，况且当时家里姐妹六个全都读书，

二十、莘莘学子情，悠悠芳草心

经济条件差，物质也极度贫乏，花一样的季节却没有可以展示的绚丽的羽毛。这种落差使得一向很要强的我一蹶不振，我很自卑也很压抑，不愿在别人面前展现自己。三年高中我甚至没有和男同学说过一句话，没照过一次镜子擦过一次面霜，恨不得把自己装在一个套子里。

但我内心总有一团不灭的火，进校时班主任赵招黎的那句话伴随我三年的高中生活，"有人说考上一中就是一只脚跨入大学门了，没错，问题是三年后你是把另一只脚也跟上去了，还是跨进去的那只脚又退回来了呢？"从不服输的我暗下决心：我绝对不能把那只跨进去的脚退回来。虽然表面上不和同学说话，但我天天写日记，就像天天在和一个朋友诉说，谈烦恼、谈快乐也谈自己的理想；同时还参加了学校射击队，每天早上在别的同学出操前我要跑上两圈然后去射击队训练，当时的偶像人物是中国首位奥运冠军许海峰。记得射击队还有那位品学兼优的帅哥戴旭明，现在已是美国东部受人尊重的医生，还有同一届战友钱剑英、陈樱及两位高一届的女生（名字已记不起了）。虽然训练既枯燥又艰苦，但那是我从小的梦想——手握钢枪、穿上军装。因为在那个年代，"谁是最可爱的人"军人的美好形象已深深地刻在我脑海里，于是在这样一位既亲切又严厉的射击教练陈文轩的培养下，让我有机会参加金华地区首届全运会的射击比赛并取得了好成绩，后来在大学里又获得过几次比赛冠军，甚至在美国斯坦福大学博士后期间，还真枪实弹地秀了一把我大中华女子的英姿，让在场的美国海军陆战队特种部队队员都瞠目结舌。

人生不仅短暂，也非常戏剧，有时回头一看，发现自己走过的路都不是自己原本想要走的。我经历了大部分人该经历的事，也经历了很多常人没经历过的坎坷。我放弃高校教师的优厚待遇，转而脱产攻读博士；千军万马过独木桥竞争到了复旦大学教师的职位，马上又去美国斯坦福大学国际顶尖科学家组做博士后；曾以每天工作16小时对科研的狂热和执着坚持了二十多年，完成了具有自主知识产权的制药工艺技术开发并实现产业化，给中国企业创造了巨大的经济效益和社会效益。当美国加州大学伯克利生物质能源中心和美国BP公司想续聘我时，我又回到复旦大学，拿着出租车司机的工资，做着为人类健康服务的伟大事业。虽有过迷茫也有过哭泣，但2019年被中共中央、国务院和中央军委授予的"中华人民共和国成立70周年纪念章"是我今生最大的荣耀和安慰，贺信上那句"感谢您为社会主义现代化作出的突出贡献，您的名字祖国和人民不会忘记，您的卓越成就和辛勤付出，祖国和人民不会忘记"抹去了我所有的委屈和泪水，这一切都源于那刻骨铭心的中学时代形成的价值观和人生追求：如果我能给这个社会留下点什么，那也不枉我曾来过这个世上。

记得在最关键的高中最后一年，我们迎来了精英团队教师：有和蔼可亲的语文老师王学初，有上课不带教材的政治老师赵依模，有一直陪伴我们成长的数学老师赵招黎和化学老师程沫今，特别是物理，马老师的出现像是上天下的一场及时雨。因为爸爸给我的"学好数理化"目标中，我最害怕的就是物理了。还记得马老师初次出现在教室，那高高瘦瘦挺帅气的形象一下子博得了大家的好感，继而那深入浅出、逻辑清晰的讲课风格让我一下子觉得物理也并不是那么难学。找到感觉后，我的物理成绩一路飙升，有几次我自己都不敢相信，居然还考了班里的前几名。但金华一中的同学都太优秀了，我不是班里的尖子生，也不会引起老师的注意，自己更不敢主动靠近老师。也许马老师至今也不会对当年那个瘦高的黄毛丫头有什么印象，而我也从1987年毕业后一直没见到马老师。在我脑海里，他永远是那位站在讲坛上英俊、年轻的小伙子。我一直心存感激，如果没有马老师教我、帮助我，我的物理就会拖后腿，也许我就考不上大学，更没有后来的博士和海外留学，想要遨游世界、做自己理想的工作就成了永远没法变现的梦想，我的人生故事就得重新改写。

师者，所以传道授业解惑也。金华一中的老师，教的不仅是文化知识，更是在逆境中"咬定青山不放松"的执着，还有那极度清贫的生活中奉献给学生无尽的关爱，让我受益终身。于是我也像马老师那样，一辈子只做了一件事，"教师"成了我这辈子唯一的身份。用自己所学的知识传授给学生，也把金华一中老师传递给我的无私的"爱"传递给了学生，让他们把这"爱"代代相传，传遍世界每个角落。

谨以此文祝贺马老师从教五十周年，作为马老师的学生，我自豪，我骄傲，我永远是那位既勤奋又朴实的金华一中毕业生，芳草之心，依心而行，无憾今生。

戴惠芳[①]，金华一中1987届3班
于上海
2022年5月1日

[①] 戴惠芳，女，金华一中1987届3班，复旦大学有机合成博士，美国斯坦福大学化学系博士后。曾就职美国威斯康星大学药学院和加州大学伯克利EBI中心。在二十多年的科研生涯中，已完成了多项具有自主知识产权的制药工艺技术开发并实现产业化，因其技术创新带来的巨大经济效益和社会效益，获国家科技进步二等奖一项和教育部科技进步奖一项，并于2019年获中共中央、国务院和中央军委授予的"中华人民共和国成立70周年纪念章"一枚。现就职复旦大学药学院，从事绿色合成技术的开发和植物药国际化发展研究，同时兼任美国植物药协会副会长及中国代表。中国国际科促会卫生健康科技工作委员会常务副主任。

二十一、三十六年的相遇、相识到相知

蒋堂，20世纪80年代浙江金华的一个偏远和孤寂的小镇，距金华城西二十余公里。小镇只有一条商业街，低矮的房子三三两两地开一些农具、粮油、生活用品等店铺。这里是丘陵，植物也不茂盛。记忆中那里的土地是黄色的，附近的村舍是土灰色的。不过就这样一个地方，在镇南不到一公里的一片山坡下面，坐落着一所绿树成荫的舒畅校园，这就是我们为之骄傲的母校——金华一中，每年高考大学录取率稳居全省前茅，在这里我度过了三年的高中时光。

马昌法老师是我1986年9月进到高三这年的物理老师。高一、高二的物理老师教书也是认真的，可能是刚从大学毕业，也可能是教学经验还不够丰富，还没有形成一套通过检验的教研方案的原因。同学们希望高三能调来一个重量级的老师，刚好隔壁班的学生家长向学校领导要求更换物理老师和班主任，结果把我们班的物理老师一并也换了，这纯粹是偶然的。当时只知道马老师是恢复高考后第一届本科毕业生，且已连续送走1985届、1986届两届高三毕业生。我们换了老师以后也很期待，因为物理是高考中重大拉分学科，理科班的同学们都很重视。马老师当时三十多岁，正是风华正茂的年纪，平日里不苟言笑，颀长的身材映衬着几分俊朗。马老师性格果敢，做事说话从不拖泥带水，他的教学中透出一种逼人的气势。马老师在教学中具体是哪些方式我已经记不太清了，但是高三的课马老师是每个公式定义讲得特别透彻的那种，课堂上有时舒缓，让学生有时间思考，有时快速，让学生不由自主地跟进。当提出问题后，无论同学们回答正确与否，他都会总结一遍，举一反三，触类旁通。过了一段时间，我对物理学习的兴趣越来越大，特别是力学部分的力和反作用力、力的分解、加速度等知识点掌握得比较好，甚至给同学做辅助讲解。一切皆如所愿，我们对马老师教学的期待得以实现。马老师有一点确实让我们非常受用，就是把题目读透，把原理想清，把步骤一步一步写清晰。一年下来，我在物理学习方面大有收获。1987年7月我们那年的高考，物理题目出得超级难，我看到题目也非常慌张。一个班竟然没有几个同学及格的，我们班的物理课代表当时还是学校物理兴趣小组的，物理课代表都没有及格，我考出了74分，班里第二的成绩。这样高考物理的成绩对我的意义在哪里呢？首先，我对自己能够进行较好的逻辑推理有了很大的信心；其次，就是我初步掌握了物理学科的正确的学习方法，用原理进行一步步的推进和求证。后来上了大学，对理论力学、材料力学等学科的学习有很大的帮助，我的成绩在系里该类学科的考试成绩排名中比较靠前。

高中毕业以后，我逐渐和大部分高中老师失去了联系。直到2017年10月6日，母校首次安排我们整个1987届校友毕业三十周年回校聚会，来自五湖四海

的同学们，不少都是二三十年没有见面了，兴奋的同学们仿佛回到当年，我们回到了蒋堂老校区，参观原来的校园各个角落。在新的校区正门大道进来，行政楼前的空旷地，老师们和八个班的同学们合影留念，马老师也来参加了我们回校日活动。那天马老师穿着红绿相间的短袖休闲衬衫，精神饱满地坐在第一排中间和我们班一起拍合照。毕业三十年返校聚会活动后，我在班级微信群里写了一篇叙事诗《三十年太长》：

> 脸庞还是那么亲切，
> 笑靥相迎灿烂若花。
> 快快走上一步，
> 紧握同学的手，
> 用发酵许久的思念去问候。
> 神情严厉的马昌法老师，
> 把物理教得通透明了！

马老师退休后在2017年6月微信里建了"马铭群"（马昌法1972—2017团队），马老师不同阶段的学生有很多在群里。后来，马老师把我也拉进了这个群。这是个非常新颖有创意的群，根据马老师在民办教师、金华一中和浙江师范大学三段工作经历，聚合了马老师当民办老师时的、金华一中和浙师大的不同届的学生。我仔细观察了，群友们都有一些相同的特质，如真诚、向上和善良，当然大部分在读书时和马老师比较合拍，有较好的私人交情。通过群里的沟通，同门学友们职业广泛、爱好多样，可以相互借鉴生活经验，共享各式资源，还可以互通有无，互帮互助。今年清明节我回了一趟金华孝顺老家，有个金华校友素昧平生，也是马老师的学生，她有重要紧急的物资要送到杭州，和我微信说明缘由，我二话不说，就顺手把这个小事办了，这就是同门学友之间的互信促成的。

加入群后我了解到，马老师还是我初中母校孝顺中学1977年恢复高考后第一位考上大学本科的大师兄。在1972年高中毕业后去小学、初中及高中当了六年的民办老师，这是一种无奈。但是，在当民办教师的过程中一直坚持学习也是一种机会，难怪恢复高考的第一年就能中榜。所谓机会都是留给有准备的人的，无论何时都不要气馁，不要中断自己的梦想。我还从1985届师姐那里了解到，马老师作为省培养干部对象，1985年9月曾与他们一起离开金华一中到浙江省委党校培训，后因金华一中的需要，培训刚结束就回蒋堂担任1986届两个毕业班的物理教学和奥赛教练，并因此错过重新分配工作的机会。随着时间的推移，马老师也从以往印象中威严的师长，演化成了现在的朋友，亲切随和，在生活中对大家不断鼓励和积极互动。马老师有两个爱好，一个是擅长写文章，另一个是爱好冬泳。马老师对每一件事皆可以文章记事言志，用句朗朗上口，文风清新，我不能说马老师是被物理耽误了的文科学霸，只能说他不愧是恢复高考后第一届的大学本科生，文理双修，博学众长，作为我们的师友，何其有幸！马老师日常还经常锻炼，从他冬泳的照片看得出他良好的身形。也因为世事洞悉，心胸开阔的缘故，马老师看上去年轻开朗，中气十足，精神状态极佳。

2019年1月26日我和蒋文华、沈丹作为筹备组成员，顺利组织了在浙江大学启真酒店的十六名同门弟子杭州迎新聚会。迎新会上先是同学自我介绍，然后是马老师的感悟和寄望，还有美酒和美食，整个聚会欢快翔实，通过聚会我们十几个学友很快就熟悉了，后来也都成了好朋友。第二年8月30日至31日，我们又组织了在艾青老家即金华畈田蒋的碧水农庄秋天"相约畈田蒋，品味诗人情"聚会，来的同学有二十名。聚会在农庄的宽阔的水系边，微风拂面，碧水荡漾，远处望去密林依水而立，同学们讲述各自的经历和成长，以及和马老师相处中的点点滴滴，同时还参观了著名诗人艾青的故居。马老师则系统地回望了近五十年来走过的学习从教之路，让我懂得了马老师在金华一中教学阶段的被欣赏和苦难感受，特别理解他听从母校召唤回到浙江师范大学培养合格物理教师的初衷，同时和大家一起感受到马老师境界的提高和心态的转变。马老师对从教的认识，从一份职业、一个专业，上升到一生的事业；对教育的境界，由从业、敬业，最后到乐业的高度。我感受最多的是大家对马老师的座右铭的印象很深："该干什么的时候就干什么，该干什么的时候就干好什么"，语言很浅显，寓意很深刻。人生是分阶段的，读书的时候好好读书，工作的时候做好事。所有的工作、生活成功，都是基于每一个阶段做好每一件事情而来的。几次聚会让大家认识了很多新朋友，"马铭群"的当面交流极大地促进了大家的情感，不同时期、不同年龄学友的行业分享交流开阔了我们的多维度眼界。我和曹寅住在一个房间，后来成了朋友，他是1993届金华一中校友，目前已有自己的金华佛手系列茶饮和美妆用品等产业，平日还组织金华各个小学足球赛，有活力、有能力。

2019年国庆节前，马老师在群里布置了一个作业，让大家自我介绍，并回顾和马老师相处的感受。马老师则用"回眸、回顾、回味"的随笔，让我们明白了他的初衷。紧接着年底疫情来临，中间还见缝插针组织了2020年10月的青山湖聚会，虽然疫情严重影响了人们的交往，但丝毫不影响同学们与老师的交流，从兄弟姐妹到子女后辈，前后学友年龄相差近四十岁，且源于小学、中学、大学不同时期的同学，马老师的弟子间相处原则是不管是博士、杰出青年、教授、首席科学家、博导、总监也好，校长书记、特级教师、教坛新秀、教学名师、奥赛专家也罢，或是普通员工和一般教师，大家没有高低贵贱，学友一律平等对待。而随着来自海内外学生的不断加入，并通过老师布置"作业"的完成和交流，特别是去年下半年疫情期间还带关门弟子到嘉兴桐乡的凤鸣高中实习，交流让自己更加了解学友们的心声，感觉到与老师从相遇、相识到相知的步步深入，我们一群学友自然而然产生了组织和筹划马老师从教五十周年纪念活动的想法，张芳江的慷慨，蒋文华的提议，周励谦的热情，程哲的务实，还有陈英、曹寅、马腾飞、朱恒标、王胜珍、陈江红等筹备组成员的共同努力，到今年3月26日筹备组在马铭群发出了《纪念马昌法老师从教50周年师门聚会倡议书》《马昌法老师从教50周年纪念文稿倡议书》两个倡议书。原来计划在春节后在金华的筹备组会议，3月在蒋文华师兄寓处的筹备会议，因为疫情被迫取消。后来几次的线上沟通会，基本确定了纪念活动的经费来源，活动内容，确定筹备组成员，并约定在2022年10月1日的假期聚会，文集的发动和编写都已经在逐步进行中。我们明白马老师虽不愿张扬，却期待着在从教五十周年这个马老师人生关键的时间节点，期待着与曾经朝夕相处、辛勤培育的弟子们共享团圆的美好心愿。

恩泽逾万人，桃李满天下。马老师虽然仅教了我一年的物理，可是从三十六年前的期待到圆满，从相遇到相识，特别是从最近五年的近距离交往产生的相知中，我感受到了马老师从教之初心，育人之心切，待人接物之热忱，在马老师从教五十周年这个重要的时刻衷心祝愿老师您能够畅抒心声，弟子永伴，芳名远播。

方立忠[1]，金华一中1987届3班
于杭州西溪
2022年4月7日

---

[1] 方立忠，男，浙江金华孝顺人，金华一中1987届3班，西北工业大学材料科学与工程系就读，对外经济贸易大学EMBA。三十多年以来一致从事制造业的技术、生产、营销和全面管理等工作，在兰溪、深圳、上海、北京和杭州多个城市就职。所创立的北京、杭州公司经营康复医疗器械产品，是中国残联和北京残联的核心合作企业。社会职务：西北工业大学杭州校友企业家联谊会会长。

二十二、和马昌法老师的一次偶遇

时光匆匆而过，在日复一日的平凡生活之中，当初的学校生活日渐远离，老师和同学们的往事逐渐淡然，其中诸多的细节好像都很模糊了，上什么课，怎么上的，好像都沉寂到了心底某个角落。在金华一中读书的时候，优秀的同学也非常多，毕业以后很多同学也取得了傲人的成就。而我自认为从事了平凡的工作，没有惊天动地的丰功伟业，所以平常也有愧对曾经教过我的老师们的想法。我对自己的评价是：不属于天资聪颖的那一类人，倒也是一直勤奋努力着。从事医生这个职业几十年，能够尽心尽责，让很多患者得到治疗和康复，解除他们病痛之苦，因此我内心也有一份骄傲，无愧于心，无愧于人。

真是机缘巧合，很多年没遇见过高中老师了，在2018年10月13日那天，我受单位派遣到婺江边参加龙舟赛的医疗保障工作，竟然意外遇见了作为志愿者前来的马昌法老师，更出乎我的意料令我高兴的是，马老师仍对我这位当初的学生还有一些印象，马老师的记忆力真是惊人，是不是教物理的老师都有这种能力？

二十二、和马昌法老师的一次偶遇

金华龙舟赛于 2017 年 11 月 4 日首次举办，名称为"2017 中国金华龙舟邀请赛"，我和马老师见面那次是第二届，名称为"2018 中国金华'科惠医疗杯'第二届龙舟邀请赛"，是 10 月 13 日，每年一次，到 2021 年是第五届。作为志愿者的马老师，身穿一身黑色西服，体态轻盈，说话底气十足，主动积极地做事，想不到马老师退休都好几年了，仍然保持着年轻人的精神状态。从我多年做医生的经验推断，马老师应该像当年教我高三物理时候一样，对工作和生活很有信心，不计辛劳愿意付出，没有计较太多的个人得失。

那一天，我和马老师在婺江畔聊了许多。当时他在远离市区的农村教学，那里是金华蒋堂的一个小镇的老校园，物质条件较为清贫，可是大部分的老师们都是很笃定淡泊，没有抱怨或者心生退意，依然把自己的专业所学进行很好的消化，对教材进行充分的教研，根据学生的情况，有目标地进行授课。学生们也非常努力，我们班风也好，多数同学对自己的未来有梦想，并能付出执着的努力，因此我们的大学升学率是很高的。我和马老师还谈到了自己毕业以后，走向社会的工作情况，作为医务人员平时也是不容易的，各式提高性医学知识的不断学习和考核，还要在工作中处处积累经验，从开始的翻书就诊，到最后医学知识和经验了如于心，对各种病情能对症下药，能提出个性化的药方和膳食、日常注意事项的提示等等，都是在工作过程中慢慢形成的自己的独特方案。我也仔细观察了马老师的体态神情，好像岁月并未在马老师身上留下太多的痕迹，他还是我高中时记忆中那般神采奕奕的、声如洪钟、动如脱兔。同马老师的交谈就像是有了一把钥匙，一步一步打开我心中的那扇门，高中时的学习生活画面又一次鲜活地呈现在我的眼前。真好，那时马老师教得真努力，而我也为了自己的前途曾经拼搏过。说到当年和现在的很多事情，我个人感觉马老师不仅仅是当年威严的老师，更像是一个长辈一个师友，充满着对学生的关怀和真情，原来我们很多时候都封闭着内心，为自己的工作情感所困，多和马老师这样的老师交流沟通，也是很惬意开心的，很多事情通过与马老师的交流让我更加豁达了。

时光在平凡生活中流逝，2019年8月27日，马老师邀请我加入"马铭群"，因此认识了很多师兄师姐师弟师妹们，见识到了校友们的风采，也惊讶马老师有这么多学生分布在全国各地，乃至世界各地。每天我会点开马老站长之家看看马老师又给大家带来了什么新闻资讯，浏览校友们又发了什么信息。我看到很多马老师和校友们的聚会照片，可以感受到他们的快乐和暖暖的师生情。一直在金华的我没能近身感受到的各地风土人情，通过群里的话语、交流、图片和视频，好像世界又给我开了一扇窗，让我看到了更宽阔的各地风土人情，了解到了五十年不同届学友们的思想和对马老师的情怀。

在那一次之后，我也会再次想起那次相遇，想起高中时候的青春美少女的年华故事，想起友善的同学们，一起同窗求学，最终能为社会作出自己的一点点贡

献；还想起马老师和其他老师们的教诲、同学们的互帮互助。感谢那一次婺江畔与马老师的偶遇，让我真切地感受到师生情的美好，马老师马上要从教五十周年了，在此我祝福马老师家庭幸福，内心从容，身心愉悦。

蒋月英[①]，金华一中1987届

于浙江金华

2022年4月18日

[①] 蒋月英，女，金华一中1987届3班，就读于浙江医科大学金华大专班。1990年分配到东风萤石公司职工医院工作，1995年调到金华染整厂医务室，2002年开办内科诊所，2012年到慈铭体检中心就职至今。目前是慈铭体检中心主治医生，该中心职业病主检医生。

二十三、永远的一中情

作为金华一中的学子，我一直想写点儿什么，但都无从下手。因4月我一直在社区做志愿者，想想也不能再拖延老师布置的作业，所以提笔写写我的金华一中，我的老师与同学。

这段时间每天看着师兄师姐师弟师妹们写的一中情、老师情，关于金华一中与老师同学的回忆，让我的思绪重回到蒋堂。

我的家就在金华一中附近，我八岁那年（1975年）到蒋堂，爸爸是金华一中的数学老师赵招黎，他也是我高中的班主任。对于1970年代至1980年代在一中学习的学生来说，我家在校门口开的代销店是大家在那个物资贫乏年代唯一购买物品的地方，相信大家对它的印象都非常深。20世纪70年代，在一中读书的学生学习勤奋，生活上是比较艰苦的，除了学习还要参加种菜、种麦子、番薯等各种劳动。同样，对于老师来说，生活同样是清贫艰苦的，除了少数双职工老师，

二十三、永远的一中情

大部分老师都是过着单身汉的日子（家人在城里或者农村），住的房子是单间（大约十平方米），房间里就放一张床、一张桌子、一个书柜，卫生间公用，没有厨房，吃喝拉撒都在一间房里解决。住在我家隔壁的是教物理的毛颖可老师，他讲话风趣，上课不带备课本，空闲时间经常会给我们这些孩子讲故事，他会弹三弦，我爸爸弹月琴或者拉二胡（爸爸拉的钢锯在学校甚至金华都是一绝）。隔壁还有查宜章老师，他会拉手风琴，每次学校的文艺演出都少不了他们。那时的老师都是多才多艺的，查老师教历史，听爸爸说之前他是教俄语的。

说起代销店还要感谢当时的卢为庆校长。为了照顾我家，学校与蒋堂供销社联系沟通，让妈妈在学校开一个代销店，代销店同时也解决了老师和学生到蒋堂购买物品的麻烦，避免安全隐患。那时的代销费是3%，酱油、盐是一角五分一斤，物资价格低，代销费也就不多，偶尔爸爸进货不小心独轮车翻倒酱油一坛，那就要赔钱了。虽然代销店收入不高，但总归一家人在一起。

我在金华一中度过了快乐的少年时期，特别是暑假，白天到池塘摸螺蛳，钓青蛙，到小沟里抓螃蟹，傍晚到学校外的游泳池玩耍、跳水、在水中倒立，自制游泳圈、晚上摘家门前的柚子，哪棵树的柚子好吃，我们都一清二楚。小时候的我还是蛮调皮的，不像女孩子，爬树、爬围墙样样都会。一中的杨梅树、枇杷树、绿油油的毛竹林，绕着校园的小沟，还有那一排排的教室、寝室、大操场、大礼堂、教学楼等等，对我来说有着天然的亲切感，它们已经融入我的血液里，无法忘记。

1984年9月，我读高中，爸爸是我的班主任，同学们读书都非常用功，我因基础较差，成绩在班里处于中下游。由于文化成绩不好，总要想在其他方面多用点功。虽然高中之前我在体育方面并没有过人的成绩，也没有特长，但高中三年我也拼命训练，每一年各项目成绩都有提高。高中时期，我是校排球队、田径队的成员，班里每一次的运动会我也是得分主力，这里也要感谢朱锡兰老师对我的培养与训导，每日的训练练就了我不服输、不怕累、肯吃苦的个性，为之后的工作生活打下良好的基础。我在班里也是比较活跃的，同学们待我亲如姐妹，当然偶尔男同学间有什么不良爱好我也从没打过小报告。

金华一中的老师除了教育学生学习文化知识，还要教学生独立生活的能力，培养学生爱学习、爱劳动、强身体和做人做事的道理。因为所有学生都是住校的，所以老师们将所有的时间都用在学生身上，因材施教，他们是严师、慈父、良友、他们知道，他们将决定很多学生的命运。马老师到一中时我应该是在金华读初中，他给我的印象还是较深的，高高的个子，见人都是笑脸，声音洪亮，高三那年教我们班的物理，他教学思路清晰，讲课深入浅出，让学生易懂，并能根据每位学生的特长，帮助他们成长。

  时间过得很快，转眼马老师都从教五十周年了。五十年来，马老师教了一批又一批的学生，真是桃李满天下。学生们对老师的感激之情从群里聊天中可以看出。现在看到马老师还经常冬泳，身材没有变化，精神比年轻人还好，真的为他高兴，非常赞叹他有这么棒的身体。

  马老师，希望您在今后的日子里，还是保持一颗年轻的心，永远健康，永远做我们的良师益友！

赵一路[1]，金华一中 1987 届 3 班
于浙江金华
2022 年 5 月 20 日

---

[1] 赵一路，女，金华一中 1987 届 3 班，毕业于浙江工商大学，就职于金华市制药厂及浙江康恩贝股份英诺珐医药有限公司，工作期间从事药品销售及行政管理等工作，多次被评选为优秀党员、优秀主管，工作认真负责，爱好运动，旅游；退休后在社区做志愿者，服务社区居民。

二十四、种桃种李种春风，开尽梨花春又来

和大多数农村小伙伴不同，我很小时就知道金华一中。因为我的大表哥、大表姐都从这所著名中学毕业，走向更高学府深造。每当表哥、表姐来我家，总引得村里人羡慕和赞扬！言语之中，让懵懂的我觉得大学生是如此尊贵的存在，那么我长大也要成为大学生。在澧浦中学初中部就读时，我心心念念的就是"我要上金华一中"。中考前两个月左右的一天晚上，我梦见自己真的收到了金华一中的录取通知书，红底烫金，在阳光下熠熠生辉……从那时起，刻苦努力许久的我，确信自己一定会梦想成真。

由于父母忙于农活，是爷爷送我去的蒋堂。爷爷是抗日战争期间的高中生，他那时已经考上中国美院，但因时局不稳，他的母亲不让他外出求学，大学终归没上成。后来爷爷的五位子女最高学历也只是初中。爷爷可以算是文化人，擅长

画画和音乐，还会修理各种乐器、机械（比如自行车等），见多识广。我从襁褓中开始就经常看着爷爷搞修理，对于扳头、螺丝刀、老虎钳我自幼熟悉，爷爷早就为我将来的物理教师之职埋好伏笔。9月初，正是葱兰盛放的时节。大门里面的校园大道旁，两侧挤满葱兰洁白的花朵，它们又安静又热闹的样子着实让我吃惊。之前我只熟悉野花野草。慢慢地，校园里鹅黄的迎春花、遒劲的龙爪槐、高直的柏树也成了我一辈子抹不去的记忆。

开学第一周，我即领略了众多老师的风采。数学老师汪志斌最年长，退休返聘教我们，听力不好，普通话不好，几何图形画得出奇地好。潘绍恺老师教地理，五十多岁的样子，晚上带着我们去篮球场看星座，第一次辨认星座的神奇感受，恍如昨日、至今难忘。王缪田老师教英语，要求严格，竟然从第一节课开始就全英文授课，一周下来我啥也没听懂，农村孩子的自卑毫无防备地来袭，后来买了录音机刻苦练习，总算跟上。除了这几位，大多数是年轻教师。我们的班主任李刚和化学老师林根清都还是未婚青年。不过他们已经有过几年的教学经验。金华一中的年轻老师每天带小板凳听师父的课，师父肯教、徒弟肯学，青年教师成长很快。李老师和林老师上课都相当精彩，学生学起来不甚费力。不过有一事，我至今不明白李老师为何指定我当历史课代表。彼时我并不喜欢历史，甚至还有些讨厌，跟现在完全不同。知名爱国华侨、全国优秀教师李贤鹏老师教我们历史，虽然如此师资，但我最终还是没有学好历史，愧对老师。我最喜爱的课当属物理和化学，每一节课都是享受。

当年李刚老师新婚请假，年级的各位物理老师轮流来班里代课，我终于见识到，原来别人家的物理老师也个个身怀绝技，上课妙趣横生。正是这次难得的机会，使我有幸聆听了马昌法老师的物理课。记得马老师身形瘦削，常穿一件那时流行的长风衣，非常帅气。一直享受李老师物理课的我，以怀疑的眼光看着走进教室的马老师。但马老师凭借一个规范的受力分析图，瞬间就征服了我。没有暂时代课的敷衍，只有激情四溢的投入；没有故作高深的强势，只有娓娓道来的暖流；没有繁难艰深的晦涩，只有举重若轻的舒畅。随着课堂的深入，疑难处抽丝剥茧、平易处陡峰突现，马老师把一节物理课上得跌宕起伏，我时而苦思冥想，时而怦然心动、视界敞亮。真不知马老师施了什么魔法，让我们的物理课完全没有过渡的不适感，反而乐在其中。

二十四、种桃种李种春风，开尽梨花春又来

优秀的个体背后是优秀的团队。金华一中的物理教学一直享有盛名，它一直拥有优秀教师团队，毛颖可老师是其中的突出代表，他鲜明的教学特色自成一派，在全省乃至全国有很大的辐射力、影响力。我请教了几位毛老师的亲授弟子，他们一致认为，毛派教学的特点有二：一是教学艺术高超、教学手段多样，尤其注重变式教学；二是教学中注意培养学生的物理学思维方法，重视实验教学。

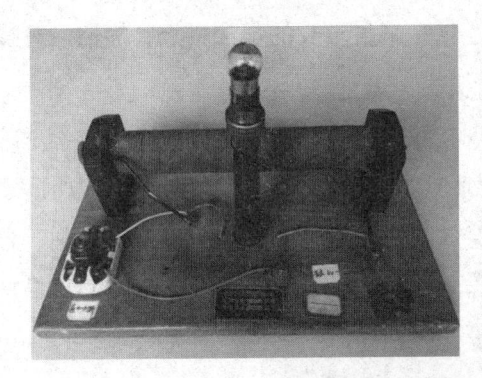

照片中的仪器堪称母校物理实验室的镇室之宝，是大约1933年左右置办的家当，上有"亚洲电器公司"字样，见证了百年名校的沧桑与厚重。它们穿过硝烟、躲过炮火，历尽磨难，如今仍意气风发、老而不朽，穿越近百年仍在课堂奉献精彩、收获尖叫。现在，物理课堂上，孩子们热切地盯着他，满含深情、虔诚热烈。我不时在想，在战火纷飞的年代，那些保护实验仪器周全的前辈啊，"我不知道你是谁，但我知道你为了谁"！我们唯有努力工作，用心传承！蒋堂时代，师徒结对制稳定，师带徒、徒跟师，业务上师徒诚心交流，生活中相互关心。教研风气甚浓，教研讨论随时随地均可能出现。餐桌上、散步时甚至澡堂里都会出现师徒争论得面红耳赤的场景。这种教研风格非常匹配当时田园式的校园环境，形成物理组独特的"风景"。李老师、马老师正是在这样的环境中磨炼出来的优秀物理教师代表，他们谦虚好学、勤于钻研、心无旁骛、业务精深。

那时不仅有好的教风，学风也极好。我总期盼校友们来一场当年学风的大讨论，挖掘出明晰的学脉基因，以利于学弟学妹传承创新。那年听闻我被金华一中录取，已经参加工作的大表哥非常高兴，送我一个缎子封面的高级笔记本，题首赠言便是要求将老师发的讲义弄懂贯通。这是来自学长的学法指点，简洁、可操作性强。学脉传承应该悠长久远、生生不息。

物理课堂对我的影响之深，直接体现在我对职业的选择上。后来，我上了师范，选了物理专业，成了物理教师。等我回母校工作时，马老师已经到大学任教。中间多年未见，直至高中毕业三十年聚会才再见到马老师，他依然身形瘦削、思路清晰、温和儒雅。在同学聚会筹备工作中，马老师又给予了我们最热心、最贴心、最诚恳的指导和帮助。

倏忽三十多年过去，我们已大大超越老师教我们时的年纪，面对各种压力挑战，有时难免垂头丧气、心灰意冷，但想起自己一中学习的苦乐时光，想起精神健旺、终身学习的老师，力量和勇气又重新登场。

种桃种李种春风，开尽梨花春又来，值此马老师从教五十周年之际，作为"编外"学生，我向马老师表达最诚挚的感谢、最衷心的祝福！祝马老师和各位恩师年年岁岁平安、岁岁年年康健！也祝母校办学蒸蒸日上、越办越强！

徐祯[①]，金华一中1990届1班
于杭州
2022年5月21日

[①] 徐祯，女，金华一中1990届1班，毕业于浙江师范大学，浙江省特级教师，曾任金华一中物理组学科主任，国家级大学生与研究生物理教学技能展评优秀指导教师，金华市教坛新秀；金华市师德先进个人。她在实践中摸索并创立"向学而教——以情启智'思'为核心"教学模式，擅长课堂教学，关注学生的学习，对学生学习中出现的错误做过专题研究并获得相应成果。

二十五、无处不在的物理老师

从教五十年！五十年，对我们这一届学生来说，还有特别的意义，在绝大部分同学出生的那年，马老师进入了教师行业，我们的年龄就是马老师从教的计时器，缘分就是这么奇妙！

马老师是我们的高中物理老师，人们都说，学会数理化，走遍天下都不怕。本人数学和化学还是不错的，成绩基本在前列，物理成绩一般，很对不起马老师的辛劳。我对物理课印象不深，也就因为我们后排有个物理课代表，马老师会关注多一点儿。对马老师最深的印象，就是瘦瘦高高的，上课时候，声音清亮，手上总是拿着粉笔，屈肘。因为没有戴眼镜，就没有那种经过镜片反射出的光芒，不是那么让人不敢直视，唯有不知道该怎么回答问题的时候，我才需要躲躲闪闪，躲躲闪闪多了，对马老师也就只能敬而远之了。

对于物理的应用强于理论，理论很多都已经遗忘，实际应用好像还有那么点儿收获。自我感觉大学期间做得最厉害的就是用一个螺丝刀、两支牙刷当工具，在同济大学拼凑出一辆破自行车，骑着它在老姐在读的同济大学和我在读的第二军医大学之间来回跑。这勉强算物理方面的应用吧，现在也许属于通用技术课类了。

高中毕业，我去上了不花钱的第二军医大学，没去地方大学，以为从此远离物理了。毕竟，医学是关于人体的一门学科，应该主要是生物和化学、分子和细胞，离物理好像有点儿远。在大学期间，我也确实很少接触物理。

等参加工作以后，特别是我现在主要做的高气压医学和康复医学工作，才发现物理还是无处不在。高气压医学方面，一大堆的气体定律、波马定律、查理定律、盖·吕萨克定律、道尔顿定律、亨利定律，还有浓度、分压、密度、比热容、热传导等，物理无处不在；康复工作，各种治疗手段，高中低频、红外线、紫外线、激光、热疗、磁疗、冷疗，还需要懂生物力学、运动力学等，物理更是渗透到方方面面。就更别提各种医学检查了，无论是 MRI、CT、X 线片，还是 B 超、心电图、脑电图等，都是物理手段。医学工程方面，感觉基本就是物理的天下。还有专门的医学名称：物理诊断、物理治疗……

数学和物理是现代科学的两大基础学科，我们高中这两科任课老师三年没换，还都是班主任，何其幸运。物理对我来说是个又爱又恨、不好学但好用的学科，此生最终还是和物理纠缠不清。

生活中无处不在的物理，每当遇到难题的时候，我总难免会回想起当初马老师上课时怎么讲解的情形，马老师应该是经常能被我们这些学生想起的老师了吧！而已从教五十年的马老师，都不知道要被多少学生时不时地提起了。

絮絮叨叨，不知所云，师恩难忘，世上岂无千里马，人中难得九方皋，从教五十年，先生桃李满天下，何用堂前更种花！

陈晓[①]，金华一中 1990 届 7 班
于浙江宁波
2022 年 5 月 25 日

[①] 陈晓，男，金华一中 1990 届 7 班，1995 年毕业于第二军医大学海军医学系，毕业后在军队医院工作，已退休，居住于浙江宁波，一直从事潜水医学、高压氧医学和康复医学工作。

二十六、纪念马昌法老师从教五十周年的随笔感想

马老师教了我们三年物理课。物理是自然科学的根基，物理学科的进步也是社会演化的动力之一。物理研究的是自然界现象和事实、逻辑和推导、设想和论证。物理学的集大成者无一不是善于观察，精于实验，敢于设想，严于推导而论证或验证之人。高中的基础教育，我们有幸得到马老师的谆谆教诲，学会逻辑思维和独立思考，善莫大焉。

马老师给我们的物理课教育，其实远不止物理知识和理论。潜移默化中，他给那时懵懂莽撞的我们植入了人生的一种态度和方法，那是以事实为出发点，不受主观干扰，运用逻辑推理，尊重客观规律。我们接受并实现物理的原则，生活在纷乱嘈杂的世界，就会有应变的信心与底气。

马老师是一位严肃又笑容可掬的老师。在我的印象里，他经常穿着白色或者细纹条格的短袖衫，挺直的身板，在讲台上飞舞着粉笔，清脆响亮的授课声音有时也会沙哑。他时常会爽朗一笑，露出孩童般的纯真和可爱，与严师身份完全不匹配。那个时候，我感觉原本高远的马老师特别真诚，特别亲切。

说到亲切，我的同桌之一何俊是物理课代表，与马老师来自同一个小镇——孝顺。孝顺一定是个神奇的小镇，我所认识的很多优秀人才都来自孝顺。何俊经常参加省市和国家的物理竞赛，并拿大奖回来。因为马老师对何俊的喜爱，我作为同桌也顺便被关注到。马老师总会在课上提问，最后的眼光常常投射到我们的座位方向，我就赶紧低下头去，怕被马老师叫到回答问题，而何俊就昂着头，眼神也透过他那厚实的镜片投射回去，右手的三个手指不停地绞着他头顶右前方的一撮头发，仿佛问题的答案就能这样被绞出来。有时马老师给的问题很难，何俊思考出答案后有时兴奋地喊出来，一般是简短的两到三个字，常常也会听到教室

前几排的周励谦、郑建伟、朱兵异口同声地喊。"竟然"没把同学们难倒，这时的马老师爽朗一笑，满脸都是他特有的纯真和可爱，带着欣慰和褒奖。

马老师除了教我们7班物理课，也是隔壁8班的班主任和物理老师。我们7班的班主任兼数学老师单荣耀教着他们8班的数学课。那时候一个年级共有八个班，我们的7班和马老师的8班，高中三年，教室隔壁相邻，同学相对比较熟识，任课老师也基本相同：数学课单老师，物理课马老师，语文课姜老师，英语课徐老师和楼老师，历史课陈老师，政治课王老师和倪老师，化学课程老师和毛老师，生物课何老师和方老师，地理课陈老师，体育课羊老师和陈老师。回想起来，那时候的每一位老师都是风华正茂，上课妙趣横生，对我们勤勉呵护。

马老师带了整三年的8班就像是马老师自身的一部分。7班和8班既是最亲近的兄弟班，在年级比赛或活动中有联手与合力；同时又是强有力的竞争对手，在篮球、足球、排球、冬天万米续力长跑等各项上都有竞争。马老师的8班人才济济，他们班的李剑是那一年的浙江省理科高考状元，后来去中国科技大学读物理了，估计是得到马老师的亲授物理秘籍。后偶遇李剑是在1995年一个懒散的夏日，那天我跋着拖鞋在交通大学的学生食堂排队买饭，一回头，看见身后排队的是一个熟悉的面孔，仔细一看，是8班的李剑！原来他刚获得全额奖学金，那天正好从合肥来上海申请留学签证，顺便到交通大学食堂蹭饭，不久后他就到UIUC（伊利诺伊大学香槟分校）去读博士了。8班的其他高材生还有很多，暂不提。我们7班除了前面提到的学霸，更有阿欧、朱新远、卢大军和孟虎等成绩优异的领头羊，班上才女才子们个个出类拔萃。8班打篮球的至少有两位好手，个高技也高，不容小觑，而我们7班的篮球也很强，我的同桌之一韦伶华与老汪、阿泰、金辉容和徐强等联手起来，刚刚好盖过8班。足球场上，我们7班就更威风了，暂不提前锋和中场。记得有几次下着雨比赛，在学校后面的黄土足球场，守门员陈小平总是能够在关键时刻，从雨水泥泞里，纵身一跃，抱住球，弄得满头满脸的泥巴，再爬起来，球门前一立，就像张飞挺着丈八蛇矛在长坂坡。马老师的8班肯定没有赢过我们7班的足球。

与7班和8班有关的篮球趣事我至今仍记得，有位同学刚进入高一时个子很小（后发制人，现在人高马大），因为在球场上抢不到篮球而哭鼻子，大家只好停下比赛，把篮球给他，先安慰他不要哭。印象较深的是英语老师徐东升也常常

二十六、纪念马昌法老师从教五十周年的随笔感想

和我们一起打篮球,他的漂亮勾手,温文尔雅又激烈地与我们抢球,让我们几位野孩子学了竞技的重要一课。

回忆马老师,就勾起高中里的很多趣人趣事。当时学校在金华蒋堂,距离那时的市区大约二十公里,学生和老师都住校,一般每周或每两周回家一趟。回家方式有很多种,有走几十里路回家的,有坐校车回家的,有骑自行车回家的,还有爬火车回家的。我们班共有12位同学周末骑自行车回家,在那条被大卡车和拖拉机弄得崎岖不堪的省道上,奋力踩蹬,前后呼应,美名号称"飞车队",当时与"飞车队"齐名的是"铁道游击队",都在周末行动。当年的课堂上,生物课何老师上课最生动形象,他院子里养着的家禽,有时给部分淘气的同学提供生物解剖和烹饪的素材,这些都是事后何老师才发现的。我们语文老师给我们上《荷塘月色》,正好在世界戒烟日,讲到朱自清的意境时,他点燃一支烟刚要抽一口,被一帮显得正义感十足的学生抗议,只好掐了;过了一周,他那惟妙惟肖的抽烟画像,配着一篇短文,被好事才子们在班报上发表印刷。还有无数次,学生宿舍晚上熄灯之后,同学们憋住不说话,等查岗老师三巡结束,开始"卧谈会",我们宿舍十二个人七嘴八舌,不只是几个调皮捣蛋鬼,就是平时看起来很安静很乖的同学,都会躲在被窝里畅所欲言,开"卧谈会"大半个小时。正酣,门口(有时是窗外)突然传来一个低沉而严峻的声音"你们好睡觉了"("该睡觉"的意思),偶尔几次,外面那个声音还会接过"卧谈会"上的话附和一句,而谈兴正浓的同学以为是其他同学在说话,等到突然醒悟,吓得大家魂飞魄散,瞬间闭嘴,大气不敢出,最怕的是,已不知被门外的班主任听去了多少秘密。

离开中学三十多年了，这些老师的勤勉及对我们的呵护关爱，历历在目。在这过去一个多月里，收到很多关于马老师的故事和他学生的故事，内心感慨万千。马老师、单老师和中学里的绝大多数老师（除了前面提到的任课老师，还包括我的初中数学老师兼班主任吴老师，初中语文老师兼隔壁班班主任罗老师等），在我们幼小懵懂的年龄里，都给了我们像父母和家人一样的爱，还有无穷的知识和力量。神奇的是，他们几乎全部毕业于浙江师范大学，这个学校也许在默默地塑造着金华和金华的每一代人。

马老师所建的"马铭群"，最近让各个时期的师友互动起来，通过群内的交流和沟通，那天有幸与马老师在美国的前几届学生相聚，1985届的朱师兄、1987届的傅师兄，我们首次在费城相聚，一见如故。没想到马老师还有不少学生也在纽约和费城，而且他们在各自领域出类拔萃，都是顶尖高手，我们相谈甚欢。我们成长在同一个年代，拥有相同的经历，都受教于马老师。我们都来自金华小地方，慢慢长大，随着社会潮流，打拼在大城市，又出国走入更广阔的世界。世界就是在人口不断迁徙、科技和文化等不断跨界和融合中进步的，据说几千年前我们都从山西那棵大槐树下出发，或者更早些，几万年前从非洲的一个荒漠谷地出发，辗转迁移融合，塑造了人类文明，不久的将来会像另一位马老师（马斯克）所说的跨星球迁移吧。沧海一粟，我们是微不足道的一分子，但我们有勇气、有力量走向广阔世界和未知的未来，融入文明进程，发出自身呐喊，能够呼应同知，是因为我们的根、我们的爱、我们的知识、我们的独立和冒险精神。我们的希望和力量来自关爱呵护我们的父母和家人、老师和同学，来自值得我们关爱呵护的下一代，也来自马老师的物理课上学到的逻辑思维和独立思考。

在马昌法老师从教五十周年之际，我衷心祝愿马老师健康快乐！也借此短文，代表我熟识的同学及师友，发自内心地感谢所有教过我们的老师，祝愿你们健康快乐！

方樟辉[1]，金华一中90届7班

于纽约

2022年6月28日

---

[1] 方樟辉，金华一中1990届7班，旅居美国，曾在跨国公司做技术开发，在投资银行任高管。现管理投资基金，孵化科技企业，为科技领域和资本市场贡献力量。

二十七、金华一中往事

1987年，我从孝顺中学考入金华一中，当时的说法是考入金华一中就是一只脚迈入大学，但在金华一中同学当中，我头脑简单，不善言辞，属于默默无闻的一类。（同学旁白：学号3号的学霸，在班里是类似韦东奕的存在，大智若愚、与世无争，并且常常默默奉献，帮着生活委员抬了三年的米……）

作为物理课代表，与马老师接触较多，时时能感受到马老师的关照和鼓励。记得马老师经常让我在他的宿舍里批改物理试卷，一般是晚自习的时候，现在我对马老师宿舍布局还有印象，书桌上放着大学物理教材，我有机会就会翻看。（同学旁白：这是毫无觉察的超跑呀，马老师就是领跑！）

有一年，我被选去参加物理竞赛，只上了几次课，比赛是在金华城里举行的，题目大都不会，结果得了个二等奖，也是比较神奇。（同学旁白：日常教与学中，物理基本功训练有素！）

高考时马老师希望我的物理能得满分或接近满分，但后来的成绩还是差一点儿，感觉有些辜负马老师期望。（同学旁白：高考满分！有敢想的老师引路，才有敢为的学生努力！留一点点遗憾吧，未来可期！）

一生只做一件事——从教五十年间的师生情缘

后来填志愿也是我自己瞎琢磨的，只知道第一志愿和第二志愿要拉开档次，第一志愿要保守，争取第一志愿就被录取。填报志愿出来在路上，我遇到马老师骑着自行车从对面过来，他把我叫住，问清楚我填报的志愿后，才放心让我走了。（同学旁白：真学霸！被浙大生物医学工程和仪器专业录取，还是第一志愿保守的结果。这么低调的孩子，要鼓鼓气！）

我的高中生活也是有苦有乐，家里条件在农村算中等，但我从小就养成节俭的习惯，在金华一中时经常和周励谦两人买一份菜，分着吃。（同学旁白：谁知盘中餐，粒粒皆辛苦！往来无白丁，谈笑有鸿儒！分菜吃的同学后来成了证券大咖。）

我几个月回家一次，从家里带来大米，倒到班级的大桶里，然后每次蒸饭再从大桶里量米，这个操作可以防止自己带的米因时间长了而变质。（同学旁白：复杂生活中的简单原理应用，和物理解题的化繁为简是一个道理，迁移的能力。）

我的同桌方樟辉有一个快捷洗衣服法：把衣服和肥皂泡在水泥洗衣池里，过一段时间，清洗出来就算洗过了。（同学旁白：溶解率和时间的关系吗？还是挤压有效时间的方法？这不是绝无仅有这样做的学霸，无限被复制。这个同桌未来在华尔街起舞弄影。）

每周六晚上学校都会在礼堂里放旧电影，不管什么电影，大家都很喜欢看。（同学旁白：张弛有道，寓教于乐。）

当年在金华一中我们遇到的很多老师，他们不仅学科知识强，而且为人处事也非常好，给我们做了好榜样，值得我们学习。

我在毕业后一直和马老师没联系，自从进了"马铭群"，得知马老师金华一中之前之后的求学从教经历，真是非常敬佩。特别是现在他还坚持游泳锻炼，有这么好的毅力和身体，令人羡慕，为人师表，我辈楷模。

祝老师身体健康，万事如意！

何俊[1]，金华一中 1990 届 7 班
于山东青岛
2022 年 5 月 5 日

---

[1] 何俊，男，1990 年金华一中毕业，大学是浙江大学生物医学工程和仪器。工作单位：诺基亚上海贝尔。生活城市：青岛。

二十八、龙睛巧点作扶梯，幽谷飞香不一般

马老师从教五十周年了？看到这个消息，还是有点儿惊讶！
2020年，金华一中1990届举行高中毕业三十周年聚会，作为我们7班曾经教了近三年的物理老师兼年级组长，大家邀请他参加班级宴会。高中依稀在眼前，师尊容颜似乎依旧！

（一）马老师和他的学生

说起马老师，他和我家算是颇有缘分。我哥是1985届毕业生，马老师当了他三年物理老师兼两年班主任。应是受了马老师物理教学的深刻影响，我哥在高考前被预录取到武汉一所重点高校的工程热物理专业，高考完美上线，从此专业向物理方向进军！

得知我的物理老师竟也是马老师，我的哥哥几次向我评价马老师"务实奋进"，虽只寥寥数语，但能体会他的敬意。工作后他曾约了同学带着礼物拜访过马老师，这对于性格十分内向、习惯深居简出的我哥哥，是非常难得的举动。

我哥小学跟随母亲在东阳老家村小就读。初中被父亲带到金华，进入四中，从班级中等进到前三名。考入金华一中后，他从班级中等前进到五名左右。我在他的高中毕业留念册上看到一些同学用龙飞凤舞的笔迹给他留言称"真人""大内高手"，这当然不能照单全收，是即将分别的同学给予的溢美和祝愿之词，但可以想像他在同学心目中学习状态还是比较稳定的，也可以想见他进城后面临的和各阶段同学的差距以及强烈的追赶学习愿望。

多年后的他成为技术监督领域的一位总工，虽如此，在马老师的桃李芬芳中，仍是最幽淡寻常的一缕……对于马老师这样在金华一中执教多年，"策之以其道，

食之尽其才，鸣之通其意"，阅千里马无数的伯乐级教师，优质的"阿拉伯马"固然令他侧目，但"汗血宝马"更能激荡灵魂深处追求卓越的尽致畅想。1990届的高考，根据全国有据可查的对比资料，录取率相对往年要降低不少，而马老师在平淡中创造了繁华，那一年的全省高考状元，神奇花落他任班主任的8班。他班里涌现了一批很优秀的学生，李剑、姜光强、沙巍、张芳江、洪雅芳等名字如雷贯耳。马老师日思夜想的，当是如何将貌似羸弱的驽马训练成肌肉丰盈的名骥！

在他担任三年物理老师的我所在的7班，也是风起云涌！三十多年后的今天，回首高中时的幕幕场景，我恍然大悟：这些动静差异、高低错落、疏密有致、妍媸有别的同学，正各自带着不同寻常的能量场，在太上老君的炼丹炉中修炼呢！每一次挥洒的汗水、倾注的心力，都将把他们送往更高阶的平台！曾经近在咫尺凡若尘埃，终成叱咤风云雷霆万钧！这些人物不断成为我人生旅途的励志故事和探视世界的独特窗口。

当然，世界是丰富多样的，每个粒子保存展现能量的方式不同。有的高能粒子追逐的不是闪光而是静心，这或许是经典物理学"静态能"的现实演绎吧。

中国民间有谚语：一命二运三风水，四名五相六读书。在能动改造命运的修行中，读书是最重要的修行之一，可以理解为意识能量对物质能量的反作用力。基础有厚薄、智力有高低、过程有曲直，个人、家庭和国家一样，面临祖辈累积的贫、病、困交加局面时，负重前行就是力量之美！抛弃困扰需要阳光通透的豁达、谦卑处下的胸怀、浴火重生的勇气、天然去雕饰的质朴、改造命运的智慧、融入新境界的热爱！

万物流转，诸行无常，在千变万化的世界中，保持恒久远的信念，溯流而上，实现能级跃迁，建立崭新的"场"！这是马老师的物理课，以社会学的形式，给我留存的深刻教诲。

（二）马老师的几幅老照片

"四季讲堂三尺余，龙睛巧点作扶梯。万般辛苦不觉累，但愿育出千里驹。"1987年蒋堂一中的傍晚，经常能看见马老师怀抱或者牵引着儿子，指尖习惯性姿势貌若夹着粉笔，给学生比画着讲解物理难点疑点。他身形瘦长，不自觉地给人一种居高临下的感觉，听学生提问时专注而沉默，随即仿佛被按了回车键，头微微一仰，向大脑提取关键资料了！迅速且流畅地做出反应，一如他的课堂，不需要临场摩挲课本！在金华一中这样高能粒子普遍的学校，学生更擅长独立思考，但在纵深方向和融会贯通有障碍时，仍然会寻求提纲挈领的点拨。马老师努力成就了高山名涧的清泉，全力把学生推向浩瀚大海！

在家庭教育上，马老师也具有前瞻思想。网络上流传扎克伯格给出生十天的女儿送上《宝宝的量子物理学》，让两岁的女儿学习编程；而我们的马老师，三十多年前的幼教思想就不输扎克伯格，直接让儿子享受了臂弯中的优质物理启蒙教育，大音袅袅，醍醐灌顶！当有学生逗着他儿子玩时，马老师笑得甜蜜又骄傲，这是他通往未来世界的乾坤！

2010年，7班组织过二十周年同学聚会，会后马老师联系我，希望能够协助他解决父亲的老年性皮肤病病问题。我到了才知道，马老师应该是费了好大的劲儿！他父亲像个孩子似的蜷在他背上，他缓慢地穿过拥挤的人群，往诊室挪动脚步……看见了人间的轮回，芸芸众生中最寻常质朴的方式……尽管我忙里偷闲地做了陪同，物色了临床经验丰富的医生，但因为马老师和父亲出行的不易，事后我颇有些后悔沟通不充分，没有更好地引导到空闲时段，或者获取更便捷的策略。

（三）立学以读书为本

父亲在我八岁时带我进城。我在"铁小"度过了轻松愉快的四年半，老师和同学们都非常友好；五年下学期转学到红旗街小学；初中进入四中，初一第一学期延续了小学习惯，不适应功课增多，成绩由第一名掉到了十三名；忘了第二学期是第几名，只记得初二以后，基本稳在第一，当了三年班长。多年后看了《哈佛女孩刘亦婷》《钟婉婷学英语》等书，我才知道真正的学霸是从小超前培养的，体会到了自己缺少系统规划。

我们当年中考难度系数比较高，录取分拉得很开，考进金华一中时，我的成绩超录取分五六十分，但年级有比我高五六十分的，班级有比我高三四十分的，我进班的排名是女生第五，全班第十三，高一担任卫生委员，高二任团支书。高中的几任书记班长各有优点，学习未必都最强。其中一位高二临时起意考中科大少年班，差四分，后高分考入清华。几乎稳拿第一的是欧妹妹，三年学习委员，入选著名的《半月谈》期刊优秀中学生，考入中国人民大学，保研，马中赤兔！

我曾经有好的机会进入中西医结合专业学习，最终被父亲推进中药专业。开始觉得中药专业没有成就感，工作后一连串的事情逐渐改变了我的想法，屠呦呦团队的中药提取物青蒿素获得中国第一个科学类诺贝尔奖的消息也很鼓舞人心，尽管我没有选择深入科研殿堂，但我对临床药学逐步产生浓厚兴趣，读了临床学历，获得处方资格。读在职研究生时，我跟随一位中药领域很有影响力的导师，他带教时鼓励我善于从大队配伍中解放出来，去发现真正有治疗价值的关键药味。

1997年左右，我婶因肾结石引起肾盂积水，多次引起昏迷，多方诊断的结果是急危重症，必须尽快手术，手术虽然成功，但术后一年多，竟然复发了。清华毕业的堂哥觅得一简易中药方治疗，一个月花费几十元，两个月左右B超检查发现结石不见了。一位金华一中同学的父亲亲口告诉我，他做了五次胆结石手术，后来，他没有活过七十岁，不知两件事关联否。

1998年左右，我们见证了一位患者因重症肝炎深度黄疸，被下了几次病危通知书，通过一种蓼科的中药迅速转危为安。

2013年左右，新带教的实习生陈述：在露天泳池学游泳后晒伤抓破，流脓水达五六年之久，常戴着口罩解决颜面危机。辗转多地多家医院，吃着一个中医的药方半年多，算是有史以来最好的状态，脓水能够不流下来，脓痂还是结，每月费用一千五百元左右。我指导她买黄芪、赤小豆、生地各一斤，找医生开口服和外用的抗生素，经过宣教和处理，一周换新颜，几周实现全面康复，总花费几百元。

2013年，一个亲戚帮同学紧急求援，说湿疹很严重，洗澡时几次发生昏迷，分析病因病机解决问题。有个女孩，为考研著名"985"，日夜看书，心想事成，却得了肾病。家长遍访京城名医，分析是每天看书到半夜，洗澡后即入睡，水湿浸淫，毛孔张开，长驱直入……2018年，见到一位推销医用冷柜的中年女性，重度湿疹，浑身长满鹌鹑蛋大小的疙瘩，以春夏秋冬日日洗澡不拘时为荣。可见正确洗澡的重要性！

2015年左右，一位初中老师两肺底积液用了进口抗生素半个月，迅速反弹，我建议她使用了入肺经的两味中药，一味化痰湿、一味消肿排脓，二十天左右停药，之后复查，显示了稳定卓越的疗效。听说堂姐血糖控制不够理想，帮助她建立方案，找到了适合个体的纯中医小复方调理，餐前血糖和糖化血红都降到了正常范围，完全停药后持续稳定四个月，嘱再行阶段性巩固。2021年，随着认知的扩展和加深，帮助她找到更优质的方案。

2018年，某单位的财务总监来访，提到她的亲戚转氨酶升高住院很久不降反升，用景天科的草药迅速降下来。江苏一位主任中医师，是国家中医药管理局重点学科肝胆病学的后备学科带头人，他的丈母娘常常在阳台栽培此草药，让他带到医院分发给经济承受能力有限的患者，回家作苗栽培，经常有患者回来向他报痊愈之喜。中医在治疗肝硬化方面也有功效卓著的小简方，肝癌领域暂不展开。

2020年，一位有三十多年临床经验的同事，先生痛风住院一个月左右未能有效缓解，到药房请求用药策略，根据舌苔图指导她用赤小豆、薏苡仁、莲子等进行食疗，两三周后欣然告知先生康复复工。2016年左右，另一位同事的先生，痛风严重水肿漫过肘部，住院疗效欠佳，建议她使用车前草、金钱草，迅速退水肿消痛风。

2021年春，初中好友患银屑病，经历一系列中西医治疗未果并加重，颇有些焦虑，个性化跟踪了一段时间，问询生活习惯和用药史，建议她改良部分生活习惯，推荐两个药方，说明治疗机理，做了用药指导，并且要求她停止使用所有药膏。经过约三个月治疗，2022年4月30日她发来照片，皮损全面修复，只剩最严重的小腿有些红点。嘱再巩固，告诉她这种方法加习惯改良，不复发很有希望。

2014年，我完成职业"爬坡"，业余有了更多自由支配时间，开始重点关注肿瘤治疗领域的案例和文章。在文献中，在我们周围，都存在一些鲜活的例子，在罹患肿瘤状态下，甚至是全面转移状态下，依靠中医药改善生命质量、获得超长生存期，值得关注。2021年，一位有缘人查出获得概率十万分之一的超恶性肿瘤，按照文献报道，平均生存年限两年。通过海量文献搜索，获得了宝贵的三例中医治愈案例，以此为契机，展开探索！

记录以上花絮，愿读者获益，建立从祖国医学寻找支持的概念。

"三尺讲台，三千桃李；十年树木，十万栋梁。"谨以此文，祝贺马昌法老师从教五十周年，愿他的教育思想通过历届学生的传承发扬光大，给周围世界增添更多美好和力量！

楼锦英[①]，金华一中1990届7班
于浙江金华
2020年5月20日

[①] 楼锦英，女，金华一中1990届毕业生，中药学硕士，主任中药师。2006年，《中药临床妙用锦囊》获人民卫生出版社计划内出版立项，成书42.6万字，2009年公开出版发行。

二十九、桃李芬芳满天下，教泽绵长遍九州

得知今年是马昌法老师从教五十周年，不禁感慨，时光飞逝。在"马铭群"（马昌法1972—2017团队）中看到来自五湖四海的金华一中、浙江师范大学等不同学校的各届同门师兄弟姐妹们回忆受教于马老师的点点滴滴，对马老师的崇敬之情油然而生。马老师五十年来持之以恒、一丝不苟地对学生谆谆教导，换来如今的"桃李芬芳满天下，教泽绵长遍九州"，马老师真是选择并成就了一项非凡的事业。我是1987年开始就读于金华一中1990届7班，马老师教了我三年的物理，如今回忆起来，马老师不仅教授了我们具体的物理知识，更重要的是言传身教，用他严谨、认真、拼搏的精神潜移默化地塑造了我们，使得我们在今后的求学、工作和生活中受益无穷，感恩在我的青春岁月，在金华一中这个有着悠久历史的学校，遇到了马老师这样的良师。

（1）热爱可抵岁月漫长。按照现有制度，三十年工龄乃至二十年工龄就可退休，马老师从教五十年，到现在还在坚持带学生，真可谓是很漫长的职业生涯了。我想能支撑马老师饱含热情地坚持五十年的那唯有对教育事业的热爱和对学生的深厚情谊。记得当年上高中的时候，马老师给我的感觉是比较严肃的，加上学生对老师天生的敬畏，我从心底里是比较害怕跟老师打交道的。无奈我当年担任学习委员，有些事情就得硬着头皮张罗。记得有一次好像是要邀请马老师参加我们7班的一个活动，就和我们班物理课代表一起到马老师家送邀请函，当时马老师不仅爽快答应而且一定要留我们吃晚饭，让当年经常以霉干菜为主菜的我们着实改善了一次伙食，让我看到了马老师课堂之外的亲切以及对学生的关爱和热情。铁打的三尺讲台，流水的学生，春来秋往，马老师送走了一届又一届的学生，看着一波又一波的懵懂少年徜徉在物理知识的世界，受教于严谨的物理逻辑，如愿踏入了人生新阶段，我想一定是一种对学生成长的责任感和由衷的欣慰，以及将学生培养成才的成就感，支撑马老师度过了漫长的从教岁月。

（2）爱拼才会赢。马老师给我的另一个教诲是拼搏和追求更好的劲头。当年在金华一中上学的时候，我在7班，马老师是8班班主任，同时担任7班和8班的物理课老师，大部分的课程是任课老师同时教7班和8班，比如我们班班主任是教数学的单老师，同时也教8班数学，因此对于两个班的学生的成绩，任课老师是一清二楚，经常会拿出来比较比较，以激励学生们努力上进。我还记得偶尔有8班物理课成绩不如我们7班的时候，就会听8班的同学说又被马老师严厉地批评了。其他，诸如班级活动，在班主任老师的鼓励下，两个班也经常会较较劲儿。三年的高中，就悄悄地在团结友好的无伤大雅的暗自较劲儿中度过了，压力变动力，每个学生都收获了各自的成长，8班在马老师的带领下还出了当年浙江省高考状元。现在回想起来，当年的1分、2分这样的成绩差异，其实并不会真正改变什么，老师们只是借此激励我们学会拼搏、学会争取更好。人生的很多时候，尤其是面对困难挫折的时候，需要这样一种拼一拼的精神，需要这样一种跟自己较较劲的精神，也许努力一下咬牙坚持一下，某个坎就过去了，努力一下再精益求精一下，某个事情就更完美了。当年7班和8班的学生如今有学界翘楚、医界精英、商界风云人物以及各行各业的中流砥柱，大家都在为精彩纷呈的人生努力拼搏。

（3）实践出真知。物理课是一门理论加实践的课程，当年物理课上经常要做实验。马老师在上物理课时，除了清晰地讲授物理的概念、理论、公式和逻辑，对物理实验的要求也很严格，要求学生要掌握实验方法、精确地做好实验，并认真观察和记录好实验结果。我记得有一次做关于加速度的实验，总是做不好，马老师不厌其烦地耐心示范和指导。我后来上大学虽然没有再读物理专业，但是这种注重实践的精神却被我学到了，而且受益良多。我大学专业学的是计算机软件工程，编程的时候经常会出现实际运行结果与预想的不一样的情况，我总是运用物理课上学到的方法，不着急，一步一步来校验结果，查找定位问题，直到运行结果与预想结果一致。参加工作后也是如此，每次比较重大的工程上线，我都要和开发团队仔细设计测试方案，确保每一个重要环节都经过测试验证，绝不想当然，确保不出现意外。

如今，我从金华一中毕业已三十多年，毕业后进入中国人民大学学习计算机软件专业，大学毕业后选择进入国家机关工作。回想这多年的求学和工作经历，很多为人处事的基本原则是在高中阶段就形成的，如凡事认真负责任、努力把事情做好、与人为善、尽自己的能力为社会作贡献等等，真的是得益于高中马老师等老师们的躬亲示范。2020年1990届毕业生三十年聚会，有幸再次见到马老师，马老师的音容笑貌一如当年，清瘦、矫健、热情、亲切，依旧精力充沛、一丝不苟地催"作业"，忙于建立同门间宝贵的交流平台，再次向马老师表达学生的敬意和感恩。

值此马老师从教五十周年之际，谨以此文祝贺，并衷心祝愿马老师身体健康、生活幸福。

欧琼霞[1]，金华一中1990届7班
于北京
2022年5月15日

---

[1] 欧琼霞，女，金华一中1990届学生，高中毕业后在中国人民大学信息学院获得计算机软件工程硕士学位，现居住北京，就职国家外汇管理局科技部门，主持建设多项国家外汇管理和国际收支统计相关的信息系统项目，多次获得省部级科技进步奖。

三十、师说：一生只做一件事

陶行知先生云："人生办一件大事来，做一件大事去。"马昌法老师在教师岗位上全心全意、无怨无悔半个世纪，践行了"位卑未敢忘教育，一生只做一件事"的誓言，可喜、可贺、可敬！我作为曾经受教于他，并最终也以教师为终身事业的一名学生，得以见证马老师的这份荣光，有缘、有幸、有感。

三年对于知天命的人生而言，不过是短暂的片段，但是金华一中的三年却是我人生中的纯真年代，每每想起，总是暖意盈怀。那时候的金华一中在金华乡下，每个礼拜我都要背着父母准备的霉干菜或黄豆酱，坐近一个小时的火车或长途汽车，从婺城赶往蒋堂；下车后再穿过一条曲曲折折的田间路，走进山坡和农田环绕的校园，日复一日，年复一年。与城里相比，金华一中是相对艰苦的，比如周遭的荒凉、如厕的不便、时不时停水停电。现在回想起来，正是物质条件的不足更衬托出精神追求的满足，一大群少男少女在梦想的田野上努力奔跑，是多么动人的场景。而身边陪伴的是一群同样充满理想精神的人，平凡而优秀，沉静而热烈，他们是最可敬可爱的老师们，这其中就有马昌法老师。

提起马老师，我的眼前就出现一个高瘦挺拔的身影，衣着干净，面容清癯，精神饱满。他的身上有着三重身份：任课老师、对面8班班主任、年级主任，因而我总觉得马老师比一般的任课老师多了一份亲近，又多了一份威严。当然对我来说，他最重要的身份是物理老师。物理是令我敬畏的科目，讲台上的马老师更让我仰视有加。当年流行一句话，"学好数理化，走遍天下都不怕。"换言之，学不好数理化简直寸步难行。我是典型的文科女生，写起文章来还算有点儿灵气，做起理科题来简直一脑浆糊，在理科学霸如林的金华一中，日子之难过可想而知。到了高三，我毅然隔断了与理科的爱恨情仇，决然跨入文科班的大门。当时全年级共八个班,读文科的同学加起来也总共一个班,其余的七个都是理科班,足见一中理科之强。在那紧张拼搏的最后一年里,我已经不再学习物理,只听说马老师依然还在教 7 班。与 7 班的其他同学相比,我少受了马老师一年的教诲,因而交集也少了许多。

许多年以后,在毕业二十周年聚会上再次和马老师相见。除了头发有些花白,马老师几乎没有什么变化,还是那么清癯而精神。当我上前问候时,马老师竟然热情地与我握手。"你在杭州电子科技大学工作呀,我的儿子就是毕业于这所高校。当时不知道,否则就去看你了。"三言两语就拉进了彼此的距离,学生时代的亲切和美好一下子涌上心头。没想到马老师还记得我!这让我既惭愧又感动。我向马老师汇报了工作的近况,他耐心地听着,微笑着,又勉励我好好干,殷殷之情一如当年。以后的每一次大型同学聚会,马老师都会出现在我们 7 班的群体里,每一次相见我也总会和马老师闲聊片刻。因为自己也当了老师,也更理解了马老师那份教书育人的快乐。

回顾马老师从教的五十年,是一部光荣的个人史诗。1972 年他从孝顺中学高中毕业,随后当了五年半的民办教师。1977 年国家恢复高考,他一举高中,成为浙师大物理系的一名大学生。毕业后分配到金华一中,度过了十八年半的教学春秋。2000年他回到母校浙师大，在教育学院一直工作了十七年，成为课程与教学系的首位"教学首席"。2014年教师节光荣退休后，他又接受教务处的委托继续带队实习工作，帮助青年师范生在实践岗位中历练成长。马老师从教的五十年，历经小学、初中、高中、大学，教过从小学到大学每个年级的课。其间因为表现优秀有很多次机会可以被选拔到其他岗位，但是最终他还是把毕生的眷恋都献给了教育事业。正像他自己说的那样："我天生是一名教师。"

我为何能对马老师的从教生涯如此了解？这得感谢互联网和微信，让我这样一个毕业许久的学生有机会如此近距离、全方位、更深入地重新认识当年的老师。也得感谢马老师自己的勤耕不辍，留下了许多美好的文字和图片，让我沿着字里行间体会他曾走过的路……微信中的马老师，寄情山水，遍访古迹，充满着对天地自然的热爱；热心组织，积极活动，充满着对新朋旧友的深情；更多的是带队学生，实习考察，充满着对教育教学的痴情。在这里，我看到了和印象中的马老师睿智、理性、冷静不同的一面，他感性、风趣、激情，充满着对生命和生活的热爱，也充满着对学生的感染力和影响力。马老师人如其姓，当年似骏马般奋蹄腾飞，现在又老骥伏枥，志在千里。他是千里马，亦是伯乐；是良师，也是益友。

2017年9月10日，马老师写下一篇文章《教师节遐想》，其中谈到了职业、专业、事业的进阶"三部曲"。他结合自身的教育生涯说："民办教师时认为教师是一份职业，大学毕业后在一中任教时考虑的是努力提升专业水平，目标专业化，而到了浙师大才慢慢意识到教书育人是人民教师的光荣事业。"此言甚是。说实话，教师并不是我儿时的职业理想，后来命运把我带进了大学校园，成为一名教师。一开始我也未觉得这份职业有多么崇高，后来在大学不同岗位工作二十多年，教过书，带过学生，搞过管理，换了一个学校又一个学校，送走一届又一届学生，才慢慢地品出了教育的味道，才享受到教师的幸福。好酒要在岁月沉淀后才有醇香，容颜要在铅华洗尽后方见美丽，人的追求要经过千山万水才能看到归宿。我的一生，终究不过"教书育人"四字罢了。像盐融化在水里，像春雨滋润进土壤，像风儿摇曳枝条舒展出最潇洒的样子，这不正是教育之美、教师之乐吗？

三十、师说：一生只做一件事

  2020年10月，1990届毕业生回母校金华一中参加三十周年纪念大会，捐资建"望亭"留念。我有幸献上楹联一副："风云可书鸿鹄志，寒暑不移桃李情。"谨借这副楹联致敬恩师和前辈马昌法老师！

吴小英[1]，金华一中1990届7班

于杭州

2022年5月21日

---

[1] 吴小英，女，金华一中1990届毕业生，教授，硕士生导师。就读于杭州大学中文系汉语言文学专业本科、古代文学硕士研究生。曾任杭州电子科技大学宣传部部长、组织部部长、统战部部长；挂职温州市永嘉县委常委、副县长；现为浙江水利水电学院党委副书记。现居杭州。

  社会兼职：浙江省马克思主义学会常务理事、浙江省十九大精神高校宣讲团成员、浙江省高校名师辅导员成长引领计划学术导师、浙江省高校辅导员岗前培训导师。

  研究成果：从事高校思想政治教育、大学人文素质教育、大学文化建设等的研究与实践二十余年。出版专著《唐宋词抒情美探幽》《大学人文素质教育新论》，合著《哲学视野中的高等教育》《微博中的群众工作》等近十部。在《中国高教研究》等刊物发表学术论文三十余篇，多篇被人大复印资料全文转载，主持完成厅级以上课题二十余项。获得全国教育科学研究优秀成果三等奖、浙江省高校科研成果一等奖、浙江省马克思主义学会优秀论文一等奖等。主持开展浙江省首批"文化校园"试点高校建设，培育成功教育部高校校园文化优秀成果、教育部高校思想政治教育精品项目若干。

三十一、十年树木，百年育人

1987年9月1日开学的日子，我母亲带着我从婺城区乘火车来到蒋堂站，下了火车步行十来分钟就来到了金华一中。学校报到后我被分到高一7班，班主任是单荣耀老师，也是我们的数学任课老师。马昌法老师是8班班主任，马老师同时教我们7班和8班的物理课。

当时我是一位来自农村的高一学生，因为金华一中是浙江省乃至全国都有名的重点中学，能来到这里学习感到非常幸运，同时对这里的老师充满了好奇和崇敬。老师中有全国人大代表特级教师的数学老师，有特级教师毛颖可、毛应铎等，教我们化学的老师是高级教师，我同班同学方飞的父亲是数学高级教师，他母亲是化学高级教师，课余时间我们同学就会讨论这些老师教学是如何如何好。我至今还记得语文老师朱昌元，体育老师羊昌西，物理老师马昌法，不仅朱、马、羊都有，而且名字相近，读起来朗朗上口。

马老师个头很高，略有些清瘦，上课基本不带什么课本，只带几支粉笔，他上的物理课通俗易懂，物理课上讲第一宇宙速度时深入浅出，物体达到第一宇宙速度时就会飞向太空，绕地球运行，至今我还能记得。马老师在教学之余会补充一些科学家的事例，给我们讲"三钱"之一的导弹之父钱学森，还有两弹元勋钱三强、两弹元勋邓稼先，讲述老一辈科学家隐姓埋名，上不告父母下不告妻儿来到戈壁滩成功研制出"两弹一星"的故事，非常感动人，从而培养了我们年轻学子学习物理的兴趣。

记得高二时学校组织我们观看纪录片《祖国不会忘记》，马老师上课时对与我们学生之间的互动把握得非常好，大大提高了学生的积极性与主动性，同学们学习物理的热情都比较高，课堂气氛好。在讲解内容的时候，马老师也很好地体现了教师的一个基本技能——"随机应变"。他善于运用身边熟悉的东西来帮助我们理解物理概念原理，如钢尺、梳子、鼓等都可以是他的教学道具，让我们觉得物理就在身边，物理很亲切，有效激发起了我们对物理的兴趣，我们也爱上了马老师的物理课。

2020年10月1日，金华一中1990届同学毕业三十周年聚会，我有幸再次见到了敬爱的马老师。马老师还是像三十多年前一样，关心、关注着我们每一位学生的成长，期望我们在各自的工作岗位上努力报效国家，作出更出色的成绩。他同时希望我们1990届7班和8班目前在上海的同学，能好好珍惜同学间的珍贵友情，多聚聚畅叙友情。殷殷的话语中饱含了对我们1990届金华一中学生的深切期待和关爱。

2021年8月28日，在周励谦同学的组织下，我们1990届7班和8班的上海同学聚了一次。通过这次同学聚会，我认识了金华一中朱文晓师兄，也因此了解了位于陆家嘴街区，一直从事公益性活动的五峰书院。五峰书院除了提供阅览书籍和学习场所之外，还被称为"幸福食堂"，让人暖胃又暖心。五峰书院的名字来自我们母校金华一中的旧址蒋堂镇的五峰农场。这次同学聚会，也使我认识了8班的沙巍同学、张芳江同学，还有5班的周丽辉同学，感受到了暖暖的同学情。

2022年1月2日，在陈江红同学组织下，我，1990届7班和8班同学再一次聚会，同学聚会给了我们许多快乐时光和幸福。我想如果马老师看到我们1990

届 7 班和 8 班同学经常聚会，心里也一定会感到由衷的高兴和自豪。恰巧今年年初，我岳母生病需要到上海市肺科医院住院看病，因之前同学聚会认识了沙巍教授，我咨询和求助于沙巍教授，她给予了我热情而又无私的帮助，让我感受到了来自同学的友情，我们全家都很感激。我想这也得益于马老师提出的"你们 1990 届 7 班和 8 班上海的同学有机会一起聚聚"的建议，让我们同学走得更近。

2021 年 9 月初，我回到金华，想念母校金华一中，就驱车来到蒋堂，看到了和三十多年前一样的蒋堂车站，想起了我和母亲第一次乘火车来到蒋堂一中学习报到的情景，虽然过去了三十多年，往事却仍然历历在目。我看到了原蒋堂一中旧址的大门口，看到了大门口里面的行政楼，虽然那天我无法进入校园参观，但看到行政楼依然会想起当年在蒋堂金华一中老师教学时的情景，故地重游，往事重现，心里充满了对老师对学校的感激和怀念之情。

从金华一中毕业已三十多年了，三十年时光荏苒，三十年沧桑巨变，三十年奋发图强，但我心里一直深深铭记马老师、单老师等许许多多老师的教育之恩，教育之情。"十年树木，百年树人；桃李不言，下自成蹊。"谨以此文，祝贺马昌法老师从教五十周年，也衷心感谢马老师的教诲和教育！

郑建伟[1]，金华一中 1990 届 7 班
于上海
2022 年 5 月 14 日

---

[1] 郑建伟，男，金华一中 1990 届 7 班。1994 年华东冶金学院工学学士毕业后至今于上海宝山钢铁股份有限公司工作，区域工程师、主任工程师、高级主任工程师。

三十二、马老师和我的物理情缘

1987年8月的最后一天,父亲带着我去金华一中提前报到。我们从金华县(现为金东区)和义乌县(现为义乌市)交界处的老家让河街乘公共汽车去金华,再从金华转车到蒋堂。

我到学校以后,知道自己被分到7班,班主任是单荣耀老师,也是我们的数学任课老师。在宿舍里安顿下来以后,父亲顺便去拜访了几位熟识的同事和老乡,其中一位就是马昌法老师。父亲回来后跟我说,马老师是我们老家浦口人,是物理老师,是我们这一届8班的班主任,学校里安排马老师同时教7班和8班的物理课。这是我第一次听到马昌法老师的姓名。

高中上第一堂物理绪论课时，我就发现马老师很高，略有些清瘦，手边没带课本，只带了两支粉笔。后来，我发现高中三年除了到电化教室上实验课以外，马老师上课好像随身都只带两支粉笔。我至今依然清楚地记得，在绪论课结束之前，马老师说要考查同学们初中的物理基础，出了一道有关浮力的题目。我学号在 7 班是 5 号，中考成绩在班里是第七名，但因为中考物理只考了 81 分，所以一度打击了我学习物理的自信心。但在当时我比较快就把题目做出来并举了手，马老师赞许地说道："有些同学还在冥思苦想，有些同学已经很快就做出来了。"

　　高一前半学期，我曾经在晚自修马老师来巡视的时候，问了一道从同学参考书上找来的标有星号的静摩擦力题目，马老师回复我说这么简单的题目还要问吗？从此我知道，马老师对我的期望值是很高的，也明白了碰到难题要先理解其中的物理概念并自己要学会去钻研。

　　高中三年我们共有九门课程，除了历史、地理和生物不是每年都有课程外，别的六门课都是从高一一直上到高三。在这六门课中，整整三年都没有更换过任课教师的竟然有两门课。一门课是数学，教了我们三年的班主任单荣耀老师；另外一门课就是物理，马昌法老师也整整教了我们三年。一个非常简单的道理是，老师给学生教课的时间越长，学生对老师的感情越深。

　　马老师上物理课，在我印象中基本不拖堂。马老师总是能把知识点讲解得深入浅出，也不要求我们做大量的练习，更多的是要求我们去理解物理的概念和公式的含义。

　　在马老师的期许和鞭策下，我也越来越喜欢物理。我养成了课前预习，课堂认真听讲，课后复习的好习惯。我在高中阶段的前五学期共十次期中、期末考试，不论考题难度大小，物理成绩没有一次低于 90 分。在高三第一学期物理结业会考之前，我基本上能在脑海里浮现高中三本物理书上每一章节的内容和重要的知识点。可以说，在高中物理的学习上，我是第一次体会到了华罗庚先生所说的把书"由厚读到薄再由薄读到厚"的过程。

　　在高中的最后一学期，马老师也一度希望我报考大学时能选择物理专业，还特别向我推荐了南京大学的天体物理专业，希望我"仰望星空"。但我的家人根据当时计划经济体制的背景下，从实用主义出发，提出在大学期间"学工不学理"，

三十二、马老师和我的物理情缘

在我保送到西北工业大学后的专业征求时选取了比较热门的电子专业。后来想起来，我的确有些辜负了马老师的期望。

在大学里学工科专业的同学基本上都是第二学期和第三学期有大学物理课。由于高中时候的物理基础扎实，再加上一份自信，我在大学的两个学期物理期末考试也都是 90 分以上。

在我上大学以后的第一年暑假，马老师还主动关心我和同班同学何俊后来在大学的学习情况，问我们在大学里学习收获如何。

有意思的是，若干年后我跟太太谈恋爱的时候，知道她本科和研究生都学的是物理专业，竟然也多了一份惺惺相惜之情。现在我太太在上海中学从事物理教学也已近十九年了。

马老师平时不苟言笑，语言总是很精炼。记得我们上金华一中时马老师是学校的政教处副主任，也是我们这一届的年级组长。有一次开年级大会，马老师是主持人，等某位校领导总结讲话后，马老师说，其实刚才这位校长概括起来就是说了两句话，我们在台下开会的同学发出一阵笑声，那位校领导确实啰唆。

父亲后来也向我陆续说起过马老师，我才知道马老师原来在我们让河街也教过课，了解到马老师当年在条件非常艰苦的环境下，第一批通过高考上了大学。

前些年马老师教过的同学组织聚会，我也参加了一次。听马老师讲起他曾经有机会去省委机关工作，也讲起他自己事业途中的一些坎坷。马老师说得都是那么平静。我心中暗想，马老师当年如果去从政，也许中国多了一位好官员，但一定少了一位优秀的教育工作者，一位杰出的物理老师，也许自己高中的物理学习就没有那么幸运了。

我研究生毕业后，曾先后就职于中兴通讯、光大证券、西南证券等公司，现在华福证券工作。在这几家证券公司，我都是在研究所工作，在研究所工作的同事中以分析师居多。在光大证券工作的前几年，我也曾经一度怀疑工作的价值和对社会的贡献。后来有一天突然茅塞顿开，如果因为我们每一代分析师的努力，使得我们中国在全球对行业研究和公司估值的话语权增大，这不也是一种价值吗？在西南证券和华福证券，我更是把自己管理的岗位定位成"教练"兼"领队"，希望在自己的研究所能培养出越来越多的优秀分析师，也无愧于许多年轻同事尊我为老师的称呼。

一生只做一件事——从教五十年间的师生情缘

值此马老师从教五十周年之际，谨以此文衷心地感谢马老师给予过我的教诲，也向马老师表示热烈的祝贺！

周励谦[①]，金华一中1990届7班

于上海

2022年5月5日

[①] 周励谦，男，金华一中1990届7班，高中毕业当年保送到西北工业大学学习，大学毕业后在中航技珠海公司工作，之后考取北京理工大学就读研究生。研究生毕业后在中兴通讯工作八年多时间，历任事业部驻京首席代表、策划部部长、3G市场总监等职。2007年以后，分别担任光大证券研究所所长助理、西南证券研究所所长，复旦大学经济学院兼职授课教授和上海交通大学高级金融学院职业导师。2009—2010年连获新财富最佳分析师第一名，2008年、2009年、2011年三获水晶球最佳分析师第一名。现居上海，华福证券首席战略官兼研究所所长。

三十三、黑发积霜织日月，粉笔无言写春秋

马老师从教有五十周年了？

想想也是，自己的孩子都大学毕业工作了，前年我们1990届同学还回母校庆祝入学三十周年。这么多年马老师一直在教物理课程，一生只做一件事，值得敬佩！

第一次听马老师上课，只见讲坛上一个清瘦的身影，身材略高，讲课精神饱满，神色专注。我高中比较喜欢物理，属于偏科比较重的，因此也得到马老师很多的关注，印象中似乎还作为代表参加了物理竞赛，但好像没拿到名次。

马老师一直是8班的班主任，而我在7班学习。三年里面只有我们班主任单荣耀老师和马老师是从高一开始一直教我们到高中毕业的，时间久了，感情也深一些，而且8班就在隔壁，寝室也靠得很近，有时候也玩在一起。我们那时候每届都是八个班，在马老师和单老师的带领下，7班和8班一直是同届最优秀的两个班。我记得那年高考，我们7班高考总成绩是第一名，而那年浙江省的高考状元就出在8班。现在想起来，实在是庆幸有这么优秀的老师带了自己三年。

考入大学以后，因为父母相继生病过世，我变卖了房子，和金华的联系一度弱了很多。我在外地工作了很多年，一次偶然的机会接触到上海的高中同学，把手

言欢之际，才知道同学们一直联系不到我，以为我人间蒸发了。现在想来我也确实不该，后来就有事没事回金华转转。这三十年金华发生了巨变，我家的房子就在金华的南市街，现在整个街区全部变成了五百滩公园绿地。金华的老火车站以前就在婺江边上和我家房子隔江相望，如今那一片早已经变成了金华的高档社区。每次回金华总想到那里想找一找当年生活的痕迹，只是沧海桑田，除了婺江和上面架起的金虹桥，已经很难再找到当年的痕迹了。前年回到蒋堂当年母校所在地，庆幸学校还保留了两层楼的办公楼、三层楼的实验楼，还有那个当年供全校师生生活的水塔。办公楼一层的走廊还贴心地放了很多以往金华一中的照片，记载了很多我们当年的身影。想来这些房屋应该是刻意留下来的吧，真希望永远不要拆掉！

前年回母校恰好和同班周励谦同行，在火车上聊起往事，有幸被周励谦拉进"马铭群"。在学校里见到马老师，他还是高高瘦瘦的，精神饱满似乎不亚于当年。马老师说当年对我很有印象，还记得我的物理考试成绩一直很好，令我非常感动。后来听说马老师在教学路上一直在前进，之后又到浙师大担任了大学物理老师，一生奋斗不已，成就斐然。如今他虽然退休，但精气神仍在，还能时不时晒几张下水库游泳的照片，还在群里向同门师兄弟"催作业"，一如当年的马老师。

我大学在南京学习建筑，毕业从事建筑设计工作一段时间以后又到同济大学继续攻读建筑设计及其理论硕士，后有幸和高中同班陈江红同学一起就学于同济经管学院 EMBA 吴泗宗教授门下，在同济耳闻目染了许多教授的工作生活，逐渐转型向建筑数字化方向的教学培训工作。现在想起来，工作方向冥冥之中或许也有当年马老师等金华一中老师给我带来的一些人生力量。

值此马老师从教五十周年之际，以此薄文"交作业"，祝马老师身体健康，活的越老越开心，越老越年轻！

朱兵[1]，金华一中 1990 届 7 班

于上海

2022 年 5 月 23 日

---

[1] 朱兵，男，1990 年金华一中毕业，同舟共济建筑科技服务有限公司董事长兼总经理，同济大学建筑设计及其理论硕士，同济大学 EMBA，从事建筑设计，建筑数字化与产业化方面的研究和培训。主编《BIM 成本管控》，是中国建筑装饰协会标准《建筑装饰装修工程 BIM 设计标准》，北京绿色建筑产业联盟《绿色酒店装配式室内装饰工程技术标准》《绿色酒店装配式内装工职业技能标准》等团体标准主要起草人。

三十四、点滴回忆话师恩

回想蒋堂金华一中高中三年,我印象最为深刻的是物理和政治两门课程。这两门课同时也告诉我们:运动和变化是无条件的、绝对的、永恒的,静止和不变是有条件的、相对的、暂时的。我在高中时年轻记性好,需要背诵的科目成绩都还不错。然而,过了三十年,我却经常遗忘自己非常熟悉的人的名字,从而深刻体会到时间带给自己的变化。好在具备了高中物理知识,知晓变化是永恒的,自然规律使然,这么一想我的心态也就平和了。前些天热心的周励谦和陈江红同学分别打电话给我,告知今年是高中物理老师马昌法从教五十周年,希望作为受教学生能写点儿真实感受,表达对恩师的真情。

马昌法老师与教师工作结缘五十周年,妥妥的金婚,难能可贵。马老师是我内心非常尊敬的恩师。同样已成为一名教师的我,觉得这是一个难得的表达对恩师感激之情的良机,内心着实激动了好几天,暗下决心一定要写一篇热情洋溢的潇洒长文。然而,当我静下心来努力搜寻自己脑海时,却发现曾经的鲜活和美好都因为自己不争气的记忆而无法重现。纵使努力回想,仍只有点点滴滴的碎片化记忆。好在近年来自己已经非常习惯于这样的生活状态,希望能从点滴之中展现真实的物理老师马昌法。

20世纪80年代是中国打开国门融入世界的时代,是奋起直追、激情万千、豪情万丈的黄金岁月,那时的人们将"学好数理化,走遍天下都不怕"奉为圭臬。对高中生来说,物理课承上启下极其重要,是同学们拉开成绩排名的一门主要课程。7班高中三年,没有换过的就是教数学的班主任单荣耀老师和教物理的马昌法老师。不同于有些威严且感觉总有双眼睛在你身边的数学班主任,物理马昌法老师个子高高瘦瘦,平时不苟言笑,却从未给人以压迫感。由于刚开始不习惯高中的学习和生活,我初学物理的运动和力学时感觉非常抽象难以理解,因此我的物理成绩很是一般。印象中马老师从来没有批评过我，更多的是引导和鼓励，因而我对不批评人的马老师无所畏惧。马老师喜欢描绘物质世界的规律和美妙，平时略显古板的他讲起课来却是眉飞色舞，甚是陶醉，让人自然而然地沉浸其中。除了物理课教学，其他时间我们几乎感觉不到物理老师的存在。然而，但凡向他提出物理难题，他总能在第一时间给予分析和解答，让人惊叹于他的智慧和才华。偶尔也有他无法当场解答的问题，第二天他必定会来教室给我讲解，结束后还友情奉送肯定的眼神。记忆中的马昌法老师教学认真、敬业、负责，没有激情澎湃轰轰烈烈，但需要时他总能在你身边。由于有了任课老师的宽容和鼓励，对于之后的热力学、电学、磁学等内容我都学得不错，对物理课程也就更有信心，从而逐渐喜欢上了这门探究物质本源的重要课程，令我受益终生。

　　高中毕业后，我离开家乡求学和生活，很少见到高中时的师长和同学，但同学聚会或聊天总还是有的。已经记不得大家都聊些什么，能够记住的是马昌法是大家提及最多的名字之一。之后与马老师也有过几次见面，感觉他依然像以前一样，瘦高挺拔，为所从事的教育事业和培养众多学生而感到自豪。后来听闻马老师遭遇了一场车祸，内心为其祈祷，衷心希望恩师能平安健康。再后来听说马老师从金华一中调任浙江师范大学工作，一切安好，内心感慨好人终究会一生平安。从马昌法老师身上，我体会到了一名教育工作者的人格魅力，春风化雨，润物无声，以其点点滴滴的付出潜移默化地塑造了一茬又一茬学生。桃李不言，下自成蹊，感谢我们国家有这么一批不计个人得失无私奉献的园丁们，你们是这个时代最可敬的人。

　　恩师若水似海，先生有容乃大。经过多年人生经历，内心终于感悟到不变师恩亦是一种永恒！

朱新远[①]，金华一中 1990 届 7 班

于上海闵行

2022 年 6 月 15 日

[①] 朱新远，男，1990 年自金华一中毕业。上海交通大学党委常委、副校长，国家杰出青年基金获得者，教育部长江学者奖励计划特聘教授。中国纺织大学（东华大学）学士和硕士，上海交通大学博士，法国斯特拉斯堡大学博士后。1997 年在上海交通大学化学化工学院参加工作，2005 年晋升教授。主要从事高分子科学和纳米生物材料基础和应用研究，多项成果实现了产业化应用。

三十五、我的优秀班主任——马老师

记得1988年那个炎热的暑假刚结束开学的第一天，我怀着忐忑不安的心情去见新的班主任老师——马昌法。原因吗，现在想起来还羞于启齿——从小学开始就一贯是优秀学生的自己，居然在金华最优秀的学府仅两年就混成了留级生！有生以来第一次也是仅有一次的留级，让我是如此的惶然无助，心里有怎样的乱七八糟的想法，不足与外人道哉！在这样的情况下，初见自己新1990届8班的以治教从严出名的班主任老师，我非常担心会被狠狠地奚落一顿，并从此就挂上一个差生的标签被边缘化了。没想到初见的马老师异常亲和，一直带着和蔼的笑容和我沟通，询问了我的成绩情况和原因，并对我以后的学习提出了建议和期许。并且，将我和同为老乡的何勤俭同学安排在他宿舍北面房间的一张高低铺上住下，与他同吃同住，这让我们可以天天得到更多的教诲、指导，不仅仅是学习上的，更多的是人生哲理、生活上的。当然，也有生活上的好处，每月仅交给马老师很低的费用，就可以吃到很不错的饭菜——虽然马老师厨艺不怎么样，但对于在蒋堂那偏僻的乡下只能靠学生食堂果腹的我来说，无疑是美味。犹记得中午下课回到教师宿舍，马老师就着一个电炒锅冒着酷暑给我们做饭的场景。总之，高中在马老师班里的两年，无论是学习还是生活，我都深受照顾，每每回想，总是难忘，无比感慨：如果不是遇到了马老师这位优秀班主任，也许自己就考不上大学，更不要说还是重点大学，那么人生完全就是另一个样子。

既然是老师，教书育人，教书当然是第一位的。我留级的主要原因就是两门主课——数学、物理的成绩不理想，这对理科班的我是极为致命的。幸运的是，马老师就是物理老师，他在物理教学上有丰富的经验，讲课深入浅出，总是能把深奥的物理知识讲得浅显易懂，并传授一些易记、易理解的口诀，印象最深的是就"左力右它"，至今犹记。原来我的物理老师是金华一中物理老师中的大牛之一——韦品江，初中物理一直优秀的我，到了高中，居然一直考试不及格，唯一一次费了很大努力考及格了，韦品江老师在课上表扬了我，但这其实更让我无地自容。而马老师教物理后，我觉得知识点特别清晰、特别容易理解，即使我高一的物理课程没学好（当然之前高二的也没有），但仅仅是高二重学了不到一个学期，我的物理成绩就已经是随便考考都是 90 分左右了，已经是属于班级第一梯队的了。可见，遇到一位适合自己的老师是多么的重要！而马老师就是这位最适合我的物理老师！（至于数学成绩，也有幸遇见了 7 班班主任单荣耀老师，他也没有看不起我们留级生，还经常多加鼓励，我之前经常不及格的数学，居然也是基本都在 90 分左右了。在此，郑重感谢两位班主任老师！）我后来经常感慨，自己是用两年时间学了高中课程并考上了重点大学，能实现这个目标，多亏有了马老师的正确教导，让自己端正了学习态度，摆正了学习与打排球之间的位置，才能既打好了球又取得了优异的学习成绩。

马老师教学厉害，育人也很强。按我前面所述，大家也应该能看出来，我是个被打排球耽误了的孩子。当然，不仅于此，那个年龄段一些顽皮孩子的毛病，我也不少，也给马老师惹过不少麻烦，但马老师从没有严厉批评过我，只是和颜悦色地给我讲道理，让我自己认识到错误并不再犯。前面所说，生活方面有两点：一个是住在马老师宿舍，另一个是金华一中学生食堂伙食一般，同学们平时吃得很差，缺少油水。记得有一次晚自习，有男生说很久没吃过肉了，嘴里很淡没味道（当然，我受马老师照顾没此问题）。我听了，当时就有了主意：你们几个想

三十五、我的优秀班主任——马老师

吃肉，简单，学校游泳池里现在都是蛤蟆，你们晚自习后去抓一些，拿到马老师宿舍，我给你们做（那天周五，晚上马老师回金华，不在校）。记得当时去了七八位同学——在此不点名了，去的同学自己心中有数。（因为我提议我杀第一只教大家，每人都要杀至少一只，相信有生以来第一次杀蛤蟆这事，不会这么容易忘记。）大家吃得正高兴，被副校长高亚军发现了。当然，找马老师告状是必然的，但马老师也没有严厉批评，只是表示理解，警告我们今后不要再做了（当然，我们以后再没做过）。后来我想，当时给马老师还是造成不小麻烦的。

还有件事情，关于骑自行车上学的事。在金华一中蒋堂校区学习的校友们都知道，20世纪80年代交通还是挺不方便的，火车只有一班，没有公共汽车。忍受了两年多交通不便的我就动上脑筋了：从孝顺到蒋堂只有六十公里左右，自己骑自行车差不多四小时就可以，而自己从初中开始就一直是骑自行车走读的，晚自习结束夜里骑都没问题。于是，我就开始了骑自行车往返孝顺、金华（老家在婺城区，奶奶、叔叔、姑姑等亲戚都在金华）、蒋堂三地。我交通自由了，引来很多同学的羡慕，他们周末回家后也都向家长要求骑自行车返校。不是每位同学的家长都像我的家长那样开明的（放养），于是就有家长向班主任马老师反映了这件事，要求禁止我骑自行车上学。马老师于是找我说了这件事，但没要求我放弃骑自行车上学的事，只是让我低调一点儿。于是，我照样骑自行车，但不再在同学面前说，自行车也只放在教师宿舍。当时我确实也不懂这点儿小事为什么要低调，因为骑自行车上学，我从初中就开始了。但后来了解到有些家长把孩子当温室花朵养的时候，我就有些理解了。所以，马老师教导：有些事情自己低调地做就好。

还有件事情，贾涟漪同学不知道是否还记得。有天马老师对我说："程哲，贾涟漪同学需要去卫生院看病，你会骑自行车，带她去一下。"当时那个年代，年青小伙儿骑自行车独自带个年轻姑娘出去（不是班级活动），估计是有点儿惊人的。回来后就有些风言风语（但我是个我行我素心大的，也并没在意）。马老师为此特意找我去说明了一番，讲明了为什么选我去做这件事的原因，并开导我不用在意这些风言风语，人生中碰到风言风语的事会很多，但重要的是应该做正确的事而不用在意这些。所以，马老师教导：不能因为怕风言风语，就不做正确的事。

由于和马老师不仅仅是学习，还有更多生活中的接触，有很多事值得回忆。在此，感谢金华一中各位为人师表的优秀园丁们，也感谢金华一中1989届（1986级）8班、1990届（1987级）7班和8班的同学们以及其他各班的同学们。人生已五十余年，每每回想，金华一中的高中生活总是最精彩、最值得回味的。青葱岁月，英姿勃发的少男少女，在金华一中蒋堂校区方寸之地，留下了多少美好回忆。

谨以此文，贺马昌法老师从教五十周年！

程哲[①]，金华一中1990届8班

于杭州

2022年5月1日

---

① 程哲，男，1971年1月生于金华。1986年9月进入金华一中1986级8班任副班长，1988年9月留级进入马老师任班主任的1990届8班。在1990届8班担任过体育委员、卫生委员等。1990年9月入吉林工业大学90级1班，机械设计与制造专业。1994年毕业入职东风杭州汽车公司研究所，担任过汽车电器工程师、车型设计师。1998年6月入职恒生电子股份有限公司，担任过工程实施、软件测试工程师、测试小组长、测试BU总经理、测试专家等职务。2013年3月至2014年10月担任国家级项目北京新三板交易所（Neeq）系统测试负责人，组建并带领测试团队历经1年半艰苦工作，保障项目按国务院要求准时上线，且上线后至今质量可靠零异常。任交易所测试业务部BU总期间，管理员工上百人，完成过港交所、全国碳排放交易所、上海清算所、上海黄金交易所等多个国家重点项目的测试任务。目前在恒生测试总部测试服务部担任测试专家。

三十六、记金华一中马老师二三事

在我的校园学习生活中，我有幸遇到了几位好师长，对我的成长产生了不小的影响，马老师是其中的一位。

当时金华一中每个年级分八个班，马昌法老师教物理，同时兼8班的班主任。现在想起来，班主任真是什么都管。当时各班不仅要办自己班级里的黑板报，同时还要轮流办年级和校级的黑板报。我现在还记得马老师和我讨论板报的主题、设计构思、内容等，模糊记得当时是个关于"泛海拾贝"和"青春的脚印"方面的主题，最后版画由才女陈晓军呈现在年级板报上。由此可见，做班主任还要有些文学甚至美术功底的。

马老师和学生交流的一大工具是周记，这是每个学生每周都要上交的。我的第一次周记是关于第一次挤校车回家的，自己觉得惊心动魄、跌宕起伏，结果收到的评语是"小小插曲，不足为奇"，这让我沉静了下来，到周末再赶校车时就从容了许多。在以后遇到困难时，我也会想起这句评语。现在想来，班里五十多个学生，每周五十多份周记，要一一阅读，觉察出学生在思想上有什么问题，还要单独谈心指导，老师的辛劳可见一斑。

班主任晚上还要查夜。头天晚上宿舍开了夜谈会，第二天马老师就找寝室长谈话了；严重时，也会直接找话头最多的同学谈话，之后宿舍会消停一阵。一般在大考之前，大家比较紧张和激动，马老师的查看也会更加频繁。班主任还要带早操，工作时间从早晨持续到夜里十点以后。

虽然觉得马老师无所不能，但是现在想来，他也有没办法的时候。有一次忘了具体的原因，一位女同学不吃不喝，十冬腊月的也不肯盖被子睡觉，最后身体有些支撑不住了。那是我唯一一次看到马老师着急了，言语上却比平时温和，对女生劝说了很久，还买了饭菜劝她吃，又悄悄告诉我找与女生要好的同学去劝她好好吃饭和休息。想来他有点儿像无奈的父亲。

马老师上课时很是认真严肃，一般不苟言笑，但是经常会在一些比较重要的节点穿插个轻松的比喻来加深学生的印象，或调节紧张或者枯燥的气氛。有一次大考前马老师巡查晚自习，突然提议说虽然我音乐细胞不多，但是愿意给大家唱首歌，给大家醒醒脑子，鼓鼓劲儿。同学们都有些好奇和激动。那是马老师在我们那届8班的首秀，唱的歌词已经记不准确，好像是"少年壮志不言愁"，但是我清楚记得他唱得很是认真，中气十足，很有气概，同学们很高兴地为马老师鼓掌，真是放松了脑子也得到了鼓励。

我不知道马老师在家里是否像在学校一样是个严厉的父亲。记得学校有位教语文的男老师，会写小说，和马老师年龄相仿。有个冬天的早晨，我经过他的宿舍门口，看到他穿着棉毛裤，头发乱乱的，他的儿子那时只有两岁，大大的眼睛很可爱的，那时正在仰着头哭，面前的纸上放着一根鸟毛，写了一个大大的"鹰"字，老师很严厉地要求儿子写"鹰"字，我当时很同情小男孩，在想这是否是一中老师的教养之道。直至有一次马老师带儿子马旦来学校，我带他去学校周围散步，又一起跑到了蒋堂，那时小男孩大约三四岁的样子，和我还蛮玩得来的。本来想问问他是否被爸爸要求认字练字，也许还有算数，但终究没有问出口。看着他天真快乐的样子，且马老师有"该干什么的时候就干什么"的座右铭，我想他应该没什么负担吧。

进金华一中时我在班里的学位是1号，后来做了一年还是两年团支书，有些记不清了。我的兴趣爱好广泛，喜欢诗词唱歌跳舞和各种体育活动，但资质平平且天性羞涩，且班里人才济济，有活动根本轮不上我，倒是每次都在各种团体球赛里凑了个人头，虽然尽力，但贡献有限。记得有一年文艺会演，女生出了个日本舞的节目，出演的有王苒、宋婷、李慧、汤维斌等；男生是个四人小合唱，有李明、姜光强等，演出效果都不错。我后来被选上参加了学校的诗社和文学社，又参加学校诗歌朗诵比赛，热情才算有了一些安放。在大学里我加入了学校的舞蹈队和健美操队，也算弥补了中学时的遗憾。从小到大，我一直幻想以后可以做一个老师或者医生，闲时可以写写诗和小说，高二、高三时给同学们上过化学、物理和英语课，觉得很开心。我想，这多少也是受老师的影响吧。现在回头看，我在学业和事业上毫无建树，也许马老师心里会有一点儿遗憾吧。所幸从业后，我还算是一直秉承了老师的"该干什么的时候就干什么，该干什么的时候就干好什么"的教导，工作上兢兢业业，认真负责，还可以称得上是个好员工，希望马老师心里有点儿安慰。

金华一中蒋堂校区一直是我心目中最美丽的校园，校园内外宜读书，宜思考，宜散步和锻炼。记得女生宿舍的小圆门，路两边的栀子花香，春天里鹅黄的迎春花，金秋时节的桂花香，夏季在杨梅树下看书，昏昏欲睡时摘一个酸梅在嘴里，立时醒神了不少，还有教室后面小竹林的落日。和同学们在此相伴的日子，迄今都是我美好的青春记忆。毕业后，我参加过一次全班的聚会（应该是十五周年），见到了马老师和大部分同学，并和同学们重游老校园也拜访了一次新校园。出国后，我有几次机会在金华见到一些老同学，陈晓军、王迅容、林红、老同桌杜军和伍剑、金玉华、王宇翔、郑绍剑、金国锋、沙巍、陈俭、叶春林、王志荣等，在广东出差时见到了汤维斌、杨帆，在南京见到了吴慧芳，我们的见面很开心。在美国的同学，除了黄赞回国前没有见到外，其他同学都有机会见到。希望今后有机会和老师同学再相聚。

在此恭贺马老师，五十年从教生涯，硕果累累，桃李满天下，培养了如此多优秀的学生也言传身教地影响了很多人！您一直以来真正践行着教导学生的座右铭，是我心目中十分尊敬的良师益友。感谢马老师在我们人生关键的三年里的谆谆教导和悉心关怀，祝愿您平安健康幸福。

洪雅芳[①]，金华一中1990届8班

于美国洛杉矶

2022年4月16日

[①] 洪雅芳，女，1990年毕业于浙江省金华第一中学8班，1994年毕业于西安交大电气工程学院。毕业后在多家企业工作，现工作和居住于美国加州。

三十七、忆那段激情燃烧的蒋堂金中日子

今年是我的高中班主任马昌法先生从教五十周年,马老师是我尊敬的老师,也是我的挚友。从我进金华一中到现在,我们断断续续地保持着联系。毕业后的书信来往以及面对面的走动,到现在微信沟通,马老师应该算是我保持联系最密切的一位师者。

时间过得很快,作为学生的我,今年也五十周岁了,人生如果有一百岁,可以说也算达到了顶峰。我日常经常想起自己的高中生活,有学识渊博、和蔼可亲的老师,有青春活力、关系融洽的同学,总想提笔写些文字,让自己回到那段激情燃烧的青春岁月。恰逢马老师从教五十周年,我写下如下文字,若有不妥之处也请各位见谅,过去那么多年,能留在脑海里的都应该是美好的故事,人是活在回忆之中的。

（一）我的感恩

人生匆匆数十载，总有些事情会伴随一生。高中三年，正是因为有这段和大家在一起的刻骨铭心的经历，这段属于1987届8班的金色友谊，三年"该干就干该干就干好"的班级生活，我的人生才如此绚丽多彩，有过喜悦也有过悲伤，风雨之后迎来了彩虹。在此，我发自内心要对马老师说一声："马老师，谢谢您！"也谢谢所有教过我的所有老师。借此机会，我也向全体同学道一声"谢谢你们，我的兄弟姐妹！"

（二）我的回忆

跨入金华一中：1984年9月—1987年7月，我就读于金华县（后撤县并市）塘雅中学，我和黄赞、傅晓君、宋建波、金国成等5位同学考入金华一中。我和黄赞从初中就在一起了，他是我的好兄弟，我们两家关系也非常好，初中、高中时候经常走动，春节期间还要相互拜年。初中时候，我们俩成绩都不错，那个时候物质条件差，一门心思就是读书，现在想想非常刻苦，对农村孩子来说学习是"跳龙门"，那是改变人生命运的唯一途径。虽然那个时候，农村开始实行土地联产承包责任制，但老百姓生活还是非常艰苦的。我们初中就开始住校了，黄赞家庭条件比我们家要好一些。我们每周回家一次，拿些大米和霉干菜。到夏天，天气非常热，铝盒蒸饭加霉干菜根本吞不下去，有时候就只能加点儿开水拌拌。初三时，对于要考高中还是考中专，还是经过了一番讨论，考中专也都是好学校，主要是水利、水电、邮电等，可以马上转城市户口，最终我们都选择了考高中。在那个时候，我已经知道曹宅初中的叶春林，他成绩也非常好。最终我们都考入了金华一中，考入金华一中相当于一只脚已经跨入大学。

1987年，我进金华一中时，被安排在8班，学号是87803。

记得到蒋堂报到时，首先感觉学校非常大，绿化也非常好。我到报到登记处时，是老教导主任和徐东升老师接待的，到班级报到时是宋婷和王苒接待的，记得两位大美女同学都一身连衣裙，可以说是青春靓丽，一个字"美"，还以为她们是老师。现在想想都有点儿可笑，记得那时候租蚊帐要收几块钱的"押金"，

三十七、忆那段激情燃烧的蒋堂金中日子

我居然连什么是"押金"也不清楚，还是王苒做了解释，说："先收下，你还蚊帐时再还回来"。至此开始了我的高中学习生活。

我和马老师：马老师是我高中班主任老师，教物理，除一段时间在浙师大进修，高中三年一直和我们在一起。马老师作为班主任，不但教我们科学文化知识，还教我们做人道理、为人处事哲理以及团队集体观念意识。马老师教的是物理，物理学是一门基础学科，他在教学上水平没得说，解题思路清晰、视野方法开阔、板书布局科学。金华一中作为省属第一批重点中学，老师们水平都非常高。马老师个子高、不胖，日常头发留得相对有点长，从不理平头，总体上看平常比较开朗，笑时露出八颗牙齿，但是不高兴时，显得很严肃，比较可怕。马老师对我很好，高中阶段我也去老师宿舍吃饭。那时能在老师宿舍蹭上一顿红烧五花肉足够让我们觉得"美滋滋"了。我也去过马老师在金华城里"解放西路"的住处，师娘对我也很好。唯一让我内疚的是：我1990年高考没有考好。老师没有批评我，在我高复班阶段，我们之间有书信来往，去学校也见过几次面。从何勤俭同学那里也得知马老师会问起我，这让我感到非常欣慰，那段经历是人生旅程注定的安排，有它人生才显得多彩。在我来宁波工作后，马老师因工作关系，我们见过几次面，吃饭、喝酒、聊天。马老师酒量在3两左右，一喝会脸红。和老师在一起，我会喝多。有一次，马老师带学生到象山中学实习，我去象山看望老师，当天是神舟飞天的日子，晚上在象山松兰山黄金海岸吃饭，我在象山的同事请客，我就喝多了。马老师当晚没有回象山中学，为了照顾我，我们就一起住在黄金海岸宾馆了。第二天早上醒来，马老师就开始教育了我一番："黄文俊，你记得昨天是什么日子吗？""昨天晚上行长请吃饭，你的位置不能坐错。"这几年，由于各方面原因，和马老师未曾谋面，看微信朋友圈，知道马老师生活充实、身体健康，我就知足了。祝马老师晚年生活幸福安康！期待相聚。

下面是几篇和马老师相关的日记：

1990年10月2日：早饭过后，我正在看书，忽然弟弟跑来告诉我说"一中的老师来了"，我一想可能是老马。果然不出所料，原来他是和另外一个邻居来钓鱼的。其实他并不会爱好这个的，也许是出于兴趣，我只好将他们带到一个鱼塘。今天的天是太不作美了，不但下雨，而且还挺冷的，他俩怎么选个这样的日子来。不过，他俩的运气还不错，不会钓鱼的老马一下子就钓上一条草鱼和一条

鲫鳊鱼，看样子他是挺高兴的，到中午，差不多已有十来斤。我只好站在鱼塘边陪着，老站着很是吃力，我们之间很少有什么言语，只是向马老师随便问问学校里的情况。中午后，他俩不怕下雨，还要去钓，下午鱼不太来吃食（咬钩），只好耐心等待，我还是陪着，一直到三点半左右，才走上归途。他俩也高兴地回去了，我感到浑身无力，只好坐下来休息，就这样过了一天。（1990年高考落榜，1990年下半年我在曹宅职高复习。）

1991年4月24日：早上，疾车前往老母校金华一中。本想见上几个老师，可是有几个真是难碰上。在政治、化学、物理老师处呆了好长一段时间。午饭，在马老师处吃。下午，他回金华，我也回复习班。可是，我干了一件非常窝囊的事情。当我回到学校时，马老师有课，他便把钥匙交给我。我用了之后，也就放在袋里，待回到汤溪时，忽然想起，"完了，钥匙忘留下了！"。在晚饭后，我用了45分钟在汤溪和学校之间又跑了一趟，累得我快倒下了，没办法！（1991年上半年，我在民进汤溪高复班，这段时间，是我人生比较灰暗的经历，每天都写日记。）

我和我的高中同学：进入金华一中后，我的第一感觉是金华一中是非常好的一所学校，省重点高中，特级教师比比皆是；地处蒋堂，是读书的好地方；到金华一中大家都是尖子生，成绩都是不错的。8班是一个团结向上积极进取的班级，注重习惯的培养，瑶琳春游、象征长跑、九峰探索、金兰野炊、男排女篮、卫生竞赛、文明连胜、互助互爱，在我的记忆中永不褪色。大多数同学都是金华城里人，许多同学家里条件都比较好。我来自农村，条件差，但是和同学们关系都非常好，无论男同学还是女同学，同学们对我也都挺好。许多金华城里同学家我都去过，当然也去过李明绍兴家，吃过饭，还在许多男同学家里住过。比如男同学里的玉华、永明、宇翔、国庆、介榜等等。我上大学时，由于列车时间是半夜，深更半夜玉华和永明还送我到过金华站，非常感谢！另外，和女同学们关系也非常好，比如杜军、陈晓军、林红、王迅蓉、宋婷、沙巍等等。在杜军和陈晓军家吃饭次数算是最多，她们爸爸妈妈对我也挺好，一并感谢。说了城里，也说农村，春林、学忠、芳江、根义、罗纲、光强、李刚等等都是好兄弟。当然，还有其他许多同学，不一一列举了，请见谅，都在心中。总体看，我们班同学都非常好，心地善良、乐于助人、学业有成、建树颇多，每位同学都有美好的故事。既然是

三十七、忆那段激情燃烧的蒋堂金中日子

同学，也就是"一同学习"，讨论最多的还是学习。对我而言，既然是87803的学号，入校成绩排名应该还可以。记得没错的话，我是以金华县第6名次进的金华一中，但是到了金华一中后，才知道高手林立。刚开始时，我的成绩还是上走线的，记得高三临别，沙巍同学给我留言中有这么一句"高一来第一次期中考就将我压得服服帖帖"（我在想，她记忆力不错），期中有波折，最后是滑铁卢。部分同学的学习成绩、学习能力都好，可以说非常好。李剑同学戴副高度眼镜，学习讲究实效，讲究方法，学得轻松，效果明显，考进中科大，搞天体物理。学忠同学，理科非常好，特别是数学，进了浙大。芳江同学，身体结实，力气很大，我俩经常掰手腕，化学不错，进了华东师大。光强同学，曾经大通铺隔别床，脑子好，物理不错，进了清华机械。当然，黄赞好兄弟去了武大，沙巍去了军医大。吕权伟数学也非常好，贾涟漪文科不错。还有许多体育健将、文艺青年，更有德智体勤能全面发展的春林、玉华、李明、黄雷、宋婷、汤维斌、林红、介榜、程哲等等，每个人都有自己的特色，有的有专长，有的有综合能力，只要努力，人人都能闪光。

1987届8班虽然整体表现不错，但是1990年的高考，从班级看是不理想的，从一定程度上讲可以说非常不理想，记得只有17人（有待考证）上榜。说到此处，心情有些沉重，那也是不争的事实。幸好，后面一切都好了。

分享一则日记：（高中三年没有写日记习惯）

1991年1月26日：早上，我按时赶去上数学课，见一则通知，说数学下午上，回家。中饭后，我照常到校，可是又见一则通知，说数学老师生病了，数学课推迟到31日上。这真烦死我了，我忽然想去汤溪，看看时机只能是今天，明天没课。我便立即回家，一准备就上车了。当我达到时，已经是5点了，见到的首先是老何（何勤俭），再是玉华。当我们在街上走时，我遇到王苒同学。晚饭后，我在民进理（3）班的教室里坐过一个小时，看了他们的学习情况，比起曹宅的要高出一筹。我和老何、玉华到王苒的寝室，四人一起聊了起来。从那时起，我就开始准备换高复班了。从曹宅来到汤溪，在一定程度上讲，我们有4年在一起的时间，在汤溪和几位同学也有很多美好回忆，为的都是能够考个好学校，何勤俭经常去金华一中，会带回来一些消息。

1991年2月6日：早上，当我从曹宅寄信回来时，恰逢多年之交黄赞来到家

里。我简直不敢相信,他怎么一放假就赶来了,内心感到他对我的热情。到家里后,我俩也无所不谈,他讲他的大学生活,我讲我的复习生活。在各方面,他对我进行了侧面的开导。下午,他说他要去见叶春林,我就陪他去。在老叶家里,三个人一起又是大讨论,真有谈不完的话题,上至天文地理、下至鸡毛蒜皮,一直到四点钟左右,才起身回家,忽然想起"我朋自远方而来,岂有不乐"的味道。(后来2月7日,我的日记主要记录2月6日和黄赞交谈内容回顾。)

我的高中自评:现在,回头看自己的高中学习生活,感慨万千、五味杂陈,一段美好回忆,有好老师、有好同学。许多同学至今还保持联系、沟通,一见面都是兄弟姐妹,和老师之间、同学之间都是美好的回忆。而对自己高中的评价,可以说"起了个大早,赶了个晚集":1987年度第一学期体育委员、第二学期副班长、优秀三好学生;1987年度二等奖学金;1989年度两个学期三等奖学金;1990年6月学考9门课全A(成绩总体看还是不错的)。但是,就是这样的情况,高考没有考好,很是不应该,所以说"赶了个晚集"。事情过去多年,只怪自己当年高三目空一切、年少轻狂、自恃清高,有过悲伤、有过流泪,才有后来的厚积薄发。我还是从心底里非常感谢在我高复班期间,和我有书信来往、学习日常关心过我的老师、同学,刻骨铭心。高复班的生活,大家都勤奋努力,1991年我是在汤溪中学考点参加的高考(准考证号075640588)。至此,也就结束了我的高中生活。

(三)我的汇报和祝愿

1991年,我到昆明理工大学念书,计算机及应用专业,1994年入党,毕业时获省级、校级优秀毕业生,保送读研,但我放弃了,直接参加了工作。1995年大学毕业,7月份,我到宁波工商银行参加工作,一直在金融科技战线工作。刚开始几年都是写代码、系统升级、维护,非常忙,想想初来乍到、孤身一人总得好好干出点儿成绩,男子汉总得有点儿担当。得益于组织培养、自己努力、群众拥护,2002年2月份,我被组织提拔任副处长,现在是正处、高工师。工商银行是国有大行,必须胸怀"国之大者、责之重者",实实在在做点儿事,为维护国家金融安全、建设人民满意银行作出自己的一点点贡献。

在马老师从教五十周年之际，祝愿马老师退休生活和和美美、健健康康、快快乐乐！也祝愿各位同学、各位兄弟姐妹吉祥安康、万事顺遂！

黄文俊[①]，金华一中1990届8班
于浙江宁波
2022年4月10日

[①] 黄文俊，男，浙江金华曹宅人，1987—1990年就读于金华一中；1991—1995年就读于昆明理工大学，计算机及应用专业。现为工商银行宁波市分行金融科技部总经理、高级工程师。曾荣获总行级优秀共产党员称号、宁波市金融科技突出贡献先进个人及工商银行系统内多项荣誉。

三十八、我心中的马老师

高中生活在我的心中是一段奇幻的旅程，那么多的快乐都凝聚在这三年的时光里。与8班大多数同学都不一样，三年生活我有四位班主任。一年级的班主任是朱昌元老师，教我最不喜欢、高考都没及格的语文；二年级班主任是倪运富老师，虽然教政治，却从来没有一本正经训导过学生；三年级刚开始是楼晏老师，教英语，刚来两个月文理分科就把我们老五班拆了，所有同学一直都认为他是来拆散我们同学才来当我们班主任的；幸运的是我和其他7位同学分到了8班，认识了我的第四位班主任马老师。

马老师带班管理严格我早有耳闻，与我们原来的老五班截然不同。原来的老五班是学校最调皮捣蛋的班，打架、谈朋友、爬火车、打鸟、抓蛇、赶鸡、摘枇杷杨梅文旦樱桃，说得上"无恶不作"；早晨出操时常翻墙出校避免被高亚军校长抓迟到；课堂上插嘴捣乱是家常便饭；被拆掉也算是"恶有恶报"。当时，我们就

三十八、我心中的马老师

像是没娘的孩子流浪到了其他班，心中忐忑不安。马老师非常有经验，似乎是明白我们心情。在到8班的第一天，马老师就非常有仪式感地介绍我们，安排座位，打消我们的顾虑。同学们也特别友善，没有把我们当外人，渐渐就跟同学们玩在一起了。出操、晨读、自习，慢慢地适应有人管的班级生活。黄文俊是我原来初中同班同学，现在又成了高中同学；李剑是我小时候的玩伴，也在8班重聚。

8班的班风好，全校闻名。在原来的老五班，同学们调皮捣蛋，但其实心地良善，成年后并没有一位同学有违法乱纪的新闻出现，同学们特别团结，至今还能时常相聚。但是，8班严谨认真的学风是我从来没有体会过的，我在潜移默化中受益匪浅。我自认是天资不太高，但学习有方法、有效率的那种学生，不用拼命学习，不耽误打球，从来没有为成绩和高考担心过。8班严谨的学风，规律的作息生活，认真学习的态度，很好地规范和约束了我习惯自由的态度，使得我能在最后不到一年的时间里很好地保持状态。最能体现8班的学风和氛围的是李剑同学，在三年的时间内每年一个台阶，踏踏实实，最终摘得省高考理科状元。我在那一年有幸和他同一个寝室生活了几个月，每次我打球回去都能看到他在学习。有一次他在看一本中学数学的杂志，刷数学题。我看了一道题，自己不会做，不屑地推开，说反正这种题又不会考的。结果，当年高考数学最后一道附加题就是那个一模一样的原题！当年要是像李剑同学那么认真刷完那道题目，我的高考分数就会高15分，说不定就能像姜光强同学一样上清华大学了。非常感谢马老师塑造的8班，给我提供了非常好的学习生活环境，使得我能在高考的时候发挥不太低的水平。

马老师的严格管理并不限制学生的自由，他其实非常支持学生自由发展。虽然与马老师来往的机会并不多，但对一件事情，我的印象非常深刻。在填报高考志愿的时候，我跑过去问马老师我该报考什么学校和专业。马老师从头到尾没有说报哪个专业好。相反，他鼓励我想学习什么专业就填报什么专业，仔细问我的兴趣以及自己的高考分数估计有多高，大概能上哪个层次的大学。最终我选择了武汉大学病毒学系，发现生物学确实是我最热爱的专业，成为我的终身职业。感谢马老师在人生关键抉择时候对我的指导和鼓励，助我打开人生的第一扇门。

马老师时常说我们那一届没有考好，他有愧疚。其实，我们那一年全校同学都没有考好，原因并不在于哪位班主任。当年有内部消息说，从我们那一届开始进行高考改革，文理不分科。结果那一年高考改革没有落实，我们那一届直到三年级才分班，丧失了主动。当然，我其实非常感激晚分班，那一届理科学生成了历年来第一届上过完整历史、地理等文科课程的理科学生，让我们见识了陈家楠老师、陈迎峰老师的风采。

  回首高中生活，转眼已经三十多年。自己已经从意气风发的懵懂少年，变成了两鬓染霜的中年人。马老师还是印象中三十年前的模样，勤耕不辍，不曾改变！谨以此拙文祝贺马老师从教五十周年！

黄赞[①]，金华一中 1990 届 8 班

于武汉

2022 年 5 月 1 日

[①] 黄赞，男，毕业于金华一中 1990 届 8 班，武汉大学生命科学学院教授、博士生导师，2006 年获得美国 Loyola University Chicago（芝加哥洛约拉大学）博士学位，2006 年至 2010 年在美国 University of Chicago（芝加哥大学）和 Northwestern University（西北大学）从事博士后研究工作，2010 年任职武汉大学生命科学学院；入选教育部新世纪优秀人才支持计划（2012），湖北省楚天学者（楚天学子）（2011）；在国际知名刊物 Nature Medicine（自然科学）、Cell Host Microbe（细胞宿主微生物）等以第一作者或通讯作者发表研究论文 30 多篇，合作发表 40 多篇，授权美国专利 1 项，国内专利 3 项；主持国家自然科学基金 5 项、重大研究计划（培育）1 项、教育部博士点基金等；为美国血液学会（ASH）会员，亚太生物医学免疫学会常务理事，湖北省医学生物免疫学血液学分会学术委员会副主任，中国细胞生物学会和生理学会会员，Translational Oncology（翻译肿瘤学）编委；主要研究方向为造血中的巨核细胞发生与多倍体化、白血病发生与干预、脂肪肝与肝细胞癌演进发生，揭示相关生理病理过程中的信号转导、表观遗传、天然免疫和糖脂代谢调控机理。

三十九、岁月的小溪,从一中门前淌过

在拿到金华一中录取通知书的时候,我心中充满了对未来的向往和憧憬。当时,父亲是我初中三年的数学老师,相对比较开明。当我意志坚决地表示放弃中专,要上高中、考大学时,班主任老师再三在父亲面前做工作,认为女孩子能上中专已经是很好的归宿,劝父亲要慎重。村里的邻居们也觉得我是"轻骨头"。但父亲最终还是选择尊重我的决定。当时金华一中已不在浦江正式招生。父亲把我的档案偷偷地从学校抽调出来,再通过当时已经在中国科技大学连读研究生的二哥的推荐,把我的成绩和档案转到了一中。由于二哥早我五年毕业于金华一中,而且成绩优异,在全国数理化竞赛上都得过奖,所以在一中小有名气。学校的领导和好多老师都认识他。加上我的成绩不错,所以到金华一中读书也颇为顺利。

那是我第一次离开浦江老家。对未来的憧憬让我大大地低估了新环境可能带来的各种不适应。班主任马老师和何好英老师为了减轻我的思乡之情，帮我联系当时的体育老师，浦江老乡楼金土。

在初中我们都是各个学校里的佼佼者，到了金华一中以后我在班里的排名大概在二十几名。我原来在浦江县数学竞赛拿过第三名。我父亲认为我在初中的数学功底和成绩都比我哥哥当年要好。我也自以为会在一中照着哥哥的脚印学有所为。可是到了一中以后，我第一次到阶梯教室听数学课外兴趣讲座，第一次听到排列组合、抽屉原理，还有一些以后才学到的一些微积分知识，我才知道，乡下的资源根本没办法和城里的同学比。那种失落、挫败，加上周围的同学老师都说金华话，那种不能融入，游离在外的孤独感，那种不被自己认可的自卑，是以前十四五岁年龄的人生里所没有经历过的。中秋的篝火晚会上，同学们在高声欢唱。清凉的夜风，皎洁的明月，彻底击败了我压抑了一个多月的情绪。于是我一个人偷偷溜回寝室，在静静的夜里痛快地放声大哭。

时间在紧张的学习中滴答溜走。高一时林红和王晶坐在我前排。郑绍建和冯同学好像坐在我的右后侧。杜军和林红常用金华话喊我"老贾"。高二时李剑和汤玉作同学坐在第一排，在我和楼映红同学的前排。张静同学和另一个漂亮女孩子坐在我后排。李剑同学有时会和我比谁会背的诗多，并在会考前互考历史事件。不记得是林红还是卢伟艳曾是"睡在我上铺的兄弟"。有一天，一位同学熄灯后点蜡烛夜读，不小心点着了蚊帐。好在大家都还没睡，火势不大，很快扑灭了，有惊无险。

母亲和大哥偶尔得空会来看看我。可是那点儿关爱远远满足不了在异地求学的我对亲情的渴望。在之后几乎两年的8班生活里，我都无法从那种孤独里走出来。我向父亲提出过转回浦江中学，父亲坚决不同意，主要是碍于面子。父亲觉得到了一中再转学会非常丢人。可是当时的我根本不在学习状态，感觉自己已经被整个家庭遗弃，成绩一直徘徊在中等，对前途一片渺茫，异常痛苦。我记得有一次我没考好，好像是国庆放假准备回家。公交车到了白龙桥我又下车折返学校，觉得无颜回家见父母。记得当时楼映红同学也没回去。我们就在大草坪上懒懒地躺着，脸上盖本书，晒着太阳，互相安慰打气。

之后我又生病，出了不少幺蛾子，比如在医务室门口晕倒了，咳嗽吐血了什

三十九、岁月的小溪，从一中门前淌过

么的。马老师让程哲同学骑自行车带我去汤溪看病，后来又联系沙魏同学的妈妈在金华中心医院帮我看病，并开具病假证明办理休学手续。想象一下8班一共有五十几个学生。马老师如果没有用十二分的心血，就无法洞察到每个学生的身体情况并给予及时的指导和帮助。

我休学一年后再回到金华一中，并转到文科班。那时的我知道青春不多，不能再虚度光阴，否则我真的会成为村里人嘴里"轻骨头"的笑话，于是开始好好念书，成绩也一直保持在班里前10名。但高考前一个月，本来备战已身心俱疲，突遭一个老师的鲁莽表白，结果多少影响到高考发挥，没能进入心仪的大学。好在之后的人生，我也没有放弃努力，一切也算顺利。大学毕业在杭州从事了5年的记者职业，之后来到美国一切归零，重新开始；读了MBA，在注册会计师事务所工作了3年，考了注册会计师执照，在多家上市公司主管财务，包括2015—2017年在世界最大最权威的债券投资信用评级公司之一的穆迪公司担任北美财务经理。最近两年我在帮助一家公司整理财务制度，这家公司于去年成功上市。

岁月像一条潺潺的溪流，淌过乡村的童年，一中的少年、杭城的青年、硅谷的成年和如今的不惑之年。同学们估计也大多像我一样，已儿女长成。我儿子三年前从伯克利大学毕业。女儿今年也高中毕业了，秋季将就读于韦尔斯利学院（希拉里·克林顿和大家熟悉的宋氏三姐妹就读于此），但我偶尔还会梦到那个在金华一中蒋堂校区苦苦挣扎的女孩，那个想改变命运，努力从山里走出去的自己。还有班主任马老师的关爱，同学们在一起量米、分杨梅的时光。金华一中的那段经历，那种痛苦和美好并存的记忆成为我永久的财富，并激励我、告诫我，努力从哪个阶段开始都不晚。那里有我的成长，有马老师和其他老师对我的谆谆教诲，有我们青葱的岁月和悠长且斑驳的回忆。

贾涟漪，金华一中1990届
于美国
2022年5月25日

四十、半世桃李满天下，三秋师恩如海深

作为从农村出来的孩子，我小时候内心就有点儿自卑。考上金华一中后，想到要和从全市各地来的优秀学子一起生活学习，我心里还是很忐忑不安的。后来听说我是马老师从孝顺初中挑去 8 班的几个学生之一，我心里似乎安心了许多。因为马老师的老家浦口离孝顺很近，有点儿老乡的意思。我觉得自己是很幸运的，因为高中三年对于我来说是非常关键的三年。在这里，我养成了一些良好的学习和锻炼的习惯，以及性格的培养，使我受益匪浅。特别是马老师的那两句话，"该干什么的时候就干什么，干什么的时候就干好什么。"虽然朴实无华，却一直是我成长道路上的座右铭。

马老师独具慧眼，是一个因材施教的老师。马老师很早就注意到我比较胆小，特意给了我很多锻炼的机会。那时我比较爱唱歌，他曾指定我当文体委员，后来我还当过生活委员。他还安排我和几个物理成绩比较好的同学一起帮扶学习比较吃力的同学。我还记得我和几个同学在阶梯教室里当小老师。这种安排不仅仅帮扶了同学，同时更促进了我们去更扎实地掌握相关知识。这些经历锻炼了我，渐渐地，我在人前不再那么胆怯了。

马老师爱生如子，不仅注重学生学习，也非常关心学生的生活。马老师家在金华，周末他回家的时候会把他宿舍的钥匙留给同学。因为我家离蒋堂比较远，平时都要三四个星期才会回一趟家。有时候留在学校的周末会有机会到校外的水田里抓螃蟹、青蛙等，然后拿到马老师的宿舍厨房烧菜吃，也算是改善伙食了。

1990年高考后，当时我自己估分不是很高，所以报考的第一志愿是南京大学。然而不知道是为什么，我阴差阳错幸运地进了清华。我以前也听说过志愿调配的例子，但是从没有听说过被调配进清华大学的。我猜想其中一个重要的原因可能是马老师给我的评语太好了。

回想当年读大学的时候，学习传统的机械并不是很受重视。很多同学在大学就开始转专业或者读双学位，而不把本专业的学习放在首位。而我是班上少数几个还把机械专业当一回事的学生，一方面可能是由于我后知后觉，另一方面可能是马老师的教导"该干什么的时候就干什么，干什么的时候就干好什么"在我心里扎下了根。由于我专业成绩还不错，大学毕业后得以保送清华读研，以及后来能出国留学也大概都得益于此。

1998年到美国留学，先去密歇根，后到加州。这期间我有很多机会去转学计算机或自动化方面的专业，但是我庆幸自己能坚守初心。上学时打下的机械专业基础，以及长期从事一个行业所积累的一些经验，让我厚积薄发，对我接下来的事业发展有很大的帮助。2000年开始我在美国南加州洛杉矶的一个生物医疗器械的研发机构工作，从技术到管理，一干就是十几年。其间作为项目负责人及研发副总参与了几个研究项目，取得了一些发明专利。基于这些技术和专利，2013年我作为技术合伙人和几位同事一起创办了一家医疗器械公司。从2019年底开始商业推广，近三年来已经服务了五万多病人。创业的艰辛是连我自己都无法想象的，之所以能够坚持下来，也与当初马老师对我的教导是分不开的。

我高中毕业后，与马老师和同学们的联系并不多；后来出国了，机会就更少了。2010年后，我因公或因私回国的机会慢慢地多了一些，但每次回国都是来去匆匆，甚至拖家带口，没能多多地与马老师和老同学相聚，应当感谢微信群，让我们终于有了联系交流的平台。我们1990届8班人才济济，除了当年的省高考状元李剑之外（现在是台湾的大学的教授），我们中有的成为医生、专家、教授、企业家、记者、政府官员、公务员及各行各业的佼佼者及中坚力量。2017年，我有幸回金华见到马老师和十几位同学。2018年底，因为天气及时间的原因，不得不取消和在杭州的黄雷等同学的见面。2019年和张芳江、蒋左航、沙巍在上海得以小聚。过去三年没有机会回国。期盼着以后能有更多美好相聚的机会。

我真心地感恩在我们人生最重要的阶段遇上了马老师这样一位良师益友。半个世纪的辛勤耕耘，马老师是真正称得上是"桃李满天下"的一位老师。在我们一起为马老师庆祝他从教五十周年之际，我想说一声：马老师，谢谢您！

姜光强[1]，金华一中1990届8班

于美国洛杉矶

2022年5月20日

---

[1] 姜光强，男，1973年2月出生于浙江金华。1987—1990年在浙江省金华一中学习。1990年考上清华大学，就读于机械工程系，于1995年本科毕业，1998年获机械工程硕士后到美国留学。2005年获美国南加州大学生物医学工程博士学位。2000年开始在美国加州的一个生物医疗器械的研发机构（Alfred Mann Foundation for Scientific Research）工作，历任工程师，工程部主任，研发副总裁。其间担任多项医疗器械研究项目的首席研究员。2013年和几位合伙人一起创立了一家植入式医疗器械公司Axonics, Inc，于2018年10月份在美国纳斯达克上市，现为该公司的首席技术官（CTO）。拥有近四十项美国及国际发明专利。2015年被评为美国医学和生物工程学院院士（Fellow of American Institute for Medical and Biological Engineering）。

四十一、诗一首：贺马昌法老师从教五十周年

半世师三地，一冠压浙江。
悠悠多少事，最忆在蒋堂。

金国锋[①]，金华一中 1990 届 8 班

于杭州
2022 年 4 月 16 日

---

① 金国锋，男，1974 年生，金华一中 1990 届 8 班，1994 年毕业于中国纺织大学（现为东华大学），现居杭州。

四十二、忆高中时马老师给我的教导

多亏好友姜光强通知我"马老师从教五十周年"纪念活动的信息，要不然我会因为不善用社交软件而错过此次盛会，恐怕不能原谅自己。从1990年毕业离开金华一中起，不曾回去蒋堂旧址。在蒋堂校区学习生活的三年寒暑，隔着三十二年的透镜回望，记忆虽发黄但依旧清澈。记得我所在的8班，三年来都由马老师担任班主任和物理老师。

物理是我们当时必修必考的科目，由马老师这样的名师教授对我们来说是很幸运的一件事。记得我高考的时候物理好像是一百分，正是得益于马老师的悉心

调教。马老师更是一位明师，鼓励个人对知识主动地追求，而非机械填鸭式的灌输。记得有一次，他在课堂上表扬我观察到他在黑板上画的电磁波是横波而不是纵波。这当然不是什么惊人的创见或聪慧，而且即使我或其他同学没有观察到，马老师几分钟后也会教我们这个知识点。但是，马老师的引导、耐心和鼓励激发了学生的信心和兴趣，最终推动我追求更深刻的学术奥秘。马老师的物理教导对我个人学涯和职业生涯的养成发展有深远的影响和助益。因此之后上大学我选择了近代物理系，研究生的时候选择学习光电元件物理，工作后继续在半导体材料和元件物理领域做研究。

马老师担任我们的班主任，对于正在成长中的我们的人生，其影响更加深远。记得马老师常用"该做什么就做什么，就做好什么"一语来教导、纠正班级整体或个人层面的一些行为。坦白地说，我在高中时期对此语并无太多领悟，当时只是觉得很平凡、直白。倒是在离开马老师之后，在我求学、工作的不同阶段，这句话时不时会浮现出来。每次想到的时候，对其深广的寓意就更添一层体会，让学生受惠不尽。惭愧的是，我感觉现在与高中时期同样需要此语的鞭策。在该与不该，做与不做之间，我至今还在学习自律。至于"做好"二字，更是一生无穷尽的功课。

蒋堂校区的学生全体住校，大部分时间离开父母，很久才回家一次，这对学生是挑战也是有利条件。马老师身为班主任也住校，不辞辛苦地陪伴我们，对学生的个人生活加以辅导、关怀。高中时，我喜欢坐在我后面的女同学，情窦初开且两情相悦。马老师在高考前一次晚自习时间约我出教室谈心，从教室散步到学校大门口再走回来。马老师先开门见山，他知道我的恋爱情况，然后几乎用轻描淡写的语气提醒我高考需要专心准备，考前应该把有限的时间心思专注起来。马老师和我的沟通谈话，好比来自一个成熟的长兄，让我很容易接受。拜马老师此番提醒之赐，我专心准备高考而取得优异成绩。更感激马老师没有施以威权高压，使我可以良性处理并发展和女朋友的关系，生命中留下美好的记忆，无悔无憾。

许多事，许多道理，在不同的年龄阶段，处在不同的身份位置上，则会产生截然不同的理解。而今我身为人父，才体会到马老师当年教导的良苦用心。而在身为教师之后，更能切身地理解马老师的谆谆教诲和辛劳。我们从马老师那里领受的教育影响，相信会在下一代孩子和学生身上继续传承下去。三十几年前有幸得马老师培育，虽以涌泉相报而不足，谨以此文纪念当年二三事，略表点滴感恩，兼庆马老师从教五十周年之盛事。祝福马老师平安喜乐。

李剑[①]，金华一中90届8班

于台湾

2022年5月24日

[①] 李剑，男，1990年自金华一中毕业，时年16岁，为当年浙江省理工科高考第一名。自中国科学技术大学近代物理系本科毕业后赴美国留学，获University of Illinois Urbana-Champaign 电机工程学博士。先后在美国National Instruments，NASA，Department of Energy，Texas State University 等单位就职研究半导体材料和元件物理。现职为台湾省成功大学航空太空工程学系副教授。

四十三、老马的三次"请喝茶"

1987年9月,我步入了梦寐以求的省重点中学——浙江省金华市第一中学,开启了人生中最重要的一段岁月。在这三年中,我遇到了一群安于清贫、诲人不倦的老师;结识了一帮趣味相投、情同手足的兄弟姐妹;谈了一场对我而言惊天动地的恋爱。金华一中"百年树人"的教育理念的培养,为我插上了"隐形的翅膀",让我飞向远方。在这三年中,陪伴我们这群"不安分"的孩子最多的就是班主任马昌法老师。

私底下,我们称马昌法老师为"老马"。中国文字很神奇,单一个"老"字能表达很多的情绪,可以是"尊重",可以是"亲近",也可以是"畏惧"。我想,在"老马"这个称谓里,是各种感情都掺杂着一些的。"老马"这两个字眼,从什么时候开始在班级中成型已模糊不清,但是直至今日,只要提起金华一中的往事,这两个字眼必定在老同学们口中频频出现。我想,这就是班主任老师的特权,也是他兢兢业业教书育人的回报吧。

从小到大,我基本是属于"别人家孩子"的那种类型,痴迷于读书解题,爱好就是刷题,所以班主任们基本不管,再加上性格问题,对权威特别是班主任(领

导）敬畏有加，远远看见就要绕着走。因此，比起和其他任课老师的交流，我和班主任的交流特别少。对于老马，也是这种模式，因此对他请我去"喝茶"的三次经历记忆犹新。

第一次是和我商量把学习委员免了，改任文体委员。这起源于高一的圣诞晚会，被徐东升老师又哄又骗地反串了圣诞老人加主持，发挥出一点点才艺，因此在第二个学期，老马在调整班委的时候就让我当文体委员。当时我感到极委屈，在我的心目中，"学习委员"等同于"学霸"，"文体委员"虽说还不等同于"学渣"，但档次显著下降。再说，我的形象也不符合，应该让汤唯斌、宋婷、陈晓军、林红这些可以做8班形象代言人的美女们担任比较合适吧，因而不免有些微词。现在对老马同志最后在请我喝茶时怎样循循善诱说服我的言语已记不清了，结局是我学会了欣赏流行音乐、参与班级每年度学校会演的编排、参加了班级排球队和篮球队还得了名次，真正做到了德智体美劳全面发展，也培养了一定的组织能力。敢于挑战新领域，这是老马教给我的一项本领。

第二次是我和金华一中的一位退休老领导起了冲突，老马带着我去认错。这件事情起源于我们女生周末用大桶装开水回宿舍洗头。在当时物质缺乏的年代，校领导可能认为开水只适合于饮用，用作洗头就太可惜、太浪费了。但是，热水洗头的诱惑促使我从他手中抢过我的热水桶，板起脸后一言不发地绝尘而去。第二天，老马来找我喝茶，在那个没有监控的年代，如何在芸芸学子之中把我识别出来的过程我不得而知，赔礼道歉的背后老马付出的努力他更是从不提及。在当年，此类事件发生后班主任可能是首当其冲被批评的，当时青涩的我能感受到他的维护和保全，未曾留下心理阴影，也欠老马一个"谢谢"，今日补上！现在的我手下众多员工，也会有人有心无心地闯祸，怎样个体化地"护犊子"，怎样为员工适当地"背锅"，维持团队稳定和发展，是老马教给我的另一项本领。

第三次是临近高考，当时已确定了张芳江和洪雅芳的保送资格。老实说，天天看着张芳江同学"得瑟"地跑东跑西，心里没有羡慕嫉妒恨是不可能的。这次老马和我"喝茶"的细节还是记得比较清楚的，地点是8班的走廊上，时间是五月底或者六月初。他说："你的成绩稳定，心理承受能力强，希望你能在高考中发挥水平，为学校、为班级争光。目前的保送专业也不是你心目中的理想专业，所以这次把名额给了另两位同学。"当时的我已经决定学医，对高考信心满满，跃跃欲试，保送并非我所求，但是老马对学生的尊重还是给我留下了很深的印象。不晓得李剑、姜光强、黄文俊等同学是否也曾和老马有过类似的交流，可能老马觉得女孩子更需要鼓励吧。虽然当年高考我还是不小心失误了一下，但是仍然人生目标明确，用现在流行的话讲，还是不忘初心，砥砺前行。相信自己，挑战自我，是老马教给我的第三项本领。

高中阶段是一个人人生观和价值观开始树立的关键时期，需要一个好的领路人。在远离城市，对于形同现在闭环管理的一群躁动不安的青春期少年，管理起来并非易事。在那个条件艰苦的岁月中，老师们真的是舍小家，为大家，和同学们朝夕相处，形容他们"呕心沥血，殚精竭虑"一点也不为过。金华一中的同学们已经散落在全国乃至全球各地，不少佼佼者已在行业中担负重任。回头看，老师两鬓斑白，仍驻守家乡岗位，关注着每一个人的成长和动态，不求一丝回报。每个学生都在实现自己的梦想，每个学生都能记得自己在金华一中的岁月，是老马的最朴素的愿望吧！

谢谢马老师！

沙巍[1]，金华一中 1990 届 8 班
于上海
2022 年 6 月 1 日

---

[1] 沙巍，女，毕业于金华一中 1990 届 8 班，医学博士，主任医师，同济大学教授，博士生导师，上海市医学领军人才。上海市感染性疾病（结核病学）临床医学中心主任，同济大学附属上海市肺科医院结核科主任，结核病临床研究中心主任。

社会兼职：中华医学会结核分会常务委员，上海市医学会结核病专科分会主任委员，中国防痨协会常务理事，中华医学会结核病分会非结核分枝杆菌病专委会主委，中国防痨协会非结核分枝杆菌专业分会主任委员，中国防痨协会临床委员会常务委员，上海市防痨协会副理事长，中国医疗促进国际保健学会结核病学分会常务委员，《中国防痨杂志》副主编，《中华结核和呼吸杂志》《Frontier in public health》等杂志编委，国家卫健委疾病预防控制专家咨询委员会委员，国家结核病综合质控专家委员会委员。

国外进修：2005 年 7—10 月德国柏林肺科医院进修，2011—2012 年纽约大学医学院访问学者。

科研成果：主持国家级课题两项和省部级课题一项，在国家级杂志和 SCI 杂志上发表论文近六十篇，主编、参编多部著作，发明专利两项，实用新型专利六项。获得上海市医学科技二等奖一项，华夏医学科技奖三等奖一项

社会荣誉：2017 年获得中华医学会结核病分会"杰出青年人才奖"，2018 年获得中国防痨协会"全国最美防痨人"称号，2019 年获得"上海市三八红旗手"称号。

后记：经历了封城两月，今日上海重新开放，终于有心情有时间坐下来好好品味同学们的回忆录。昨夜今晨，感触良多，故提笔，一气呵成。因主题需要，这次主要写马老师。高中阶段是我最爱的一个阶段，单荣耀老师、诸才章老师和陈嘉楠老师都以独到的气场吸引我；我的同学们，文中有提及的，也有没有提及的，我一个也没有忘记。

四十四、献给马昌法老师从教五十周年

1987年我非常荣幸考上了金华地区最好的中学——金华一中,被分到了8班。对于农民的女儿,跳出农门是我们全家人的强烈愿望。在那个大学还是精英教育的时代,"进了一中门,一只脚跨进大学门",这是多么鼓舞人心的话语。马老师当时是我们的班主任和物理课老师。

我的高中时代的表现可以说很一般,我也很想搞得"风生水起",我周围有着一帮优秀的同学,大家都很努力,我也很难有什么突出的成绩。高中时代是人生中最难忘的时段之一。现在到了年过半百的年纪,想起来还是要感谢班主任马老师的教导,感谢金华一中优质的师资队伍,学校百年传承的优良传统,以及身边有一群优秀的相依相伴的同学。我没有当过班干部,也没有那么多的精彩片段。现在作为一名高校教师,再来看中学时代的老师,我觉得当时中学老师身份的马昌法老师有以下几个特点:

(1)关心关注班级里每一位同学。记得那时要写周记,而且要交给马老师批改,马老师看了以后,如果发现"蛛丝马迹"就要约谈。那时写周记非常谨慎,真不敢乱写,不愿让老师知道的绝对不能写。在晚自习的时候,窗外会有一双眼睛注视着,而老师一般是不进教室的,怕打扰我们学习。经常巡逻我们班级的是班主任马老师。老师一大早是要陪着学生跑操的,现在还记得马老师小跑的样子,脸是板着的,嘴巴是嘟着的,生怕我们不好好做操。马老师一般情况下真是不苟言笑,但是在看到班级进步的时候,马老师会开怀灿烂地笑。

(2)爱岗敬业。热爱教育事业,不计名利;拓宽学生的思维,鼓励学生的如何发现问题、分析问题和解决问题。物理习题的答案他很快就会给出来,我以前认为老师是现场算出来的,真是神速啊!自从我当老师后就知道了马老师备课相当认真。勇于创新,记得马老师很自豪地指着小风扇说,这是我自己做的,当时市场上还没有微风扇。注重教学方法，激发学生的学习动机，提高学生的学习动力，引发学生学习的兴趣，不断探索如何把一个复杂的问题，在学生已有知识背景的基础上，让学生快速轻松地掌握。做到严谨治学，诲人不倦，精益求精，时刻准备着用"一眼源源不断涌动的泉水"来满足学生"一碗水"的要求。在教研工作中，始终保持高度负责、严于律己、以身作则的态度，以奋发有为的精神面貌和脚踏实地的工作态度做好教育教学工作。

（3）仁爱与责任。爱心是师德素养的重要表现，表现在对学生一视同仁，不厚此薄彼，做到爱心、耐心、细心。马老师无论在学习上还是生活上，关爱学生，没有出现脾气暴躁，言行过激的行为。牢固树立仁爱与责任的理念。既以人为本，做到关心、尊重、激励、宽容对待学生；又严格要求学生，密切关注学生的学习态度、作业情况及课堂表现等方面，尤其注意学习后进生，发现问题及时谈话，直到学生"转危为安"。鼓励和帮助生活困难的学生，听说好多男生会去马老师那里蹭饭，还让体弱的男同学直接住到老师的宿舍，以便于关心、照顾。在那个吃霉干菜上学的年代，物质条件非常艰苦，马老师能请苦孩子吃饭是一件很不容易的事情。毕业后的每次聚会，马老师念着一个个同学的名字，如数家珍，特别惦记着没有参加聚会的同学。

（4）为人师表。"德高为师，学高为范"。严格要求自己，奉公守法，恪尽职守，遵守社会公德和职业道德，忠诚人民教育事业，为人师表。"该干什么的时候就干什么；该干什么的时候就干好什么。"这是朴实无华的马老师座右铭，我也经常讲给我的学生和我的孩子听，把高中时代的精神传递给我的学生及下一代，这或许就是衣钵的传承。

最后，感谢马老师在人生道路上的指引！祝愿马老师健康幸福！祝贺马老师桃李满天下！

吴慧芳[①]，金华一中 1990 届 8 班

于南京

2022 年 4 月 9 日

---

① 吴慧芳，中小学曾用名吴慧芬，女，毕业于金华一中 1990 届 8 班，工学博士，教授，在南京工业大学任教，副院长，国家一流本科给排水科学与工程专业负责人及市政工程学科负责人。国家注册公用设备（给排水）工程师，国家注册环境影响评价工程师。中国城镇供水排水协会给排水专业教育委员会委员，中国建筑节能协会专家委员会专家，江苏省苏北发展特聘专家、江苏省土木建筑学会给水排水专业委员会委员，南京市土木建筑学会理事。从事水污染控制及其资源化方面的教学、科研及应用。主持或主要参加了三十余项国家、省部级项目及企业应用项目。在国内外刊物发表论文一百三十余篇，授权专利十余项。出版专著及主编教材八部。

四十五、两年一中生活，一生金华情

记得那是 8 月底的一个下午，晴空万里，蓝天白云。一个怀揣梦想的年轻人摔倒在蒋堂金华一中大门外的小路上，一脚踩在水里，一屁股坐在泥路上。这就是我，因为在龙港学习成绩不好，也没那么好的学习氛围，班主任陈冰凌老师推荐我去金华读书，给我写了一封信，开启了我的求学之路，这是我人生中第一次作出重大而正确的决定。

那时，从龙港坐车要将近半天时间才到温州，我连夜坐车到金华，温州到金华需要一个晚上时间；第二天早上到了金华南站，又到金华北站坐公共汽车到蒋堂，然后下午才到金华一中。找到一中的赵依模老师，转交了我老师的信，说明了我的来意，赵老师让我在他房间里等消息，他去跟校领导沟通。记得不久赵老师就回来了，说已经跟校领导沟通好，鉴于我有这么坚强的求学意志，同意我在金华一中借读，但是要交赞助费三千块。这在当时是不小的数字，20 世纪 80 年代在我们国家出现"万元户"，"万元户"在当时很了不起了。这样我就成了金华一中第一位赞助生。

我回到龙港家里待了几天，匆匆收拾好行李在开学前赶到了金华一中。我被分到了 8 班，就是马老师当班主任的 8 班，可能因为马老师对学生要求高，管理严格，整体班级的学习氛围比较好，考虑到我这样一个基础差、纪律性也比较差的外地插班生就由马老师来带。记得我们的宿舍是大平房，8 班有两个男生宿舍，一个朝南另一个朝北。我被分在朝南的这个房间，但我是插班过来的，所以被安排在门口门后的一张床。我从来没有出过那么远的门，长时间在外，加上学习压力大，生活不适应，所以经常想家，就用拳头打墙。宿舍的墙体是用黄土加稻草，外加一层白灰，几天下来整个的墙体都脱落了。因为我挥打墙体发泄，同学们给我起外号"杨发情"。

四十五、两年一中生活，一生金华情

我的英语基础比较差，慢慢地开始认真学习，每天早上五点来钟就起床，到宿舍外面的路灯下去记单词。我们班的黄雷同学也是因为英语比较差，也很早就起来去路灯下学习，我们两个路灯下的同学成为在一中最友好的同学。那时候因为我经常找英语老师徐东升补课问问题，认识了汤维斌和宋婷。汤维斌是一个很可爱的小姑娘，就像邻家的小妹妹，因为她妈妈是温州人，也算半个老乡，所以一直把她当小妹妹。而宋婷是知心大姐姐，性格好，我们所有的人都愿意跟她聊天，她能替别人考虑，是我心中的女神，其实也是我们班很多人心中的女神。我在一中的学习、生活中慢慢收获了许多的友谊，包括后来"干菜肉"团体、黄雷、宋婷、林红、杜军、周国庆和金玉华，他们每个周末都会从家里带来好多好吃的东西，尤其是霉干菜扣肉，那是比较高端的菜了，我就和他们一起吃，因为在学生食堂基本打不到什么好吃的菜，只是偶尔去教工食堂打一点儿好点儿的菜。

日子过得很快，进入第二学期，因为学习时间比较紧，晚上会经常熬夜，住在集体宿舍不太方便，我爸爸跑到金华一中找到了当时一中的驾驶员杨师傅，把他们家的柴火房整理出来给我做独立的小房间。这个柴火房和马老师的教工宿舍隔一条小路，房间很小，也就十平方米，里面放一张床，门口是一张写字桌，还有一个角落堆了一些杂物。在这房间生活的一年多时间里，有两件事情记忆犹新，金华同学周末基本都回家了，而我们班李明他家在杭州，他周末也不怎么回家，所以我们两个经常会去蒋堂买酒，把酒放在袋子下面，上面盖几本书，带回我的房间，我们喝酒聊天。另外一件事情是1989年12月份我生日那天，我们几个同学谋划了很久，有人去买菜买酒，有人烧菜，黄雷去找杜志金老师借他房间钥匙，因为杜老师周末回家，在他房间烧菜。当天晚上有十多个同学挤在我房间里开心喝酒聊天，后来酒菜不够吃了，半夜三更周国庆和金小禹两人翻墙出去骑车到蒋堂买酒买菜，那天我喝得酩酊大醉、不省人事。这些事都是在周末，好在马老师周末回金华了，否则可不敢在他眼皮底下干啊！

时间过得真快，通过两年的努力，我从班里绝对垫底的差生变成综合成绩前10，会考成绩拿到了7A、2B，这对于原来在龙港读书的我来说是不可想象的。原来我中考初中升高中英语才得7分，7分是靠选择题和判断对错题蒙的，英语会考也得了A。一转眼，到了1990年高考前，我爸爸又从龙港到一中陪考。记得他当时给我带一些好吃的和咖啡，让我喝一些咖啡提提神。谁知道咖啡劲头太足了，高考前一晚我根本无法入睡，一直迷迷糊糊到天亮，参加了第一天考试；第二个晚上只能吃点儿安眠药，迷迷糊糊睡了一觉。就这样我的高考失利了，没有过省高考分数线，只过了温州的高考分数线，如果要上大学只能回到温州，就只能上温州大学。我当时就不甘心，选择参加复读，第二年考取了杭州大学。高考失利后经历了两件事情，高考体检中发现我的心脏杂音比一般人的要大，体检医生说有这样的杂音可能是心脏不好，不符合体检条件。我爸爸和马老师得知这个情况，非常紧张，我爸爸在金华根本没有认识的人，只能靠马老师。马老师带着我父子俩在金华到处找人了解情况。那是炎热的夏天，7月的金华似火炉，高温近四十度，马老师如父亲般照顾我，没有放弃我。后来是找到了我们班马安军同学的爸爸，他是人民医院的院长，他带我们去见一个老医生。老医生用听筒听了听，问我有没有不舒服之类的问题，然后让我脱了上衣，用手在我脊柱上从上到下划了一下，一副若无其事，云淡风轻地说："你这没事，就是脊柱比较直，心脏出来的两条大血管受脊柱压迫，所以杂音就会比较响。"就这样体检事件才过去了。还有一件事就是我的名字，我当时为了到金华读书，寓意着扬帆启航，自己把名字改为杨帆，其实我的真名是杨介榜，身份证也是这个名，所以只能把学生档案资料名字全部改为杨介榜。

四十五、两年一中生活，一生金华情

在金华一中短短两年的生活满满都是回忆，收获了一中同学的友谊，也收获了一中老师对我的关心和关爱，特别是马老师自从我进入一中生活开始，无论学习还是生活以及到后来高考的失利等，都得到了马老师的关心和关怀，他的不离不弃是我一生中宝贵的财富，一生感激不尽。

杨帆[①]，金华一中1990届8班

于温州

2022年4月15日

---

① 杨介榜（杨帆），男，毕业于金华一中1990届8班，1991年考入杭州大学城科系经济地理学与城乡区域规划专业，先后就职于温州市城市规划设计研究院、温州市规划信息中心和温州市国土空间规划研究中心，正科长级专员，教授级高级工程师，浙江省"151"人才工程第三层次和温州市"551"人才工程第一层次，获得2012年全国住房城乡建设系统劳动模范荣誉称号。

四十六、献给马老师从教五十周年

时光荏苒，高中时光已成回忆。人都说，青葱岁月最是纯真时刻，最为激动人心，深以为然。

犹记得，刚踏进金华一中校园报到时惊为天人，误以为是老师的宋婷、王冉；白白嫩嫩一脸细腻的沙巍；腹肌硬挺，为人随意的好哥们周国庆；一脸严肃瓜子瘦脸的王晶；戴深度眼镜，圆睁怒眼的憨憨的李剑；活泼、开朗、阳光、青春无限的林红、陈晓军、王迅蓉、杜军；屁股圆墩墩的生活委员张芳江；表面高冷，条理清晰的洪雅芳；一脸端庄的伍剑、李慧；外表文雅，内心火热的卢伟艳；人称校花，有深酒窝的汤唯斌；乖小、可爱、精干的文静小淑女方波；睡我下铺，戴深度圆眼镜，经常帮助我的医生马安军；笑嘻嘻的团书记金玉华；自带气场时刻脸带笑容的黄雷；文质彬彬的班长李明；阳光帅气的哥们罗纲；真诚的好哥们郑绍建；经常在篮球场上精准投篮，神采飞扬的胡俊杰；一脸正气，正义凛然的帅哥张强、程哲、杨帆；看上去有点儿黑但阳刚的姜光强；毕业后玩到昏天黑地的王永明、王志荣；眼镜有点儿瑕疵的鼻子刚挺的学霸李学忠；身手敏捷，反应迅速的陈俭；身手不一定敏捷，一脸憨厚的王宇翔；个子和我差不多高的，拥有稚嫩脸的东阳；才子吕权伟、李刚；自己写成几本武侠小说的那个"谁"；唱歌有鼻腔音、有张学友风采的葛根义；离我家很近，沾点儿亲戚关系的黄文俊；好朋友金国锋、黄赞、汤玉作、胡卫林、何锦明、艾国成；老爸是大学校长，看上去有艺术境界的蒋左航；精瘦戴眼镜的何勤俭；还有盛华芳、楼映红、吴慧芬、张静、周艳聪、贾涟漪等。（这只是我个人的回忆，肯定还有好多我一时没想起来的同学，见谅！）

更记得我们班主任，时任政教处主任马昌法老师，高高瘦瘦，时刻抬头挺胸，走路都向上颠一颠，在一群同级班主任老师中鹤立鸡群。可能是进校分数比

四十六、献给马老师从教五十周年

较高（嘿嘿，当时和沙巍同分，真有缘分）的缘故，马老师指定了我当班长，当时的我是多么惶恐无助，真不知道是怎么应承下来了。（可能是不知道怎么办？）事实上，当时马老师的这个"指定"，也造就了八班班级活动的现状（由于性格、认知的缘故，我身在其位未好好谋其政）。当然，那时候马老师是不知道有这个结果的。他看我是农村过来的，对很多事情不懂，生活条件也是极其艰苦，给予了我无微不至的关心和帮助，当我是他的家人。我经常吃住在他的教师宿舍（嘿嘿、教师宿舍区域经常遇到杨帆、程哲）（对了，有学生到教师宿舍偷抓鸡我也因此看到了），我可以动他书房、卧室里的任何东西包括书本，平时有困难和不解，可以随时找他寻求帮助。现在回想起来，他是那么无私、伟大，可叹那时的我太懵懂，没好好珍惜，我必须在这里诚挚地道一声"马老师、谢谢您！"

高中三年，我们1990届8班绝对是一个值得自傲的群体。在马老师的谆谆教导下，8班学生的德智体美劳全面发展：学习上，8班一直名列前茅，金华一中出了个（可能是唯一一个）浙江省理科高考状元，就是马老师带出来的学生，我们班的李剑，带给金华一中无限光环；考入清华大学、复旦大学、西安交大、浙大等知名大学的同学很多，保送名牌大学的名额马老师也争取到了好几个。美国留学现在定居国外的我们班有近十个，是全校最多的，每次我和朋友聚会聊起来，他们都很惊奇。我们班的体育也很不错，胡俊杰的投篮很准，陈俭的百米跑像风一样快。我们班的文娱委员，那是太受重视了，其他班想约晚上的音乐课教唱都约不到。马老师为8班付出了很多心血，经常教导大家协作、互助，所以我们班也很团结。印象最深的好像是有一次风筝比赛，在马老师指导下，吕权伟领头，大家花了很大的功夫，一起做了一只长十几米的很大很大的蜈蚣风筝，成功地飘扬在学校操场最高空，让一整操场的学生叹为观止，感慨万千，而我们8班是多么自豪啊！

毕业后，我组建了金华海纳人才开发有限公司并任负责人，后来又在浙江省对外服务公司金华、义乌、衢州任分公司负责人。此时，马老师已经在浙师大任教，身揣浙江省人事厅核发的"教授高级专业技术资格证书"。刚好这几个公司的一些业务必须有"专家人才智囊团"的支撑才能开展，这时候马老师又伸来援助之手，用他的"教授"资格，帮我出了好几套专业的招聘考试试卷，影响了中国移动、中国联通等好几批员工的人生，造就了他们的未来，而马老师给我公司带来的专业性也得到了这些客户的认可。在这里，再次对马老师表示感谢！

每个人都是不同的，一个人的层次、格局往往是他的"认知"水平造成的，每个人对幸福的理解也各不相同。我自认为不是一个很正能量的人（而马老师是），我与班里的很多同学有较大的差距（包括品位、格局），我不喜欢抛头露面，我也不喜欢哭穷，我目前的认知是"平平淡淡才是真"，幸福是自己的理解，一切随之自然吧。但由于我的认知使然，对班级活动的积极性确实造成了影响，我在这里再次向马老师致歉，也向李明、金玉华、王宇翔、张芳江、黄文俊、林红、陈晓军、王迅蓉等同学致谢，谢谢你们为班级工作的付出，谢谢！

在马老师从教五十周年之际，客观回顾、切实回眸、艺术回味一些交往和人生，能成为马老师回忆之素材的话，也是荣幸之至。

叶春林[1]，金华一中1990届8班
于浙江金华
2022年4月8日

---

[1] 叶春林，男，1972年5月出生，1987—1990年就读于金华一中；1991—1995年就读于浙江科技学院，时任系学生会主席。毕业后先后在金华市水利水电局、金华市人才交流中心等单位任职。曾任金华海纳人才开发有限公司，邦芒人力金华分公司，浙江省对外服务公司金华分公司、义乌分公司、衢州分公司负责人、总经理。

四十七、献给马昌法老师从教五十周年

我是 1987 年进金华一中的，马昌法老师是我们班的班主任。刚进一中时，我的学习成绩排名是倒数的，但马老师很欣赏我，很诚恳地跟我说："你初中是班长，又是优秀毕业生，让你当副班长兼任生活委员。"我当时非常惊讶又受宠若惊，暗自下定决心一定要对得起老师的信任，绝对不能辜负！从此我从各方面严格要求自己。作为生活委员，我常给同学们量米，拾米，几年如一日。平时大扫除，公益活动，我也事事冲在前面，非常勤恳，非常认真，卫生流动红旗一直都飘扬在我们班的教室门口。作为班级干部副班长的我，对自己无论学习还是作为班干部的轮值熄灯检查等工作上事事争先，从不落后，为老师、同学们所称赞。学习上，我常常是从早上六点起来开始提前早自习，一直学到晚上十点半左右熄灯。功夫不负有心人，我的成绩从班级倒数，短短半学期就升到班里第十九，并在学年结束进入前十。

马老师对我第二个重要的影响是,该干什么的时候就干什么,该干什么的时候就干好什么。这不仅在高中三年对我影响至深,而且成为我一生的座右铭。在华东师范大学的四年期间,我每年都获得了一等奖学金,最后毕业那年还是上海市优秀大学毕业生,而且成功地被保送到中科院上海有机化学研究所读研究生。在就读博士研究生期间,我还获得了 BASF 奖以及全 A 奖,并且在毕业后的工作中,我始终秉持这一座右铭。因此,我的工作效率非常高,工作成绩亦是斐然,成功地创办了上海立科药物化学有限公司。

恩师马昌法对我的第三个重要影响是我的性格的健全方面。每个人都是独立的个体,都有自己独特的优势也有自身致命的缺陷,我的个性第一次质的飞跃就是在我的班主任马昌法老师的帮助和鼓励下促成的。我的性格特点非常突出,熟悉我的同学、同事都非常清楚:爱憎分明、积极向上、勤劳踏实、乐于助人,但同时眼里容不得沙子,最可怕的一点是从不认错,更不会道歉。我记得很清楚的一件往事,我们的英语老师徐老师是位刚刚大学毕业的年轻老师,对我们要求全英文上课,我们很多同学都听不懂,我也是其中一位,而且属于最严重之一,一直很痛苦地坚持了半个学期,英语成绩也直线下降,对当时高考只要笔试的我们来说无异于一场灾难。也许是实在压抑得太久,在一次课堂上,我自己都不清楚为什么而突然一下爆发了,徐老师很认真地在黑板上写字,我突然一巴掌奋力地拍在课桌上,震得所有桌上的书飞了一地,把徐老师当场吓傻了,不知所措,也把很多同学吓了一大跳。老师过了半晌缓过来之后问我是怎么回事,我据实告知,很多和我有同样感受的同学也积极响应,结果迫使徐老师用一半英语一半中文给我们上课。事后我非常内疚,当时徐老师都快哭了,但不会道歉的我根本不知道如何向徐老师表达。就这样整整过了半个多月,细心的马昌法老师察觉到了不对劲,主动找我谈心,问我到底是怎么回事,我如实告知,并且表达了我的深深自责,同时还担心徐老师不会原谅自己。马老师非常耐心,一直鼓励我,说徐老师一定会原谅你的。就这样在马老师的鼓励下,我多次在徐老师的宿舍门前徘徊,最后终于鼓起了勇气,成功地和徐老师表达了我的歉意和内疚,结果徐老师不但原谅了我,还教我如何去提高英语的听力水平。(这对我大学的英语听力提高有极大的帮助,这是后话。)在我从徐老师宿舍回教室的路上,道完歉的我心情无比愉悦,积压多日的一块大石头终于放下。我竟然还欢快地蹦起来，第一次发现，原来道歉还能给自己带来开心，带来快乐。从此，只要自己做错了，我都会主动地认错，并认真改正。

其实，马老师对我的影响是全方位的，谨以此三方面来表达对恩师的感恩之情，在马老师从教五十周年之际，祝老师身体健康，万事如意。

张芳江[①]，金华一中1990届8班

于上海

2022年4月7日

[①] 张芳江，男，50岁，中共党员，理学博士。2003年4月至今任上海立科药物化学有限公司董事长兼总经理。2018年10月至今任上海师范大学生命与环境科学学院教授。2009年获第一届上海青年创业先锋。2002年6月至2003年1月美国宾夕法尼亚州立大学化学系博士后。1994年9月至2002年6月中科院上海有机所理学博士学位、中科院有机合成工程研究中心副主任、上海中科合臣股份有限公司研发部主任。1990年9月至1994年7月华东师范大学化学专业学士学位

技术专长：在药物活性成分及中间体的化学合成等方面，具有很强的研发实力和非常丰富的中试放大、产业化工作经验。

综合能力：先后获得中国专利七项，并在国际一流刊物上发表重要学术论文六篇。在美留学期间，与美国著名的制药公司如Merck、Pfizer、Bristol-Myers、Eli Lilly等建立了良好的业务关系。

四十八、照亮前行的路

岁月如梭，遥忆蒋堂金华一中的青葱岁月，惊觉懵懂少年倏忽已年近半百。三年高中生活，首次离家求学，无论学习还是生活，均面临诸多挑战，常常感觉苦闷烦恼。幸运的是，班主任马昌法老师，给了我无微不至的关心，学业上答疑解惑，生活上排忧解难，如阴霾天气中的一缕阳光，照亮前行道路，春风化雨，催人奋进。

高中的三年生活，虽然短暂，但在我的人生征途中意义重大。当时的金华一中，虽然地处蒋堂较为偏僻，但学习风气很浓，同学们都争分夺秒，刻苦学习。记得有一次晚上，我挑灯夜读，一不小心蜡烛翻倒，烧了蚊帐，并波及上铺。当时我手足无措，心里很慌，闯了祸的我原本以为会迎来狂风暴雨般的严厉训斥。马老师知道后，第一时间赶赴现场，妥善处理，明确提出加强安全管理的细致要求，并多次安慰疏导，慢慢地帮助我走出低谷，使我在学习上又重新振奋起来。那么多年过去了，往事历历在目，如刀刻斧凿般印在我心中，之后遇到一些突发

四十八、照亮前行的路

事件，我都会不自觉地想起马老师教科书式的应急处理方法，从容淡定的处理方式、精准果断的处理手法，往往能够化危为机、化腐朽为神奇。

除了班主任外，马老师是物理任课老师，偏偏我理科偏弱，尤其物理，班上学霸轻轻松松就能解出的物理题，我往往苦思冥想仍不得其解，时间一长，我就对物理课学习产生了畏难情绪，细心的马老师很快关注到了我的问题，在繁忙的工作之余，挤时间来了解我的学习难点，并深入浅出、耐心细致地加以讲解，帮助我摸索适合自身的学习方法，给予我学习上调整适应的时间，最大限度地给予我包容和鼓励，让我重拾信心，一步一个脚印，踏踏实实地补齐短板、跟上学习进度。很多年后，当我的孩子遇到了同样的学习困难时，我就会想起马老师，就会以同理心换位思考，深刻理解孩子的心理，与孩子一起解决问题，扫除学习上的拦路虎。

马老师常说："该干什么的时候就干什么，该干什么的时候就干好什么。"我对这句话印象非常深刻，学习上我是这样做的，工作上更是牢记这一点。高中毕业后，我进入浙师大外语系学习，由于老师教导、自己学习努力，我获得了优秀毕业生的称号，毕业时学校保送我至南京大学进行研究生学习。当时我还是想早点儿就业，就没去读，进入中国工商银行工作。初入工行，面对全新的专业，新手的我下定决心，从头学起，很快进入角色，在业务上从外行变为行家里手，并且受公派到香港工作两年，一边工作一边学习；业余时间攻读硕士课程，并顺利地拿到了学位。从香港回来后，组织信任压担子，从业务部室科长提任总经理助理、副总经理、总经理，专业精进之外，自己在管理上又上了一个台阶。大家知道，现在银行多、竞争大、压力大，但是我牢记"老老实实做人，实实在在做事"的原则，不怕苦、不怕累，经过努力，较好地完成了目标任务，也获得了分行、上级行和监管部门的肯定，连续几年获得个人和部门优秀、专业条线系统排名靠前、连续十年监管考核A类行。

在成长之路上得到马老师关爱的还有我的弟弟，我俩正好相差三岁。1990年我高中毕业时弟弟正好到金华一中就读，他的理科较突出，文科也不赖，以较好的成绩考入一中。那个年纪的男孩子爱玩，尤其是刚离开家，自己管不住自己，已经影响到学业。父母着急，敲打了好一阵子，不久弟弟又恢复了原样。尽管马老师不是弟弟的班主任，但身为政教处主任的他，工作千头万绪，在百忙之中，仍时常关心关注弟弟的情况，多次找弟弟谈心谈话，动之以情、晓之以理，"该干什么的时候就干什么，该干什么的时候就干好什么"，苦口婆心地劝诫弟弟要珍惜光阴、努力学习。在马老师锲而不舍的努力下，终于激发了弟弟的上进心，弟弟加倍努力迎头赶上，考取了浙江财经学院，毕业时被评为优秀毕业生，被宁波税务局选中，工作勤恳努力，业务能力突出，多次在税务系统比赛中获奖，被提拔为中层管理干部。每每回忆高中生活，弟弟总是感慨不已，对马老师满怀感激之情。

师者，传道授业解惑也。马老师不仅仅是授业解惑，更是领航指路。马老师的谆谆教诲影响着我们，引领着我们朝着更高目标奋勇前行。

桃李不言，下自成蹊，春风不语，百花齐放。马老师从教五十周年，培养了各行各业的精英人才，为中华民族伟大复兴接续奋斗，想来马老师应该非常欣慰吧，在此呈上衷心的祝福，祝马老师身体健康、万事顺意！也祝亲爱的同学们，抓住机遇，再创佳绩！

张静[1]，金华一中1990届

于浙江金华

2022年4月20日

---

[1] 张静，女，1987—1990年就读于金华一中；1990—1994年就读于浙江师范大学，英语专业，2002—2004年赴香港工作，期间修读澳大利亚麦克里大学应用财务专业，取得研究生学位。2014年12月—2022年3月，任工商银行金华分行国际业务部总经理。曾荣获总行级国际业务先进个人称号、工商银行系统内多项荣誉。

四十九、致师恩与青春

物以类聚，我与同桌叶春林老班长一样，不喜欢"抛头露面""随性"。他经常埋怨我，被我带偏了，以至于一直性格开朗、积极乐观的他也有点儿"闷"。每次他这么说，我内心其实挺高兴，能影响到周围的人，这就挺好！而我今天所从事的专业与事业，就是要做好表率、影响他人，用知识与感召力去改变周围人群的健康及运动观念，因为我是一位运动医学领域的医师，也是一位医学人文与运动康复的专业教师，或许差点儿也能成为律师：在曾经的迷茫当中曾突然冒出个念头转行干医疗官司，还参加了法律专业的自考，参加国家第一大考"司法考试"，其实这只是"一时上头"，但也基本勾勒出了我的人生与个性，耐得住寂寞，并不爱交流，是个喜欢自学而自娱自乐的长不大的理科老男孩。朋友之间更是平平淡淡，大学的挚友从海外回来看我，也就在周围的小餐馆吃了个便餐，去我的办公室弹弹吉他、唱唱歌，喜欢的是赵雷的《阿刁》与许巍的《灿烂》，既孤傲而又沉浸于"塞翁失马焉知非福"的意境，五十而知天命，观念很重要！所以，看到敬爱的马老师在春天琅玡的湖里游泳感到备受鼓舞，因为身教胜于言传！而我从四十多岁之后开始培养的运动习惯或许就是源于马老师的潜移默化的影响：当年近五十的我还能以时速二十千米完成百公里的自行车骑行，还能坚持跑出高中时候一千米的长跑成绩，当时我同单位里的小青年们还能定期结伴去打篮球赛，这些就是可以偶尔炫耀下的另类资本。

一直感谢马老师曾经的教导与鼓励，老师对我影响最大的就是关于"习惯"培养重要性的教诲，并且反复强调，只是作为学生的我在很长时间都没能真正领悟！习惯不大好其实是每个人的一道坎，我依旧会沉迷于打牌、娱乐、消遣，甚至连无聊、发呆也能沉浸。回顾大半辈子，个人主要的问题与缺点还是没有韧性与坚持，或许也在于我学业的起始——中医，总有些说不明道不白，甚至产生动摇与抛弃，有一句玩笑话"中医可以让人稀里糊涂地活着，西医却让你明明白白地死去"，好在现在的我慢慢地有了些中医的领悟。其实，我的内心很想多听听老师的教诲，虽然我也是以这样的理念去教育我的学生们，但总觉得个人的水平距离老师还是有点儿差距，尤其看到现在很多医师尤其年轻医师不喜欢进行常规体格检查，真有点儿让人难以接受，所以下定决心，更加关注健康问题，向马老师致敬与学习，始终能坚持锻炼出一个好身材，其实这就是一种严格"自律"的体现！

亲爱的马老师，您从教五十年，这是您人生中一个重要的里程碑！作为您的学生，希望能用简单而平凡的文字以及内心真挚的祝福带给您这片幸福的温暖，您桃李满天下，虽然我无法像致敬我的博士生导师那样为您也写出整本的传记，但内心始终感恩于您在年少时的启蒙教育，其实您当时的教育理念就早已接轨于未来：单纯知识的传授在很多时候都不是很重要，教育最关键的立足点恰恰体现

四十九、致师恩与青春

在对学生们健全人格的培养上，而这条道路其实是很曲折的。依旧喜欢"我行我素"这个词，还有"一万小时定律"，我仍旧渴望能秉承您的教诲，这辈子坚持做好一两件有意义的事，那也就无愧于师恩！借此用这篇"豆腐干"的行文祝您健康、幸福、快乐！

周国庆[1]，金华一中1990届8班

于杭州

2022年4月10日

---

[1] 周国庆，男，浙江金华人，金华一中1990届8班，中医骨伤科学临床医学博士（1996年本科毕业于浙江中医学院（现为浙江中医药大学），2006年硕士毕业于浙江中医药大学，2016年第五批全国名老中医药专家学术经验继承人出师，获博士学位，师承浙江省国医名师姚新苗教授），现任浙江中医药大学附属康复医院（浙江康复医疗中心）医务部主任。擅长运用现代康复治疗技术以及针刀、针刺、中药内服外敷等中医药等非手术疗法治疗脊柱疾病、脊椎源性疾病、退行性骨关节疾病、足踝疾病和畸形、软组织损伤相关疾患，注重骨科术后规范化康复，突出康复训练在疾病防治中的重要作用，在各类脊柱关节疑难杂病的非手术治疗上，积累了丰富的经验。发表学术论文二十余篇；主编论著1部；以第一发明人获国家发明专利授权一项、实用新型专利授权五项；参与多项国家级、省部级科研项目；参与获浙江省科学技术进步奖三等奖一项；兼任浙江省姚新苗国医名师传承工作室负责人，浙江省中医药学会整脊分会副主任委员，中国民族医药学会科普分会理事，中国民族医药协会健康科普分会科普专家。热爱生活，爱好音乐、吉他演奏、自行车等，热衷于运动康复及健康科普事业。

五十、满园桃李知恩义，良师益友忆当年

遇见一中，遇见马老师。董卿曾说过："从某种意义上说，世间一切都是遇见。冷遇见暖，就有了雨；冬遇见春，有了岁月；天遇见地，有了永恒；人遇见人，有了生命。"人与人之间的相遇就像是一场命运的馈赠。

我是金东区塘雅镇含香村人，父亲是个木匠，为了奖励我考上金华一中，他做了一个厚重的木箱给我当行李箱，但我自己的内心却满是鄙夷，觉得这东西太土了。开学第一天，我扛着那只原生态木箱，穿了一件土得掉渣的的确良衬衫，光着脚穿一双解放鞋，在母亲的陪同下到学校报到。班主任林根清老师把我安排在210寝室。我把东西卸下打算送母亲走，刚出寝室门口的时候，便有同学说："这个人穿鞋不穿袜子的。"当时我恨不得找个地洞钻下去。初中时因为学习成绩优异而建立的那种自信和优越感很快就荡然无存了，代替它的更多是自卑。班里配备的老师特别强，数学老师方立德是教导主任，也是当时一中唯一一位数学特级教师，印象中他的板书特别漂亮。马老师则是我们4班和5班的物理老师。感觉那一年的马老师正"春风得意马蹄疾"，在学校里担任政教处副主任，所带毕业班1990届8班里刚出了个省理科高考状元李剑，名声大噪。开学一周后，班主任宣布了班干部和各科课代表名单，我被任命为物理课代表。当时我内心多少有些忐忑，担心不能胜任，因为班上优秀的同学太多了，而我中考的成绩在班里是第二十名，处于中等。但是，听完马老师的第一堂物理课并去他宿舍交完作业后，我的顾虑打消了。马老师给了我很多的鼓励，让我特别有信心学好这门课程。记得每次晨跑后马老师总是站在司令台上对整个年级的学生训话，强调一些诸如纪律方面的问题，但是并不严厉，侃侃而谈，谆谆教导。马老师的课条理清晰，并且善打比喻，化抽象为形象，通俗易懂。给我印象最深的还是他教大家如何更快地心算以提高解题速度。我与马老师的交集比班上大部分同学都多，我和5班

五十、满园桃李知恩义，良师益友忆当年

的物理课代表傅梅望经常协助他批改作业与试卷，有时候也代他在班里做错题解析。他对我们也是特别信任，经常把宿舍和实验室的钥匙交给我们。临近高考的时候，很多同学为了有一个安静的休息环境，都不在寝室住。因为我有实验室的钥匙，那阵子我和洪刚、余旭杭三个人都在实验室打地铺睡。7月6号那天我们还买了几瓶啤酒带到实验室，到了晚上临睡觉了，三个人辗转反侧就是睡不着。到后来是余旭杭先睡了，我和洪刚就起来喝啤酒助眠，接下来洪刚也睡着了，我是一直没睡。第二天洪刚挂盐水去了，我则向林老师要了两颗安定，就这样迷迷糊糊地考了三天。那一年所有的科目试题都偏难，尤其是物理，班里的平均分才五十左右。我物理考了73分，已经是班里前几名了。可是我其他科目都没考好。公布分数的那一天，我在一中的新校区（现五中的位置）碰到马老师。他问了我的总成绩后有些惊讶又有些失落，觉得我不应该是这点儿成绩。其实我自己的目标是北京师范大学，想当一位大学老师的。但是造化弄人，偏偏被浙江财经学院的投资经济管理专科录取，内心很是失落。我本想放弃当年的录取，去读一年高复，但是当时对大学的招生政策并不了解，又担心收到录取通知书后不去报到会取消第二年的高考资格，最后还是很不情愿地去浙财报到了，清楚地记得我是班里最后一个报到的。

（一）我的大学，我的工作

我的大学三年过得并不轻松，高考失败的阴影始终纠缠着自己，加之大一的第二个学期父亲又得了中风偏瘫、卧床不起，一个农村家庭丧失整劳力之后的困境是可想而知的。每个学期的开学我都会推迟很多天报到，然后去医院开一个病假证明，为了留下来把家里的农活干完。所以，我那时很喜欢读路遥的《平凡的世界》，希望在书中人物的苦难命运中寻求慰藉。

大学期间与班上的很多同学有书信往来，但却从未联系任何一个老师。三年的大学生活很快就过去了，因为家庭经济困难加之弟弟也上大学了，我无意继续深造，便早早参加了工作。毕业后，我回到金华通过双向选择受聘尖峰集团（当时是浙江省最早的上市公司），前三年在投资部做投资项目管理及招募股工作。也许是因为马老师的那句话触动了我，即"该干什么的时候就干什么，干什么的时候就干好什么"，我决定换岗去江苏做医药销售。二十多年前的中国医药市场

是个野蛮生长的时代，我也因此赚到了人生的第一桶金。2008年我离开了工作十二年的单位，开始自己创业。

2012年，我回金华投资创办了浙江金手宝生物医药科技公司，主营业务是佛手的深加工，如今初具规模。高中时候我最喜欢的运动是足球，工作之后延续了这个爱好。2015年，我成立了金华市海纳体育发展有限公司，做足球培训工作。目前教练团队有近三十人，很多是职业联赛退役的运动员，入驻的中小学有十几所，一年培训有两千多人次，应该算是浙中地区最大的足球青训俱乐部之一吧；现与绿城、广州恒大等业内顶尖俱乐部有合作，有十余名学员成为相关俱乐部各级梯队的球员。中国足球现在的环境很差，干这个几乎不赚钱，但自己还是非常开心，因为从高中开始对足球的热爱从未改变。

（二）从良师到益友

离开一中后与马老师的第一次见面还是在蒋堂的老校区（现宾虹中学），那一年我们召开毕业二十周年的同学会。整整二十年没见，马老师却第一眼认出了我，并叫出了我的名字，让我深受感动。从那之后，我们联系频繁。

2017年6月23日，我特意登门拜访了马老师，那时候他还住在雅堂街。那一天他跟我聊了很多，讲了他很多过往的经历，四十多年从教生涯的酸甜苦辣，先是民办教师的无奈与坚持，再是近二十年金华一中教学的苦与乐，最后阴差阳错离开一中回到母校浙江师范大学，专门为培养合格的物理教师奉献自己。

五十、满园桃李知恩义，良师益友忆当年

这次，马老师还告诉我他在金华一中期间发生一次看似不严重的车祸，所幸的是师母那天坚持要他留院观察才躲过一劫。聊完之后马老师还跟我去参观了我的工厂，我发了几张和马老师的合影到班级群，引起了一阵热聊。出于对微信群这种新生事物的感知，当月马老师建了一个跨届群叫"马铭群"。群员有他当民办教师时的学生，也有金华一中的学生，还有浙师大以及退休后仍在发光发热带实习的学生。群员从最初的几十人发展到现在的一百四十多个。群里面有领导干部、学者专家、公司老板、教师、医生等各行各业的精英，遍及世界各地。

马老师做事很认真，在2019年国庆前专门布置"作业"，要求前后相差几十岁的群友一是回眸当年与他相遇、相识的经历；二是回顾当年学校分别后的工作实践的成果、成绩与大家分享，经验供大家学习；三是回味在交往、交流、沟通

过程中的点点滴滴。每有新群员入群，都要完成这个自我介绍的"作业"。我通过马老师搭建的平台认识了很多优秀的一中校友。后来群里的人在学长蒋文华和方立忠的组织下，有过三次聚会，分别是2019年元月在浙江大学紫金港校区的同门弟子迎新会，2019年8月艾青老家畈田蒋的聚会，2020年10月青山湖的聚会。每一次聚会，我与校友交流都是回忆满满，获益匪浅。我通过聚会也更深入了解了马老师为人处事的原则，诚以待人、专以处事、心态为上。与马老师的相识与相知，从良师到益友，这是缘分，也是幸运，教我以人道，授我以书华，感我以秉性，沐我以恩泽。去年开始，疫情加剧，群友们线上交流，开始张罗纪念马老师从教五十周年的活动，虽然工作很忙，事情太多，但我觉得很有意义。

时光如水，岁月不居，回忆往事，感慨不已，相信群里的每个校友对母校，对马老师都有深厚的感情，难忘的回忆。满园桃李知恩义，良师益友忆当年。所有的遇见，惊艳了时光，温柔了岁月，谨以此文献给马老师从教五十周年并回忆自己的青葱岁月。

曹寅[1]，金华一中1993届4班
于浙江金华
2022年4月21日

---

[1] 曹寅（原名曹建林），男，1975年1月7日出生，毕业于金华一中1993届4班，同年考入浙江财经大学就读投资经济管理专业。1996年大学毕业后，先后就职于浙江尖峰集团股份有限公司、苏州康鑫医药有限公司。2012年投资浙江金手宝生物医药科技有限公司，先后任公司总裁、董事长。

五十一、我的老师——马昌法

我的家在金东曹宅镇上，距离金华城区有四十里地。1990年，我考上了金华一中，这是令我和家人都自豪的事情。带着爷爷给我新买的一只皮革箱子和一袋米、一把锄头、一张席子，坐上同学爸爸开的拖拉机，我和同学一起来到了位于蒋堂的金华一中。蒋堂在金华市区的西边，距离城区有四十多里，所以从我家里到学校有八十里左右。蒋堂虽然通铁路，但在20世纪90年代也只是一个小镇。铁路线的南边就是小镇，有几家餐馆、游戏厅；学校在铁路线的北边，从学校到镇上要走几里路，周末就有同学会到镇上玩，记得那里有一家面馆的拉面挺好吃。那时候，我几个星期回家一趟，然后拎着几罐菜，先坐车到金华城里，再转车到蒋堂，路上就要花三个多小时。虽然生活艰苦，但学校里有那么多的同学和好老师做伴，高中生活还是过得非常快乐的。马老师就是这样一位好老师。记得我刚进一中的时候，是在孔小明老师的3班，二年级开学，由于文理分班，3班成了文科班，3班的同学被分到八个不同的班级里去了。我和陈坚、胡靓等几位同学就来到了马老师教物理的4班。那时候同学都说马老师是位高才生，课讲得特别好。上课的时候，我就看到了马老师，高高瘦瘦的，站在讲台上，很投入地给同学们讲课。马老师课讲得非常细致、透彻，并经常告诉同学要举一反三、融会贯通；马老师很温和，印象中没有看到他在课堂上发火，即使有较大声的吵闹，马老师也只是让大家安静下来。其实，因为老师讲得好，这种吵闹是很少见的。马老师也很耐心，有不懂的地方，下了课去请教，他都会不厌其烦地给你讲解，直到你弄懂为止；马老师十分关心同学的生活，爱护他们。那时的高考是在七月份，天气特别热，十几个人挤在一个宿舍。宿舍里没有电扇，更没有空调，大家为了高考前能够休息好，就想出很多办法。曹寅同学当时是物理课代表，想了个主意，向马老师提出借实验室的一间房，暂住几晚，没想到马老师居然爽快地答应了。

于是曹寅、我、余旭航就搬到更宽敞的实验室住下。不过不知道是由于环境的陌生还是太紧张，第一天晚上我们居然睡不着，平时不喝酒的我灌下一整瓶啤酒后终于迷迷糊糊地睡着了。曹寅后来说他喝了酒也没有睡着，估计他酒量可以，一瓶不够吧。后来考上大学，又走上工作岗位，我就很长时间未与马老师谋面了。

2018年，我加入了马老师建的一个群，群里都是马老师过去教过的学生。群里也可以看到马老师的一些动态，感觉老师退休后生活丰富多彩，旅游、冬泳……不禁令人羡慕。非常有趣的是，有一天我忽然发现我的初中班主任朱恒标老师也加入了这个群。后来我才得知当年马老师曾在朱老师的家乡任教，是朱老师的小学老师，原来马老师还是我老师的老师啊！一时间大家都很激动。很快在朱老师的提议下，马老师、我，还有另外一位师兄、一位师姐，一起到曹宅和朱老师相聚。大家畅聊当年，好不快乐。那时我才了解到马老师先后教过小学、初中、高中、大学，这样丰富的执教经历，让我觉得马老师真是一位神奇的老师！

洪刚[1]，金华一中1993届4班

于浙江金华

2022年4月23日

---

[1] 洪刚，男，皮肤病学硕士，主任医师，1993年毕业于金华一中，1998年毕业于浙江医科大学临床医学系，先后就职于金华市人民医院，金华广福医院，目前在一家民营机构从事临床医学工作。

五十二、回忆与感恩

我一直认为物理应该属于文科，因为我很轻松就能学好物理，就像学语文一样轻松。从小学起，我就开始偏科了，语文看上几眼就可以拿满分，数学要天天背才能考一百。到了高中，在一个出了多位高考状元的省重点高中，数学成了我最大的压迫者，但是一进入物理，我就得到了自由。神奇吗？是的，这要归功于我的物理老师——马昌法先生。

高中那三年，我生活得并不愉快。照理说，金华一中在偏远的乡下，和一大群高智商的年轻人，"隔离"在一个世外桃源学习，应该是一件多么有趣的事啊！Why Not Happy？（为什么不开心呢？）首先，那里没有"天"，民以食为天的"天"，伙食太差，严重营养不良，三更半夜脚抽筋，一大早还要去操场晨跑，月经经常不调，感觉提早进入更年期了。还好，我常常不参加晨练，从来没被单独点名批评过，回想起来，心里很感恩（马老师是教务处领导，是最有资格批评我的）。

其次，那里没有"地"，天天泡在题海里，我差点儿没被难题淹死。有些科目平时做的题难度太高，绞尽脑汁也做不出来，前后左右的同学也不会，感觉越努力越受挫，未战先败。关键是，那些题目除了应付高考，在我今后二十多年的现实生活中，完全没有用处。（你是不是写离题了？）总之，就是高中那三年，我对周遭的很多情况不满，很压抑，又想不出办法为自己减压，于是叛逆期就来了。我发觉自己学会了讲几句粗话、脏话、谎话，有时候也学会了欺负同学，一次考试作弊后，感觉堕落成一个"差生"可以得到某种程度的释放。

还好，马老师始终把我当成一位好学生，所以我不好意思继续变坏。还有，林根清老师（班主任）和方立德老师（数学老师），在那三年"隔离期"里，也始终坚持把我当成一位好学生来看待。

1994 年出国，一晃我已在国外生活了近三十年。回想往事，以当时一个学生的眼睛来看，他们三位平和稳重，几乎没有缺点的，尤其是马老师。可是，我好像从来没有珍惜过，更别提感恩了。如果当年，其中任何一位给予我一些脸色或批评的话，我估计自己会患上忧郁症并愿意永远做一个"差生"。

博士毕业后，我自己也成为一位老师，无论在泰国皇太后大学、美国新泽西州立大学、还是现在在新加坡教学，我都努力不把任何一位学生当成"差生"看待。当年三位理科老师在蒋堂播下的种子，于异国他乡发芽开了花。

为老师写首诗吧！

不是窗外的开花树，
不是洗衣台边的飞鸟，
不是操场上那跑得比我快的蟋蟀，
也不是冬日照进宿舍的暖阳。
为何又忆起那校园？
一片苦虐了我，
三年的隔离所，
为了高考，
失去了世外的天和地，
不是窗外的开花树，

五十二、回忆与感恩

不是洗衣台边的飞鸟,
不是操场上那跑得比我快的蟋蟀,
也不是冬日照进宿舍的暖阳。
而是因为,
在离开前,
我忘了,
忘了和您说声,
谢谢!

黄霞[1],金华一中1993届4班
于新加坡
2022年4月16日

---

[1] 黄霞,女,浙江金华一中1993届毕业生。1994年赴新加坡留学,取得博士学位,先后任教于泰国皇太后大学与美国新泽西州立大学。现在新加坡从事华语教育工作。

五十三、我师之飘逸，再授生活真谛

2022年4月，和煦的阳光透过窗栏显得那么透亮。一茶一椅一本书，这不就是我理想中的乌托邦生活吗？高中同学曹寅的短信呼唤我回到了这个午后的窗台上，曹寅在老家经营一家小具规模的消费品生产企业，是我们班级活动的热心人。在高中三年的学校生活中，曹寅给我留下的印象是真诚、实在；他还是班级的"物理课代表"。班级内聪明的小伙子可不少，他能够一直拥有物理学科这个"荣誉"，嫉妒羡慕者可不是少数。曹寅的短信转告我，同学们为马老师从教五十周年成立了活动筹备组，正在征集纪念文稿。

马昌法老师，五十年？我情不自禁地被岁月流逝的无声再度惊到了。我不由地匆匆追忆起1990—1993年的那本名为"蒋堂"的嫩绿小册子。马老师，无疑就是册子中浓重的色彩之一，曾经在我的青葱岁月中，作为明灯，作为火烛；尽管岁月如今已然让这份色彩在我的天空中风轻云淡。

许多次同学宿醉，畅谈曾经；许多次温情流露，感动自己；皆是因为蒋堂这已经印烙在我们血液中的共同回忆。那些曾经的艰辛，让我们笑着说起；那样的局限封闭，何尝不是读书人的世外桃源。年轻、帅气的马昌法老师，也是这桃园中培土的农人。

（一）吾师之飘逸

虽然我一直无缘成为物理学课堂中少数的骄傲之一，但这丝毫不影响我对马老师的痴迷和崇拜。站在讲台上的马老师才华横溢、洒脱不拘；繁复纷杂的物理学科在马老师的阐述下，似那潺潺溪水，流过葳蕤草地，闪耀着露珠的光芒，环绕巍峨高山，映衬出高傲的背脊。当然也有不少时候，呛得我们这群初泳者五味杂陈，不知所在；唯留有马老师孤寂一人仍在风中飘逸，仙师般所在。

还记得在讲到第一宇宙速度时，马老师给我们出了道计算例题。似乎是挺简单的公式套用而已，然计算量却是不小。大家都皱着眉头，捏着钢笔苦算许久。此时，又见倜傥的马老师踱着小步子，在教室内转了两圈，一边转圈，一边口算，就给出了答案。崇拜呀，无奈呀，难道物理老师都必须是这样神奇的存在吗？对于内心还曾成为工程物理学家或应用机械专家的我，马老师就是这样一个令我膜拜的榜样。

然而，梦想幻灭得是这么快，这么迅猛！1993年的高考物理卷子击碎了一个少年学子继续追寻物理道路的梦想。物理分数的惨不忍睹，不仅使我无数次质疑自己的物理悟性和理解能力，也在高考志愿中放弃了最初的应用物理学方向。更因为这样的成绩和挫折，我一直觉得心虚，很长时间没有主动联系马老师。就怕碰到马老师的关心和温情，而我恰恰只有羞涩和无言以对。

（二）再授生活真谛

参加工作后没多久，恰逢马老师来上海进修，约了我们高中学生一起小酌，席间谈起他在随后的浙师大工作，他对待生活的豁达深深地感染了我。而此时的我，刚离开学校，社会的漠然第一次淹没了我。正是我的"男神"马老师的生活故事，为刚踏入社会的我揭示了真理。或许我们的焦虑恰恰是源于这种对万全准备的依赖和强求，以至于任何失控都让我们担忧、让我们惶恐。不再纠结于自己所拥有的知识和道德是否可以让我们的生活万无一失，我们反而能在人生的道路上少一些迷茫和负担，少一些失落和不甘。

正是人生瞬间里的这些刻骨铭心，构成了我们在流光里的宝贵回忆！在未来某个感到失意、彷徨或者沮丧的时刻，突然照亮我们自己！

高中桃园生活的记忆经常浮现在脑海中，马老师就是那记忆中的一颗明珠，不仅教我们知识，还教会我们做人做事的道理，在碰到困难和挫折时给予我们前进的勇气。

新竹高于旧竹枝，全凭老干为扶持。谨此五十周年际，随笔为马老师贺！

王磊[①]，金华一中 1993 届 4 班

于上海

2022 年 4 月 13 日

---

① 王磊，男，金华一中 1993 届 4 班，上海财经大学 2002 届经济学博士，曾任上海国际集团创业投资有限公司业务董事、上海盛宇投资副总裁，负责华天科技（002185）、爱朋医疗（300753）、博瑞生物（688166）、宏力达（688330）、浙江自然（605080）项目私募投资及 IPO 申报，参与丹化科技（600844）、中文在线（300364）重大资产并购。现任上海国鸿智臻创业投资基金合伙人。

五十四、经师易遇，人师难期

我得到马昌法老师的教诲，距今已三十二年，时过境迁，这么多年来马老师的音容笑貌、谆谆教诲常常浮现脑海、萦绕耳畔。

老师和学生是特别容易去个体化的群体。老师面对很多学生，学生遇到很多老师，对具体某个人往往印象不深。但马老师不一样，他对学生天然的亲和与关心，有一种魔力使学生感觉自己得到了一份特殊的关爱。老师对学霸格外关注，似乎理所当然；老师让普通学生感到被关爱，尤显可敬可佩。马老师就是那种让各成绩段的学生都特别感念的教师！

本人来自乡下，家境贫寒、性格内向、成绩普通，属于在一中校园里默默无闻的角色。但上学没多久，就感受到了来自马老师的关心和鼓励。记得有一次，在运动场做完早操，马老师作为政教主任讲完话，在回教室的路上，马老师一边走一边和我说话，把手搭在我肩上，并肩而行，内心的温暖和感动让我忘了具体聊了什么，只记得强烈地感觉马老师很关心自己，特别平易近人。后来，马老师让我参加物理奥班培训，我既受宠若惊，又忐忑不安，因为自己资质一般，绝对没有参加物理竞赛的实力。我硬着头皮去听了一段时间，印象最深的是学习了教材上没有的"自锁"现象。真正临近比赛的时候，我当了逃兵，不敢去金华参赛……马老师对我这么信任和关照，甚至让我怀疑马老师是不是看错人了？为什么对我这么好？现在想想，这应该是马老师一贯的赏识教育理念的一个案例。在润物细无声中，马老师用皮格马利翁效应给了一个普通生积极的期待，并对其产生了毕生的影响。虽然我不敢去参加竞赛，但因为马老师的鼓励和教诲，我的物理成绩还是可以的，人也变自信了，后来考上了211大学，读了博士，做了大学老师。

马老师的物理课不仅仅教会我很多知识，更重要的是训练了我思考问题的方式。马老师讲解的受力分析让我形成了决定论的思想。世间万物都不是偶然的，不管是运动还是静止，只要状态发生改变，都是因为有力的作用——凡事皆有因果。这种决定论思想进而可以激发追根究底的钻研精神和科学精神。都说高中是世界观形成的关键期，以物理为代表的自然科学体系的熏陶，是至关重要的因素。后来我做学问，搞科研，都离不开马老师对我们的思维方式的培养。

在我的印象中，我们班的1号学霸傅梅望同学经常去马老师的房间，我也经常跟过去。那里有很多书，书中有很多课外知识，就是从那里了解到的。其他老师的房间，我没去过那么多。后来好像我们班长钱徽同学也常去马老师那里。马老师虽然不是班主任，但总给人一种特别亲的感觉。哪怕有人出了错，马老师也本着惩前毖后的原则，保护学生，帮助学生，为每个学生的成长保驾护航。

教育学泰斗华东师大的叶澜教授把教师分成三重境界：生存型教师、享受型教师和发展型教师。生存型教师为谋生而从事教师职业，感受不到教师职业的内在尊严与快乐；享受型教师把学生成长当作最大快乐，对教育工作充满热爱；发展型教师把教师职业作为实现自己人生价值和终身发展的平台。很显然，马老师是享受型和发展型的教师，一直用自己深刻的教育情怀为一代又一代的学生奉献着光和热！

明代心学大师李贽说："动人以言者，其感不深；动人以行者，其应必速。"马老师用深入心灵的言传身教，彰显和传递了教育爱！这种博爱的教育情怀，让马老师欣赏重视每个学生，不仅对学生进行学业上指导，而且关注学生内心世界，帮助学生树立信心、战胜困难、不断进步；尊重学生独立人格，对学生以诚相待，营造融洽的情感氛围，促使学生奋发向上。司马光说："经师易遇，人师难遇"。遇到马老师这样德艺双馨经师和人师，是我们这一代人的幸运！

时至今日，马老师的精神和处事方式依然给人很大的触动和启发。活到老、学到老；生命不息、运动不止；爱心浇灌，情意绵长。不知不觉，我也从教二十年了。扪心自问，在师生关系方面毫无建树，我需要永远向马老师学习！

马老师平时穿着朴素，仪容自然。记得有一次，马老师从金华开完会回来上课，西装革履的，梳着大背头，头发铮亮，同学们不禁"啊……"出了声，太帅了！光阴荏苒，岁月如歌，虽然马老师已经从教五十周年，却始终保持着年轻的心态，坚持锻炼，坚持工作！衷心祝愿马老师顺遂安康！

陈彩琦[1]，金华一中1993届5班

于广州

2022年5月7日

---

[1] 陈彩琦，男，毕业于金华一中1993届5班，心理学博士，华南师范大学教授，硕士生导师，华南师范大学应用心理专业硕士（MAP）中心副主任。本科硕士毕业于东北师范大学，博士毕业于华南师范大学。1999—2000年在日本大阪教育大学进修，2015—2016年在美国纽约市立大学皇后学院做访问学者。专业领域为基础心理学，研究方向为认知与实验心理学，主要研究注意与认知控制的机制与干预、亚临床ADHD、正念训练。主讲《实验心理学》，多次获评华南师范大学优秀教师，实验心理学慕课获广东省本科高校疫情阶段在线教学优秀案例一等奖、广东省一流在线课程。主持两项广东省自然科学基金项目、一项省社会科学基金项目，参与多项国家自然科学基金项目和国家社会科学基金项目；出版或参与出版著作和教材十二部；在包括《心理学报》在内的学术刊物上发表论文五十余篇。

社会兼职：广东省心理学秘书长（法人），广东省心理咨询师协会副会长，澳门志愿者总会培训委员会委员，中国心理卫生学会职业心理健康促进专业委员会委员，广东省中小学心理健康教育指导中心专家，广东省职业技能鉴定中心心理咨询师专家组成员。

五十五、我的物理老师马昌法

马昌法老师是我高中三年的物理老师。记得刚进高中时，马老师带领我们军训。那时的他作为校领导，担任政教处副主任，几乎天天陪着我们，所以我们很快就认识了。马老师那时看起来挺年轻，似乎不到四十岁，瘦高个，平易近人。现在想起来，那时金华一中的老师都很不容易，他们离开金华城，来到蒋堂这个偏僻的乡下，一待就是一周，周末才难得回去与家人团聚一下。但他们似乎挺享受这种生活，并无多少怨言。马老师也是其中之一，我们能感受到他对教学工作、对学生的真诚与热爱。

很快正式上课了，马老师上完第一堂物理课后就对我说，你来当物理课代表吧。我犹豫了一下说，马老师，我初中物理学得不怎么样。马老师立即鼓励我说，没关系，高中可以学好的。从此开启了我高中三年的物理课代表生涯，我每天都要跑进马老师的房间去交作业。后来，马老师为了方便，直接把他房门的钥匙给了我。我理解这是马老师对我的充分信任。因为这把钥匙，我偶尔也做过一点儿"坏事"。记得某个周末，因为嫌学校里伙食不够好，我与另外一个同学去蒋堂镇上买了点儿肉，然后用马老师房间的电炒锅做了个菜。事后我还是跟马老师如实

五十五、我的物理老师马昌法

说了这个事，马老师只说了句没关系的。

马老师在物理课思路清晰、通俗易懂，这些没有深厚的功底其实很难做到。物理学是很严谨的一门学科，对大多数学生而言，学好高中物理并不容易，更别提热爱这门课了。我作为物理课代表也是勉为其难，虽然考试没什么问题，但我的物理学习更多的是基于数学的思维方式，因为我数学功底还不错。但回想起来，我对现实物理现象的理解以及物理实验的能力是远远不够的。马老师上课不仅讲解基础知识，更强调思维方式，比如对于"大处着眼，小处着手"，这八字真言我现在依然印象深刻。有师兄弟评价马老师"教学有法，教无定法，重在得法，得道昌法"，我认为是客观的。物理概念在实际工作中可能用处不大并且很快就被忘记了，但思维方式的养成不仅有助于学生时代如何解题，更有助于毕业工作以后去解决现实环境中更大的问题。我现在很能理解数学家 G. 波利亚为什么要写《怎样解题？》那本书，他并不是要培养一堆数学解题家，而是要推广他那套解题思维方式以用于更多更广的领域。回想起来，我们的高中时代还是幸福的，社会、老师和家长并没有给我们太大的升学压力，我们没有像现在的"小镇做题家"们那样整天陷入残酷的高考竞争之中，而我们的下一代却被迫着走上这条极度内卷的路。

毕业之后，我与马老师的联系渐少，虽然我回家时有时也会去看看他，他来上海我们也见过一次。有次见面时他告诉我去了浙师大，回到母校了。我知道他那些年可能也不太顺，但他始终保持乐观的精神，对于个人的宠辱得失始终以淡泊置之。后来，因为种种原因，我跟马老师好久没联系了。

2019 年，马老师重新找到了我，把我拉进他的微信群——"马铭群"。我有幸参加了蒋文华师兄组织的碧水农庄聚会，重新见到了马老师，并见到了他教过的历届学生。马老师虽然退休几年了，但看起来依然很年轻，精神状态很好，依然乐观豁达，精力充沛，四处游玩，经常游泳，并经常在群里发表各种文章。我突然发现，作为理科老师的马老师竟然才华横溢、文笔优美。马老师的生活状态令我艳羡不已。碧水农庄聚会之后，2020 年马老师和蒋文华师兄又组织了青山湖聚会，可惜我因事没能参加，我同班同学钱徽、商利明等参加了聚会。

桃李无言，下自成蹊。今年是马老师从教五十周年，累计培养学生数以万计。他从乡村代课老师教起，中间考入浙江师范大学，然后在金华一中从教近二十年，最后又回到浙师大。如今马老师学生遍天下，无论国内国外，省内省外，马老师很多学生都在各自岗位上发挥着重要作用。这种桃李满天下的感觉我相信是很幸福的，就这一点而言，我很羡慕马老师。马老师以他的天赋，也许可以在更高的岗位或者其他职业上发挥更大的作用，但时代选择了他做一名老师，他做到了他应该做的，我相信马老师也是无怨无悔的。

我跟马老师很有缘。我不仅做了三年物理课代表，而且我跟他都是孝顺区的——老乡中的老乡，后来我了解到他是1977年孝顺区恢复高考后孝顺中学唯一一个考上大学本科的，那个年代考大学是多么不容易，可见马老师天分很高。我跟马老师也很亲近，比班主任还亲近。不过我在马老师群里不活跃，可能也是性格使然。

师恩浩荡，教泽流芳；倾我至诚，衔草难报。谨以此文祝贺马老师从教五十周年。

傅梅望[1]，金华一中1993届5班

于上海

2022年4月3日

---

[1] 傅梅望，男，金华一中1993届5班，上海交通大学管理学硕士，现任中国人保资产管理有限公司权益投资部投资总监。

五十六、时有春风化雨者

白驹过隙，一晃三十多年过去了。那段在金华一中蒋堂校园读书的日子常在我心中萦绕。闲暇的时候，我常常会想起那条路边长满野草的林荫路，想起后山的菜花、桃树和红土，想起扒货运火车回金华的历险记，当然，最常想起的是那些曾经相识和相知的人。若论生活条件，当年的蒋堂是艰苦的，完全无法和今天金华任何一所中学校园相比较。然而，在那个时代蒋堂有一群诲人不倦的良师，他们赋予老旧的校园一种积极向上的清新气质。用一位老同学的原话就是：把毕生的精力献给了教育事业，把知识传授给了我们和一代代的八婺儿女。在他们之中，马昌法老师是最令人难忘的一位。

我第一次走进蒋堂校园是1991年的春天。那一年，我随着父母从外地回到金华，既不习惯潮湿的南方气候，也听不懂变调复杂且文白异读的金华话。虽然我个性比较老成佛系，但是作为新学生，还是有几分初来乍到的彷徨无措。然而，融入新学校比想象的要顺利许多。在这个校园里，同学热情，老师亲切。除了班主任陶志诚老师之外，马昌法老师是我最先认识的老师。当时，他既是学校的政教主任，也是我们的物理老师。三十年后，我依然记得那天的场景，依然能回想起马老师年轻时的样子：颀长清瘦的身材、疏朗大方的笑容和简洁干练的做事风格。他在校园里找了一条最"优"的路径，快速带着我父亲和我游览了一遍蒋堂校园的教室和宿舍，简明扼要地讲了住校必须注意的事项。后来发现，他所说的，句句到位，全是真理。

课如其人，马老师的物理课永远都是条理清楚、阐述干净，一切必须掌握的东西都安排得明明白白，没有一点儿拖泥带水。他非常注重思维习惯的训练，总是强调知其然还要知其所以然。有时候，他会从正在讲解的一个知识点渗透式地穿梭到另一个知识点，让学生融会贯通，豁然开朗。马老师的课还非常生动有趣。

我印象最深的是两个细节。一个细节是，马老师经常会把物理知识点推广到人生哲理的层面，用一种多样化的体验让我们对知识的记忆更加深刻；另一个细节是，他的思维敏捷、跳跃，有时候在课堂上讲着讲着，会突然会心一笑。他一定是想到了什么有趣的人物和事情，令下面听课的学生忍不住想去猜测探究一番。子曰：夫子循循然善诱人。马老师掌控的课堂让我这样常常心不在焉的人也能全神贯注。多年后想起，仍然会赞叹不已。

作为政教主任，马老师虽严肃也温柔。那时候，学校食堂每天早上有极少量的烧饼和油条供应，属于稀缺美味。有一次，我和几位小伙伴在早自修课还没结束的时候溜出教室，试图提前抢购，结果被一位严厉的值日校长当场抓获。马老师知道后，只是在看到我的时候冲我笑了笑，完全没有批评和说教。班主任陶老师也一样，在班级里几乎没提这件事，轻描淡写地过去了。我想他们两位先生都很清楚，在伙食可怜的饭堂，一群少年痴迷于烧饼和油条是多么正常的一件事。印象中还有一次，一位兄弟犯了点儿不大不小的错误，情绪极度萎靡。马老师很着急，约了班里很多同学边散步边谈心，提醒我们团结爱护身边的同学，注意帮助那位小伙伴，充分照顾他的情绪。我们都一一照办了，同时也感受到了老师的良苦用心。

后来，我和马老师的接触变得越来越多。空闲的时候，我会和很多同学一样去他宿舍坐一坐，听他讲讲他自己的艰辛求学路，天马行空地问一些问题，在他的书架上找本课外书读一读。我最初的编程知识就来自马老师书架上的计算机教科书，回想起来，这段经历对我后来的专业选择有很大的影响。高三快结束的时候，我还搬到马老师的宿舍住了几个月，过了一段清净的读书生活。

1993年秋天，我开始在浙江大学计算机系读书，一直到2022年博士毕业。之后，我留校任教，和马老师一样成为一名光荣的人民教师。由于父母定居杭州，这些年我很少回金华，和马老师之间的联系也变得稀疏了。后来隐约听同学说，马老师离开了金华一中，调到浙江师范大学教书，开始了培养年轻教师的新征程。微信流行后，我才在微信朋友圈里又看到马老师健康挺拔的风采，看到他畅游于江河，看到他走遍名山大川，看到他和门生故旧在各地相逢。这时，我会在内心由衷地赞叹马老师的好身材和好心境。

五十六、时有春风化雨者

2022年11月，在蒋文华师兄组织的杭州青山湖聚会上，我再次和马老师线下相逢。他的相貌与我记忆中完全一样，仿佛冻龄。在会上，马老师讲了一句很有哲理的话：在人生的每个阶段，要干每个阶段应该干的事情。我后来一直都记着这句话，并深以为然。马老师自己就一直在践行这个哲学：求学时孜孜不倦，工作时兢兢业业。他永远是我们学习的好榜样。

今年是马老师从教五十周年。桃李不言，下自成蹊。非常荣幸，我能作为众多学生中的一员。我想对马老师说：祝您永远健康快乐！

钱徽[①]，金华一中1993届5班

于杭州

2022年5月15日

[①] 钱徽，男，博士，教授。生于1974年11月，1993年毕业于浙江省金华一中，并于1997年和2002年在浙江大学计算机系（学院）分别获得学士和博士学位。任职于浙江大学计算机科学与技术学院人工智能研究所，主要研究方向为人工智能和智能无人系统技术；担任教育部第八届科技委委员，中国人工智能学会智能机器人专业委员会委员，中国图象图形学学会视觉感知智能系统专业委员会秘书长。

五十七、良师益友马老师,终身学习好榜样

我们是一群来自浙江省金华市第一中学 1997 届 4 班的学生,二十五年前有幸师从马老师学习高中物理以及做人的道理。现在我们早已分布海内外,进入各行各业,从事各种工作。在庆贺马老师从教五十周年之际,我们回忆起三年高中时光马老师在物理课堂上的音容笑貌,更回想起的是在自己工作学习中遇到困难时、在我们教育自己的孩子时,还常常能想起马老师的各种名言和教诲。这里代表我们班的全体学生感谢马老师!马老师是我们一辈子的良师益友,是我们终身学习的榜样。

（一）余方（上海）

记得马老师在课上经常说："该做什么事的时候，就去做什么事，并且做好这件事！"虽然简单但很深刻，这句话现在我也经常用来教育我的孩子，在该学习的时候需要抓紧时光来学习！我对马老师印象最深的事情，不是在高中，而是在微信朋友圈上经常看到马老师游泳锻炼，即使是冬天也坚持锻炼，看着马老师的容貌体态和当时教我们是并无差别，深感到老师的毅力和坚持精神，非常值得我们学习！祝马老师身体健康，退休生活丰富多彩！

（二）厉军（上海）

马老师退休之后通过微信分享在各处游泳的照片，让我印象深刻，由衷地佩服马老师的毅力与乐观的态度。

希望马老师身体永远健康，在从教半个世纪之后继续为教育事业作出更大贡献。

（三）宋春景（上海）

马老师是我从小到大所有老师中数感和心算能力最强的老师，没有之一，特别让我佩服。上马老师的高中物理课时，只要有计算，马老师总能以最快的速度算出正确答案。我每每都跟不上马老师的计算节奏，那时的我很是沮丧。

祝我们最爱的马老师永远身体健康，精力充沛！再带着我们一起游山玩水，在水库游泳。

（四）周尔良（金华教师）

马老师在物理课上总是能旁征博引、深入浅出，令人印象深刻、忍俊不禁。我听课总觉时间过得飞快。那时每周二晚上，学校都会组织学生去桥头看电影，进口大片和港台经典样样不落。据说观影目录是身兼政教处主任的马老师参与安排的，未曾求证。但一次他因交通事故受伤告假之后，观影题材就发生了巨大转变。之前那些电影，当时只道是寻常，如今回想却处处经典。《真实谎言》中的一步之遥、《大话西游》中的一生所爱，已然是铭刻在记忆深处的经典旋律。

祝马老师健康常在、笑口常开！期待有朝一日能与大家再次欢聚一堂。

（五）姜耘宙（金华医生）

马老师，知识渊博，和蔼可亲，教学方法新颖。比如说讲到离心力、向心力，用女孩子的旋转的裙子做比喻，让人印象深刻。

谆谆如父语，殷殷似友亲；笔下数行字，点亮一生人。

真心祝愿马老师身体健康，万事顺意！

再次庆贺马老师从教五十周年，也愿各位师兄师姐、师弟师妹身体健康、家庭幸福、工作顺利。

余方、厉军、周尔良、姜耘宙、宋春景（执笔）

浙江金华一中1997届4班

2022年5月11日

五十八、与马老师相遇、相识、相知的点点滴滴

当提笔写这文稿时，首先想到的是感谢互联网的蓬勃发展，让我们这些跨度五十年并且分布于各行各业，分散于世界各地的师兄师姐学弟学妹能跨越时空，相聚在此分享彼此和马老师相遇相识相知的难忘经历，致敬马老师从教五十周年。

（一）相遇在一中

群里很多师兄师姐，马老师教了他们三年，并且有些是马老师作为班主任带了三年，有时我想和马老师的相遇是有概率偏好在里面的。清楚记得1997年参加金华一中统一招生考试后，不知什么原因，一开始我是没有收到录取通知书的，因此我就和另外的几位同学安安心心去兰溪一中报到且交了七百多元学杂费。谁知在快要开学时，印象特别深：那天大热天，我们一家人在农田里干活儿，邮递员兴奋地在小溪对岸喊我爸名字，说是你家有金华一中的信件！当我到了小溪对岸将信将疑拆开信封时，还真发现是一封来自一中通知开家长会的信件。那时农村没有电话等其他方式可以确认，因此我就按开家长会的通知和我爸去了金华，想确认下这是不是一个玩笑。印象特别深刻的是金华一中的学杂费是九百多元，当时我还犹豫过，如果从父母负担角度来说，我去兰溪一中可以不必浪费之前已经交的钱。在这里我特别感谢家人的支持让我不必背着心理压力，毫不犹豫选择金华一中。就这样因为丢了第一封录取通知书，但依靠第二封通知开家长会的信件，我还是踏进了金华一中的大门。高一时我是在8班，但后来因为文理分班，8班要成为文科班，我被重新调整到了2班，有幸当了马老师两年的学生。

五十八、与马老师相遇、相识、相知的点点滴滴

高中对我来说是一个至关重要的三年,那时曾经觉得自己是可以改变未来的少年,面对未来有金色的梦。刚来金华时,走在马路上闻到的汽油尾气味都是那么奇特,这代表着一个城市的活力。高中时的老师不仅在学识上教导我们,更多的是他们潜移默化引导我们树立正确的人生观、价值观,以及树立榜样。到现在我还对马老师,章年海老师,倪运富老师,郑晨曦老师等的一些榜样力量印象深刻,随着接触增多,以及时间推移,马老师对我的影响越来越大。

(二)相识在课堂

佩服,这是我对马老师的第一个内心感受。转到 2 班后,我发现马老师在教物理课时,只带着一两支粉笔准点到达教室,整节课通过黑板上的板书,思路清晰、深入浅出地将一个个物理现象,定理讲解得一清二楚,并且能在下课时完美地准点收尾。我本身就是喜欢数学,物理比较偏科的学生。在 2 班遇到马老师的物理课后,我非常开心,随着马老师的粉笔在黑板上滑动,这时物理课变成了物理之旅的享受课。也正是对物理的喜欢,我被马老师选到他指导的奥赛班。马老师刚指导完 1997 届的奥赛班,张鸿同学获得一等奖,我还期望自己也能得个奖,这样就和马老师进一步相识在竞赛辅导的课堂上。1999 年,我还跟着马老师第一次来杭州,参加了在浙大的物理夏令营。也正是这次杭州之旅,让我看到了比金华更大更丰富的世界。因此,我下定决心大学决不能选浙大留在省内,而应该多出去走走。

愧疚,这是我想再次对马老师表达的。具体哪个学期我忘了,马老师在一楼大教室对部分金华地区的物理老师上一堂公开课,当时选择了我上台配合老师做一个物理演示实验。马老师提前和我沟通了具体操作步骤后,我就想着千万不能出差错,提前在心里默默地推演了一遍又一遍。但在实际公开课那一天,也不知道什么原因,自己本应该配合马老师讲课内容做的实验,每一步都要在恰当时间点做实验动作,但在实际操作时没有和马老师配合好,他讲到第一步,我做到第二步,提前在讲解相应知识点之前做了相应的实验动作。

我清晰地记得我是在讲台的左侧（学生视角）做的实验，发现自己出现纰漏后，就迷迷糊糊走回了座位，心里埋怨自己在这么重大场合发生了这类不应该出现的低级错误。课后马老师没有一点责怪我，后来还问我当时是不是太紧张了，安慰我没关系，他已及时圆场过去。2020 年，在青山湖蒋文华师兄家院子大家一起聚会时，通过马老师回顾当时金华一中的部分经历，我才知道这公开课是评比特级教师的一个环节，也了解了马老师在一中遇到的各类困难，体会到马老师面对各类复杂局面时豁达的心态。

（三）相知在交往

特别感谢马老师搭建的"马铭群"，我也是第一批参加的群友，在群里经常聆听老师的教诲，懂得老师"位卑未敢忘教育，一生只做一件事"的人生感悟，也有幸认识了老师前后跨度五十年教学的多位师兄师姐师弟师妹。除了 2019 年参加"蒋文华师兄组织的艾青故乡"相约畈田蒋，品味诗人情"聚会和 2000 年的青山湖聚会"，还有幸邀请老师和群里的师兄、同学到太极禅院小聚，有幸听到老师"理想的教育虽无人可及，教育的理想应人皆有之"的抱负和追求，更加了解和敬佩老师。

马老师有一句座右铭"该干什么的时候就干什么，该干什么的时候就干好什么"。我本科在东北大学学的是国际贸易，研究生在中科大读了计算机，毕业后本想结合经济和计算机背景在美国道富银行好好干，在看到大家开始热烈讨论如何网上购物时，便在毕业一年后的2008年加入淘宝网，目前在阿里云做云计算的基础设施领域的稳定性、运营效率、成本优化相关工作。有一次，在与部门新人沟通时，职员问我职业规划问题，我的回答是：我可以将我尊敬的一位高中物理老师的一句话送给大家"该干什么的时候就干什么，该干什么的时候就干好什么，"并配上我自己结合互联网IT职业路径的特点做了些个人解读，以此作为自己对马老师榜样力量的一种传承！！

值此马老师执教五十周年之际，祝愿老师身体康健，余热生辉。马老师早就桃李满天下，期待到时活动的热闹庆祝。

陆增义[1]，金华一中2000届

于杭州阿里巴巴

2022年5月8日

---

[1] 陆增义，男，1997—2000年分别就读于金华一中8班，2班。本科就读于东北大学经济方向，硕士就读于中国科学技术大学计算机方向。2007—2008年就职于美国道富银行，2008—2016年完整参与淘宝电商发展崛起，2016—2017年在一家创业公司担任技术负责人，2017年至今为阿里云资深技术专家，是基础设施领域IDC，服务器运营平台技术负责人，负责云基础稳定性，运营效率以及成本优化方面的工作。

五十九、教诲如春风

我于 1997 年至 2001 年在浙江师范大学物理系就读，是马老师在浙师大的开门弟子。从进入微信群至今，我虽话语不多，但一直都非常关注群内的所有动向，看着各位学兄（姐）学弟（妹）们的回忆，越来越钦佩马老师的先生风范。

回顾与马老师的相识，从大学到工作，同马老师不仅有师生的情谊，更有长辈对晚辈的教诲。

记得 2000 年的下半年，我们浙师大 1997 级物理系的同学，除了考研的一部分学生留在金华实习，其余同学齐聚温岭。我们分成若干个小组，马老师当时是温岭城南中学的带队老师，而我是在温岭二中实习。那段时间我们第一次被孩子叫作老师，实习的工作既忙碌又紧张。我们要了解一个中学老师所要做的工作，既要备课、上课，又要担任临时班主任，辅助原来班主任的工作。周末，我们不同小组之间的同学也会交流实习的经验。当时就从同学口中听到马老师细心指导同学实习的每一个环节，特别是对试讲环节的指导，能让我们上课的同学非常有底气，那时的马老师还是同学口中的马老师。

真正和马老师接触，是在 2000 年底，大四第一学期即将结束时，当时我们刚从实习岗位回来。那时浙江省各地教育局组织学校校长到浙江师范大学招聘，我也向老家的几所学校投了简历。有几所学校希望我尽快签约，也有几所学校需要我前往学校试讲。为了能够让自己更有把握，我找到了当时带队的实习老师徐学军老师，希望他能给我讲讲试讲的注意事项。徐老师立刻向我推荐了马老师。当时我和马老师不熟，怀着忐忑的心情去找马老师。我至今依然记得在数理学院的 7 栋楼一个教室，马老师和我交流了两个多小时。虽然不知道试讲的课题，但马老师从概念课、规律课、习题课给我介绍如何组织一堂有效的物理课，如何设

五十九、教诲如春风

计问题等等,马老师丰富的教学经验,对一个只经历过实习的大学生来说受益匪浅。我就像一个刚入江湖的小白遇到了一个武林高手,可能没法领悟全部的招式,但就凭自己感受的几招便可自保了。第二天到温州的两所中学试讲,最终确定了我的第一个工作单位。虽然过去二十多年,但我对那天晚上和马老师的交谈尤为深刻,马老师对一个普通学生的关心和无私帮助,也深深影响着我日后的教学生涯。不管在瓯海中学、温州中学还是现在的上海,我始终细心、耐心对待每一位寻求帮助的学生。

参加工作之后,我和马老师联系少了,但并没有间断。每次因工作关系回到浙师大,我总能在各种培训中听到马老师的讲座。后来回师大攻读教育硕士,我听马老师讲授"中教法",在有了一定的教学经历后才真正感受到马老师严谨的治学风格、风趣幽默的教学语言。听马老师的讲座和听其他老师讲座是很不一样的,马老师极具大学教授的理论,又有高中物理教学的实践,而且能把两个结合起来。不管在哪个阶段的中学老师,听了马老师的讲座总有不一样的收获。

马老师教会我的不仅仅是教学技能,还有对教师职业的认识。记得有一次马老师带实习生到乐清,我们几个同学和马老师漫步在乐清南岳码头的长堤上,迎着海风，听着马老师对教师职业的理解。马老师说教师应该是文明的传承者，知识的传递者，道德的引导者，思想的启迪者，心灵世界的开拓者，情感、意志、信念的塑造者，学生学习的帮助者、支持者。作为一位老师，我也会把马老师的教育理念，继续传承。

恭贺马老师从教五十年！

蔡本再[①]，浙江师范大学2001届

于上海

2022年5月28日

[①] 蔡本再，浙江师范大学2001届毕业生，中学高级教师。2012年再次进入浙江师范大学就读教育硕士。曾在浙江省瓯海中学、浙江省温州中学任教，现定居上海，在复旦大学附属中学青浦分校工作。曾获温州市名教师、浙江省教坛新秀、上海市青浦区学科带头人称号。

六十、我的实习指导老师——马昌法老师

在马老师五十年的从教经历中,作为他在浙江师范大学的开门弟子,考察他民办教师、金华一中、浙江师范大学三阶段教学生涯的师生关系里,也许我们这届是与他接触时间最短的。我们朝夕相处两个月,指导教学最难忘。

(一)试讲树信心

那是 2000 年 9 月,临近毕业,我带着满心的期盼还有一点点彷徨,为接下来的教育教学实习做着最后的准备。同组的伙伴们天天在系里为我们准备的教室查找资料、备课、试讲,思考着这节课以什么样的方式引入更具吸引力,两个问题之间的衔接、过度能够更加的自然、顺畅。大家相互帮助、相互磨合。但在真正走上讲台之前,多少还是有些底气不足。

在大家为实习紧张而努力地准备的过程中，系里终于定下了我们组的实习带队老师——马昌法老师。大家听说马老师是金华一中刚进师大的中学一线教师，都很期待。很快在我们组的试讲教室里，我们第一次和马老师见面。初次见面，因马老师温文尔雅、平易随和的谈吐，很快拉近了和大家的距离，但老师对我们试讲中的问题却毫不客气地指出和纠正。在这次的交流过程中，老师送给我们三句话：一是明确自己现在该干什么；二是该干什么的时候就去干什么；三是干什么的时候就去干好什么。这三句话朴实无华但又蕴含了做人做事的大道理，至今令我受益匪浅，我在后来的班主任工作中把马老师的三句话转赠给了我的学生。

（二）课堂显实力

经过一段时间的试讲，我们十六位实习生信心满满，跃跃欲试。不久之后，在马老师带领下，我们乘坐大巴，经过七个多小时的长途跋涉来到温岭市城南镇城南中学。学校的领导、老师们都非常热情。城南镇是一个海边小镇，寸土寸金，学校的面积只有三四十亩，两千多名学生，只有两个篮球场和一个排球场。我们的办公场所被安排在学校的会议室（同时也是学校活动场所），实习生安排在高一、高二两个年级，两个同学一个班，前后轮流进行班主任实习和教学实习。当第一位同学试讲时，学校的教务主任和物理指导教师都来听课，上完课进行点评。在马老师对这堂课的设计思路、教学过程安排、教具运用以及优缺点分析、点评后，主任和备课组长马上表态：以后实习生的课，你们马老师听后就可直接上讲台。这样，最忙、最费心力的当然是马老师了，不仅要试听每位同学的试讲课，还要帮助同学们进行教学设计的修改、语言的润色。给我印象最深的是，马老师从来不否定同学们的设计思路，这样的处理方式就让我们在接下来的备课过程中信心满满，自我认同感倍增。但是，马老师在指导的过程中就要付出更多的精力。而让同学们感到惊讶和敬佩的是，面对每个同学的教学设计，马老师总能够游刃有余、信手拈来，给我们提出他的建议，真正让我们感受到教学有法、教无定法的魅力。

走上讲台的第一堂课，我记得是"匀变速直线运动和时间的关系"。为了这堂课，我经常对着墙壁脱稿演练，细到说每句话的语气，中间的过渡，都是精心准备。站在讲台上面对着下面的学生、同学还有马老师压阵，信心满满，自己是绝对的"主角",结果现在回想起来都是"泪流满面"。下课后马老师就和我沟通,原本四十五分钟的课堂硬是让我十五分钟就把内容讲完,后面就靠习题支撑了。正应了那句话:台上一分钟,台下十年功。我在倍感自己不足的同时,也对马老师在指导教学中的游刃有余更加的钦佩。

(三)再次受教诲

没想到的是2017年3月,我们分别十六年后,马老师在师大教育学院退休的第三年,又帮初阳学院带着语文、数学等七个学科四十名实习生来到我任教的汤溪高级中学实习,因为我在学校和年级组担任了一定职务,加上只有两位物理学科的实习生(其中一位是研究生),学校没有安排我当指导教师。看到学校住宿紧张让马老师睡在学生高低铺的硬板床上,老师接受我的邀请住到我家,这样我就又有机会再次接受马老师的教诲了。我们无话不谈,我在与老师的交流、探讨中,进一步明白老师的教育理念,了解老师文理相通的观念和一堂优质课的评价标准,也感受到老师良好的心态和健康的体魄(他一直坚持冬泳)。

最后祝贺马老师从教五十周年,桃李满天下。

施亚军[1],浙江师范大学2001届
于浙江金华汤溪高级中学
2022年5月6日

---

[1] 施亚军,男,中学物理高级教师,现任教于金华市汤溪高级中学,2001年毕业于浙江师范大学物理教育专业。曾获荣誉:金华市区物理教学能力一等奖,金华市教育局评为优秀共产党员,全国家庭教育先进工作者。

六十一、与马昌法老师的师生缘

2021年夏天，我调换了工作单位，第一时间就收到了马昌法老师的祝贺微信，字里行间满是对学生的殷殷嘱托，纵然离开结缘的浙江师范大学已经二十年，马老师的目光依然在关注每一位学生的成长。

2000年，世纪之交的初始年。开启大四毕业年的我们，都在迷茫着，终于要准备面对社会了。就是这一年，马老师刚从高中一线调入师大担任中教法老师，物理系的前三年，太多的理论力学、量子力学、热力学、光学耗费了我们的青春时光，我们几乎都忘记了自己的专业是物理教育学而不是物理学。马老师带着他鲜活的教学气息，把我们从钻研物理拉回到钻研教学中来，我们不再纠结那道需要三页纸运算的电磁学的计算题，而是更加关注学习本身，关注学科知识的内在逻辑，关注学生学习的认知规律，关注教育过程中的最需要关注的核心：那不是知识，而是在学习知识过程中需要培养的素养。

很快，我们迎来外出实习的时光。班级里分了组，很巧，我担任赴台州温岭

六十一、与马昌法老师的师生缘

城南中学实习小组的组长,而马老师恰是我们的带队教师。实习前,马老师多次向我交代行前的准备与安排工作,让我们这些没和社会打过太多交道的人,学会如何安排各项准备工作,学会如何与学校领导交流、协调各项事务。在浙江海岸边的这个小乡镇的学校里,我们一组十余人在对未来充满着不安与期待中,每天认真备课、上课,参与学生管理,努力把自己从学生的角色向教师的角色转变。马老师每天和我们吃住生活在一起,听我们每一个人的课然后马上提出改进的意见。有他在,我们一个小组的同学虽有各种困难要面对,却总是因为有每天微笑着看着我们的马老师在我们身边,如定海神针般让每一个人都感受到无比踏实与安全。

毕业后,大家各奔东西,一头扎进社会这片汪洋大海。这中间相当长一段时间,我们也和马老师几乎失去了联系,多年后微信开始流行我才和马老师重新联系上。之后每一次的工作变动,每一次取得的一点儿小成绩,都会收到马老师的关注和祝福。把学生一生的发展,看作自己教育工作的视野,这对我们这些有时过于关注学生在校期间发展的教育人来说,无疑是又一堂平和而有力的课。

关注学习的本身而不仅仅知识,是大学时马老师教给我们的;关注沟通与交流而不仅仅学习,是实习时马老师教给我们的;关注学生一生的发展,是马老师用一生的教育实践教给我们的。

徐海龙[1],浙江师范大学 2000 届
于浙江温州市教育教学研究院
2022 年 5 月 20 日

---

[1] 徐海龙,男,毕业于浙江师范大学 1997 级物理系。现任温州市教育教学研究院书记、院长,浙江省特级教师,正高级教师,美国新泽西州访问学者,浙江师范大学博士生导师,浙江省督学。

六十二、长者，师者

正如马老师所说，我应该算是马老师所教的学生里时间比较短的学生了。我们在大四实习的时候遇到马老师调入浙师大，我们很有幸分到马老师的组里。能有一个经验丰富的高中教师带队实习在浙师大的历史上应该是没有的。

我的大学专业课成绩挺不错的，但教师这个职业一直不是我的理想职业。只是因为在初中中考的时候阴差阳错地填了"高师预科班"，在高考的时候父母不允许去浙江省外上学，所以，我最后到了浙师大。所以，我是怀着傲气与不甘踏上了实习的道路。

我们实习的高中是温岭当地的一所普通高中。马老师和我们一起吃住。在实习的那段时间，马老师给我们提出了很多教学上的意见，现在多数都忘记了，但从那时候让我知道了什么叫"学无止境"。本来我觉得自己教个高中是完全没有问题的，但经过实习，我深深地知道，我连教书是什么都不知道，而并不是自己学会了，就能上讲台了。也从那时候让我对"教师"、对"讲台"有了敬畏之心。到了今天回头来看，正因为对"讲台"的这份敬畏之心，我每每对一堂课不是很满意的时候会经常反思自己，而不是一味地寻找学生的问题。

实习之后的一段时间，大家都开始找工作，我有幸能有机会参加杭州二中的面试和试讲。作为浙江省的顶级高中，到杭州二中求职的同学非常多，当年杭州二中招收两个老师，浙师大入围面试的就有两人。马老师知道情况后，主动打电话给我，帮我准备面试和试讲的课题和实验。我对当年马老师和我讲的"全反射的实验"至今印象深刻。这使我认识到，成为一名合格的老师不是只站在讲台上，而是走下讲台后，对每一个学生要耐心地真心对待。

时至今日，我已踏上工作岗位二十一年。细细想来，我认为一名老师对学生真正的帮助不只是在知识上的，而是教会学生如何学习、如何做人，这才是真正

六十二、长者，师者

的教育。而在众多的大学老师中，只有马老师让我感受到一个真正的教师的魅力。也正是那段实习的经历让我在这二十一年的工作中保持着对讲台的敬畏，保持着对学生的热忱。

师者，讲台上，以学识点亮学生的眼睛，因为眼睛是通往心灵的窗户；讲台下，以行动照亮学生的脚步，因为只有脚踏实地才能一帆风顺。

余水发[1]，浙江师范大学 2001 届

于杭州

2022 年 6 月 16 日

---

[1] 余水发，男，浙江师范大学 2001 届，中学高级教师，杭州二中东河校区教学处副主任。社会荣誉：获得杭州市优秀教师荣誉。

六十三、我的良师益友——马老师

正值马老师任教五十周年之际，看到"马铭群"里的师兄弟姐妹们发的一篇篇感人文章，我也有了提笔的冲动，想要记录下自己在大学时与马老师相识、相知的过程，以表达我对马老师的感激之情。

时光荏苒，虽然我已经走上讲台十六年，但马老师对我的教诲还是历历在目。马老师严谨的教学作风、一丝不苟的教学态度和爱生如子的教育情怀……都非常值得我学习。

与马老师相识在 2005 年上半年，也就是我大三的第二学期。马老师任教我们《中学物理实验》这门课程。作为师范生的我们，非常重视与中学教学相关的课程。马老师毫无保留地把自己的中学教学经验传授给我们。十多年过去了，马老师讲"零差法""逐差法"……这些打点计时器纸带的处理方法时，我第一次发现大学教授上课还可以这么细致，同时也让我对实验的误差分析有了个更高层次的认识。这个实验的分析方法在我工作几年后，我在《中学物理教学参考》这本杂志上看见有同行写了论文。看到后，我想马老师课堂上或许还有好多点可以发表成知名杂志的论文，足见马老师课堂的先进性。马老师自编的教材我至今保存着，时常翻阅，非常受用。

与马老师相知是在大四的教育实习阶段。与马老师的缘分有一半是我主动争取来的。本来我并没有被安排在马老师的这个实习小组。鉴于之前对马老师的欣赏与崇拜，看到马老师在中学教学方面有丰富的教学经验和高度的理论引领，我与班主任刘蕴涛老师商量换了一个实习小组。这一换，换来了今天的缘分，并有幸进入"马铭群"。

进中学实习之前，我们先在马老师的带领下在师大微格教室模拟上课。在每位同学上课时，马老师都坐在教室第一排认真地听课，听完之后，总能给出十多条的建议，包含教态、声音、板书、课堂引入、课堂线索的贯穿、教材重难点突破等诸多方面。经过一轮一轮的试讲，修改，马老师这才放心带我们二十多位同学去省级重点中学——柯桥中学实习。

虽然已经有了在大学微格教室试上课的经历，但是等到了真正上讲台，面对一群小自己6岁至7岁的一级重点中学的学生时，我难免还是有些紧张。如何讲一些抽象的概念形象化、生动化？如何讲好试卷讲评课，不是为了讲题而讲题？如何将课堂引向高潮？马老师都会给我们出谋划策，做到有问必答。当时实习小组成员都在庆幸自己遇到了这样认真负责的实力强的带队老师。作为带队老师，马老师不仅关心我们的教学，还关心大家的生活，温暖着大家。虽然实习只有八周时间，但可以说是我在大学阶段收获最大的阶段之一。在马老师的带领下，我们的实习小组团结友爱、积极进取。柯桥中学的师生也给予我们非常好的评价。大家在实习时间过得很充实也很快乐，有欢笑、有紧张、有激动、有泪水。最值得庆幸的是我认真的工作态度，积极的进取之心得到了马老师的认可，马老师给我实习成绩评了"优"！这给我后面能够进入满意的学校就业奠定了坚实的基础。

"一日为师，终身为父。"工作后，马老师还是常常关心我的工作与生活，还用心良苦地建了一个"马铭群"，让我们认识各行各业的师兄弟姐妹。马老师认真地管理着这个群，每日早晨必分享《冯站长之家》，让我们国事、家事事事关心。在马老师的带领下，147个群友就像一大家子，这个群是最有温度的群。同时，马老师积极以生活状态和健康的生活方式引领着大家。虽然我在"马铭群"

里有点儿小自卑，群里有很多当年的学霸和今天的社会精英，而我只是一位普通老师。所以，我常常是默默关注着群，没怎么发言。马老师知道后，常鼓励我要自信，"三百六十行，行行出状元。"感谢马老师的用心栽培和信任！

人生旅途路漫漫，恩师教诲永相随，桃李恐难报三春晖，化作一句肺腑言：祝马老师幸福快乐！福气永相随！

何燕飞，浙江师范大学 2006 届
于浙江建德
2022 年 5 月 7 日

六十四、我的导师马昌法

认识马昌法老师，那是在2006年，我在参加工作十几年之后，又有了机会重新回到校园中，开启我的教育硕士研究生学习之旅。于我而言，我高中提前招生进入温州师范学院进行了两年的专科学习，工作两年后参加杭州师范学院三年的本科函授学习，再加上经过十多年的初中科学教学，觉得我的物理专业知识丢得差不多了。能进入浙江师范大学物理系学习，我心里既高兴又忐忑，因为周边同学大多很年轻又是高中物理教师，我担心的是没有老师会带我这个初中教师，做我的导师。

马老师任教的课程是《物理教学论》。第一次上课，马老师让我们每位同学介绍一下自己，包括做了哪些教学科研，对什么方向去感兴趣。我当时说了我写了些什么论文，做过什么课题。没想到马老师都记住了。当我成为马老师的研究生后，在确定我的毕业论文研究方向时，马老师先帮我剔除了我原先感兴趣的"建构主义"，说是建构主义的派系太多了，建构主义受到形而上学的哲学方法论作用，存在着弊端，把这些"哲学味道"很浓的建构主义思想直接搬进课堂，会出现各种纷繁复杂的建构主义教学模式，从而建议我研究我曾提及的"科学素养"。

我接受了马老师的提议，决定研究科学素养。马老师是有真知灼见的，因为初中科学的课程目标就是提高初中学生的科学素养，而我作为一名初中科学教师选择这个课题是恰当而且应当的。

在导师马老师的指导下，我确定了毕业论文的标题《初中科学教学中培养学生科学素养的实践研究》。在论文写作期间，若在浙师大学习，我就去找马老师寻求指导，还去了几次马老师家里。若在单位上班，我便通过QQ与马老师联系。我一共给马老师发了不下六七次的论文稿子。从开题报告到论文终稿，马老师都会认真审阅后，再给我发来修改意见，最多的一次意见多达十条，从文献检索时推荐的参考书目，到实践教学的指导，从调查问卷的编制，到数据分析；有宏观的方向把握，也有逐字逐句的名词界定。就在样，我顺利通过了开题、中期审查、预答辩、答辩。论文盲审也得到了八十多分这个令自己满意的分数。

四年多的边工作边学习，我拜读了许多教育教学的著作和期刊论文后，更是深觉教育教学理论的高深精妙，自己平时教学实践与其相距甚远。今后我更要努力将所学的理论知识加以运用，更有效地解决实际教育教学中遇见的问题。我也体会到作为一名教师，不仅要掌握所教学科的相关知识，还要不断提高教育教学研究的能力，更重要的是树立终身学习的理念。四年的学习，收获多多，其他的都是无形的提升，而我这篇四万多字、九十多页的毕业论文却是实打实的厚重压手。除了感谢当年深夜努力码字的自己，更要感谢马老师的悉心指导。

离开浙师大也有十多年了，未见马老师也十多年了。未有"马铭群"之前，我只能在马老师的朋友圈里看到马老师的身影。马老师带学生实习，马老师退休了，而我在忙着上班，忙着陪孩子。孩子从小学一路到大学，我的课余时间总算空下来了。

盼乌云散去，阳光明媚之时，和马老师重聚。

谨以此贺马老师从教五十周年。

黄凌亚[①]，浙江师范大学2006级

于温州

2022年4月30日

[①] 黄凌亚，女，中学高级教师。2006年至2009年就读于浙江师范大学数理学院，获教育硕士学位，现为温州市第二中学教师。

六十五、贺马老师从教五十周年

站在岁月的讲台上，回望，2007年马老师带领的实习团队在丽水市缙云中学有过的辉煌，领悟中有过的悲伤；也许，一切都成为过去；刚刚好，我们早已尘封了的感慨与酣畅；背起行囊，奔跑在追寻的路上。

告别师大校园已近十五载，最难忘的就是大学四年和马老师。回想马老师的认真严谨让我甚是敬佩，二十多人的实习团队马老师坚持每人每节听课磨课三遍以上才放心让我们上台，常常忙到深夜，一个多月的时间里，从不间断，这是马老师给即将走出校园的我们上的第一堂课，也正是这堂课让我受益终生。回顾自己的教学生涯，我发现自己的教学信条、教学理念、教学方法几乎都得益于马老师的言传身教。"该干什么的时候就干什么，干什么的时候就干好什么""教学有法，教无定法，重在得法"，深深地印在我们的脑海里，也传递给了我的学生们。

马老师既是良师也是益友，参加工作这些年来，从不忘记这些学生们，只要有机会就会送上关心与祝福，为学生们建立起各种平台，尤其是"马铭群"，能够让跨越五十年的师兄弟们相聚在这里，甚是难得。

五十年，虽说弹指一挥间，但人生又有几个五十年，马老师把自己的一生奉献给了伟大的教育事业，奉献给了自己的学生们，让人肃然起敬，我为有幸成为马老师的学生中的一员感到骄傲。

站在未来的讲台上，祈望，祝马老师身体安康。

一首小诗自勉：

教学有法

教无定法

重在得法

得道昌法

——马昌法

赵春博[1]，浙江师范大学2008届

于浙江宁波惠贞书院

2022年5月10日

---

[1] 赵春博，男，吉林省白山市靖宇县人，2004年入学浙师大，2008年毕业于浙江师范大学物理系，物理041班，现任教宁波市惠贞书院中学一级教师，高中物理教师，本科学历，工作以来先后获得市优秀教师，优秀班主任等称号。

教育理念：其身正，不令其行，其身不正，虽令不行。

六十六、感念马昌法老师

时光流转，转眼间，已毕业十载。往事历历在目，在浙师大生活的点点滴滴又涌上了心头。尤使我难以忘怀的就是马昌法老师——我的治学严谨、平易近人的研究生导师。

一朝沐杏雨，一生念师恩。

思绪飞扬，点点滴滴汇成万丈瀑流，涌入脑海，绵绵不绝。时光回溯至2010年9月，那个矮小、愚钝来自山东济宁的女同学，在浙江师范大学第一次见到了马老师，从此开启了自己在学业和生活上的新篇章。

初入研究生阶段学习，特别是来自非师范专业直接从本科招生的物理教育硕士，我和师门的同学都似迷途的羔羊，不辨方向，不知高低，但我们都不怕，因为我们有"老马"。"老马识途"，他能带我们走上正确的求学路，找到水草丰美的牧场，领我们回家。在研究生课程《物理教学论》的教学时，老师经常要我们探讨、研究的不是物理怎么学，而是强调如何向学生教物理，由教物理到教人学物理需要不懈的努力和实践，老师的真知灼见至今让我记忆犹新。有时，我们懈怠了，躺在路上昏睡；有时，我们狂躁了，奔在草原上撒欢；有时，我们害怕了，畏缩一团，不敢前行。但"老马"的一声声嘶鸣，让我们清醒、冷静、勇敢，让我们坚定地走下去。"老马"终究是"老马"！

（一）经师易得，人师难求

马老师不仅是优秀的"经师"，更是优秀的"人师"。作为研究生导师，马老师治学严谨、精益求精、成绩斐然。当然，他对我们的要求也极为严格，指导我们阅读专业书籍，参加各种学术会议，明确研究方向，以期能尽快提升我们的专业素养，让我们学有所成。除此之外，马老师更是我们的人生导师，儒雅谦和，像一个仁慈的长辈，在为人处世和生活上给我们指点迷津，殷切之情溢于言表。我印象最深的是2014年暑假，毕业两年已在玉环工作的我去杭州参加教师培训时与马老师相遇，了解我毕业后的工作经历和实际后，马老师关怀备至地告诉我说，一个女孩只身在外漂泊不容易，如有机会回家乡工作最好，彼时我正犹豫彷徨，深感孤身在外的艰辛，马老师的话更坚定了我回家乡工作的决心。2015年，我考回山东教书，如今，工作稳定，家庭幸福。但我的脑海中还时常闪现出那个曾经犹豫彷徨的画面，因而更加感恩马老师的一句良言。

（二）学贵得师，亦贵得友

马老师既是良师，亦是益友。学高为师，身正为范，马老师以其渊博的学识和丰富的教学经验为我们引路护航，指点迷津；以其高尚的品格爱护我们，感染我们。但于我心中，马老师更是一位随和可亲的挚友，没有"架子"，从不居高临下，我们相处极为融洽。亲其师，信其道，我们愿意和"老马"无拘无束地谈天说地，也愿意聆听他"絮絮叨叨"的谆谆教诲。"老马"还是个不错的"铁哥们"，常念及我们远离家乡，求学不易，且囊中羞涩，因而经常自掏腰包请我们去杏园食堂师大人家里大块朵颐；有时还把我们邀至家中，享受师母星级大厨的手艺。但我们除了"风卷残云"外，却没有任何东西可以回报"老马"。得遇"老马"，亦师亦友，幸甚至哉！

六十六、感念马昌法老师

老师的"马铭群"让我认识了那么多的师兄师弟和师姐师妹，我入群五年来，经常聆听老师的谆谆教诲，了解到老师从民办教师、中学高级教师到大学教授的丰富教学经历，感受到他对教育生涯从职业到专业再到事业"两个转变"的三个阶段，领会到他职业心态由从业到敬业再到乐业"两次提升"的崇高境界！老师的群里人才济济、群星灿烂，既有金华一中毕业的教授、博士、博导、总监和老总，又有浙师大毕业的校长、书记、特级教师、教坛新秀、教学名师、奥赛专家，老师告诉我们只有分工不同、没高低贵贱，普通职工和一般教师他都平等相待。

马老师今已从教五十载，桃李满天下，春晖遍四方。得遇良师，吾辈弟子，感恩您为我们无私地付出，感恩您为我们耗费的心血，感恩您为我们所做的一切。我们无以回报，但我们承诺将努力像您一样，将爱心传递下去，爱自己的学生，用心呵护每一个孩子，让爱的火种永不熄灭。

青丝白首，您是我们心中无悔的丰碑！

张旭灿[1]，浙江师范大学 2012 届
于山东济宁
2022 年 5 月 3 日

---

[1] 张旭灿，女，浙江师范大学 2012 届研究生，现工作于山东省嘉祥县第一中学，物理一级教师。

六十七、我与导师的相识相知与相任

恰逢五一劳动节,放假五天,又逢五四青年节,"双节"重逢,值此佳节,再忙也要抽出时间,回忆与马昌法老师相识、相知与相任的点滴,作为留念。

我的家乡在青岛胶州,2009年考入浙江师范大学物理系,有缘成为马老师的学生;2013年毕业参加潍坊教师统考并成功上岸成为教师,2018年回青岛胶州任教又考入中国海洋大学研究生;现毕业继续当教师。

(一)相遇相识在师大

一日为师,终身为父。记得与马老师第一次相遇是在师范生必修课《学科教学论》这一门课上,当时我才上大二(2011年),本来这门课程应该大三才选,出于对教师教育工作的向往,我提前一年报名,结果机缘巧合选上了,跟着2008级物理系的师哥师姐一起上课,因为2009级的学生选2008级的课,所以我受到马老师的特别关注和关照,上课前后经常会问我一些问题,这样我们就相识了。

本来大学期间只有一次见习机会,而我却获得了两次见习的宝贵机会,第一次随着课程跟着大三的师哥师姐一起到永康二中见习,听了特级教师的课;第二次(2012年)虽课程已完成,还是与本年级的同学随他们课程安排到义乌中学第二次见习听课。这时是大三,我还选了老师的《微格教学》《中学物理实验》等课程,越来越信任老师。到了大四(2013年)做毕业论文自然而然选马老师做导师。在老师的悉心指导下,我认真进行《中学物理概念教学的策略与探究》毕业论文的开题、研究和报告,并且顺利完成了结题与答辩。

在我的印象里,大学期间只有一次见习机会,特别感谢马老师允许我参加第二次见习，从而使我获得了两次见习的宝贵机会。除此之外，记得老师还为我提供了帮扶学困生的机会。这些都让我对教材和学情有了更多和更深的认识，也为毕业应聘教师打下了良好的基础。

通过学习这几门课程，马老师给我留下印象深刻的是能力超强，主要表现以下几个方面：

（1）记性超好。老师上课基本不看教材，讲课内容全面详细，完美的达成每一节课的教学目标。

（2）驾驭课堂能力超强。在讲任何一个知识点时，老师总是可以把一个知识点展开讲好多，而且语言非常简洁、条理清晰，当快下课的时候，又能够很好地加快速度，突出重点。老师的课堂当快则快，当慢则慢，这种能力是我要不断学习的。

（3）精通各门课程。在课堂上，老师会讲一些自己的教学或成长经历，当时感觉就像听故事，我十分感兴趣；听完之后，感觉老师超厉害，文理课程都能胜任。在大学课程的教学中，老师从理论到实践，对于每一门课程都能讲得十分透彻，有条理、很简洁。

（4）点评详细。在《微格教学》课程中，对每个学生的点评至少要十分钟，点评具有超强的针对性，非常有耐心地为我们答疑解惑。

（二）相逢相知在青岛

马老师既是我学业上的导师，亦是我生活上的益友，在我毕业后一直关注我的进步和成长，除了微信经常联系和沟通，解答我工作和生活中的谜团和困惑，有机会就亲临指导。四年后的2017年，老师建立"马铭群"，我是第一批成员。建群不久老师和师母随旅游团到山东旅行，经过青岛就对我当面教诲。

那是2017年8月15日，当时得知老师要来青岛游玩，我的心情非常激动，一是因为大学四年时光，老师与我有三年的师生情；二是因为远在浙江的大学老师来到山东，路途遥远，机会难得。这是我在2013年毕业后、间隔四年与老师的一次再相逢。那天见面地点为青岛信号山，开始在山脚，见到了多日未见的老师满脸笑容，依旧充满活力。我高兴地与老师握手问好，老师简单叙说了前来的路线和他们的行程，我们便开始边聊边上山，老师依然那么年轻稳健。此时师母已在前方等着我们。说起师母，最让我难忘的是有一次到老师家学习，师母做了一桌丰盛的饭菜，师母的热情和厨艺的精湛令我记忆犹新。

我与老师和师母继续往山顶走去，到达山上的平台。这里视野宽阔，我们便合影留念，记录这一美好的回忆。接着我和老师继续前行来到了信号山的制高点。制高点是一个小亭子，在小亭子里有观光台，我和老师坐在竹椅上不是海阔天空地聊，而是向他请教关于我生活和工作中的一些困惑：工作中安排的任务很多，如何选择？如何有条不紊地完成？记得老师当时说，原则是要干好本职工作，然后再去做一些力所能及的工作。重要的是要了解自己能干什么、能干好什么，再努力去干好什么。

通过这天的短暂沟通，解除了我心中的迷雾，我开始考虑在做好本职工作的同时，继续学习深造。结果功夫不负有心人，第二年我考入中国海洋大学读研究生，开启新的求学之路。其中令我印象深刻的就是下面这句话：无论做什么事情，首先是要调整好自己的心态。

（三）相知相任在杭州

时间过得真快，边工作边学习忙得不亦乐乎，转瞬间我的研究生快毕业了。出于做毕业论文的需要，又了解到在 2018 年 5 月 24 日，杭州"梦想小镇"已经成为中国特色小镇 50 强，是先行者、排头兵，还有衢州等地的特色小镇，我选择由衢州到杭州，来到浙江考察新农村振兴特色小镇的文化和教育，又一次得到马老师的关怀和帮助。我清楚记得 2021 年 7 月 11 日至 13 日是我与马老师和师母在杭州团聚的日子，也是恰逢我研究生临近毕业的一个暑假。这次与老师的再相聚，既是一次旅行，也是一次学习，收获满满，颇有纪念意义。

现在想起这次相聚，从计划前往，到确定哪天，再到确定哪天的哪个时间点，无不体现老师的关心、关怀和细致入微。路线如何走、老师规划的条理清晰。那么热的天，我到青山湖地铁站时老师开车来接我，一出地铁站口我便看到老师向我招手，当时我心里非常踏实和感动。到了老师的家里，体贴的师母也早已做好了后勤保障。

老师问我这两天的计划安排，结合研究生的论文课题，我表达了去梦想小镇考察的愿望，老师便开始为我计划并做好相关攻略，老师的一言一行也在引导传递一个道理：生活中如果要完成一个目标，必须提前"备好课"。那两天刚好入伏，老师依然冒着酷暑，开车陪同我去梦想小镇参观学习。参观结束返程后，老师又带我去青山湖观湖放松，尽管我们徒步行走了一万多步，但老师没有喊苦喊累，这种精神值得我去学习、体会和传承。

从大学期间的学习、到师母的热情招待，再到毕业后的再相聚，见证了相识、相知与相任，也体现了相识、相知与相任。感谢马老师一直以来的关心和引导，感谢师母的后勤保障，仅以此短文纪念老师从教五十周年！祝福马老师和师母及群里的兄弟姐妹们心想事成，万事如意，祝福我们的明天越来越好！

毛境国[①]，浙江师范大学 2013 届

于山东青岛

2022 年 5 月 4 日

---

① 毛境国，男，浙江师范大学物理系 2013 届毕业，2018 年考入中国海洋大学研究生。在山东省青岛市胶州初中任物理教师，以"立德树人"为己任，为祖国教育事业贡献绵薄之力。

六十八、缘分妙不可言

与马昌法老师的缘分真是妙不可言！

从相遇到相识都是在2014年，那时我还是浙江师范大学物理系的一名学生，大学课程安排都是我们前几年都在学习的力学、热学、电学、光学、原子与量子等物理学专业学科，但是我们身为师范生，其实特别期待学习师范类的课程。终于在大三下学期我们迎来了师范生专属的师范类课程，而马昌法老师这个时候就"闪亮登场"啦！

记得在第一节课上马老师首先向我们介绍：他是属马姓马那年又刚好是马年，而且我们将成为马老师退休前的最后一届学生，也就是传说中的"关门弟子"。当时就感觉好有缘分呀！而且我也是姓马，说不定百年前是一家呢。马昌法老师教我们的科目是高中物理课程标准、物理课程与教学论、中学物理实验研究以及微格课程四门课程，他是唯一一个在大学期间同时给我们上这么多门课的老师。本来担心有些课可能会"划水"，但没想到马老师的课特别生动且实用，导致我每次都很辛苦地提早很多去占第一排的座位，生怕坐后面听不清而错过什么。再后来得知马老师的经历也就明白了他讲课那么好的原因。原来他之前是个带高考非常有经验的老师，在他的战绩中有过一个金华一中的学生物理高考考了满分，这可是非常难得的呀！也正是由于教学成绩的优异，他被浙师大聘任到教育学院来教我们。所以说，这样既有实战经验又有理论支撑的课才会特别生动且实用。

马老师除了给我们上课，还会给我们讲人生哲理以及时间规划等一切会让我们变得高效、变得优秀的办法。例如，他说过："该做什么的时候就做什么，该什么的时候就做好什么。"这句话影响了我很久，到现在我都是保持着要么就不做，要做就要专注地做的习惯；他还给我们讲遇事不要慌，按照紧急重要、紧急不重要、重要不紧急、不重要不紧急四个象限的操作顺序去逐一完成任务，这个也是非常好用的，让我养成了遇到再多事情的时候不慌不忙，分清轻重缓急然后有条不紊地一项一项去完成的好习惯；马老师还给我们讲了很多很多……

到了大四下半年，我们要进行师范生的教育实习。因为马老师暑假后退休，本来学院并没安排他带实习的任务，但当他知道我要到他原来任教的金华一中实习，就主动找我介绍学校的情况，指导我做好各项准备工作。开学后，又因为学院的需要，退休后的马老师继续带学生到兰溪三中实习，多工作了半年。

时间很快，转眼间我们马上要毕业了。记得毕业前的某一天，马老师和我约定好一起在杏园食堂吃饭，就是这顿饭让我非常荣幸的和马老师成为朋友。马老师了解到由于我一心想去杭州发展而放弃了金华一中的入职，最后选择到了杭州桐庐的一所特色高中，他鼓励我不管在什么地方，只要努力工作，对得起自己的学生，就会得到社会的尊重。后来由于种种原因，我又主动放弃编制、辞去工作自己到宁波创业发展，马老师得知后还是鼓励我，年轻人到社会上闯一闯也是值得的，并且非常热心帮我介绍了很多在宁波各个部门工作的他的学生，其中，就有我们的许多师兄师姐。

六十八、缘分妙不可言

相知是在2019年，这年1月26日，春节前蒋师兄、方师兄等组织了"马铭群"师生的迎新聚会，我从宁波赶到杭州的浙江大学圆正·启真酒店和马老师一起参加了聚会，认识了很多在杭州发展的师兄师姐们，并再次聆听马老师的教诲，老师对物理教师的基本要求概况为六个度，即专业的深度、技术的精度、前沿的新度、知识的广度、历史的厚度、哲学的高度；要求我们在对人与人关系的处理上，做到"诚以待人"；而对事，则要"专以处事"；再对自己的要求应该"心态为上"。我们明白老师自己对教师职业的认识已经由职业、专业上升到了事业的高度。

特别巧合的是两年后，也就是2020年，我又机缘巧合地从宁波来到了杭州的育才学校发展。这年我和马老师以及师兄师姐们在杭州又聚过几次，其中11月7日在青山湖那次到了近二十人，见到了马老师在民办教师时期最早的学生即大师兄，在二十世纪五十年代、六十年代、七十年代、八十年代、九十年代出生的马老师的五代弟子欢聚一堂，互相交流，回顾当年与老师的相遇、回眸多年与老师的相识、回味近年与老师的相知，真是其乐融融、高兴之极。还有难忘的2021年8月，我住院在浙江省人民医院，马老师得知情况后，不仅给我介绍了在这家医院工作的一个师姐，还鼓励我乐观对待治疗过程中的困难和挑战，一直到我顺利出院。

总的来说，和马老师的缘分大概从读书到工作再到换工作，直到现在同一个城市生活，应该就是冥冥中注定的缘分吧，感觉很奇妙。最后还是要感谢马老师及师母对我如同女儿般的关心与呵护，爱你们！

马腾飞[1]，浙江师范大学2015届
于杭州
2022年4月24日

---

[1] 马腾飞，女，浙江师范大学2015届毕业生，在校期间每年获得奖学金、学科竞赛奖以及带队参加省级科技比赛项目并获奖，还获得先进志愿者、十佳党员等荣誉称号，最后大四一年在金华一中实习。毕业后在杭州分水高级中学任教高中物理，2018年到宁波余姚实验学校，2020年又回到杭州，现在杭州育才中学担任初三物理教师。

六十九、桃李不言，下自成蹊

人们常说："老师是蜡烛，老师是园丁，老师是大树……"我把马老师比喻成雨露，而我是一颗小小的种子。

马老师已从教五十周年！在时间上听起来是那么长，马老师教过的学生可想而知已不可计数。自然而然，关于回忆马老师的文章也就少不了。或许，我的这篇文章只是大海中无数浪花的一朵，转瞬即逝，但涛声依旧响应在我生命的每一段路途中，教我如何成长。

说起与马老师的相遇相识，可以用"阴差阳错"来形容。有两件事足以证明：其一，我是在2018年9月考入浙江师范大学物理学大类，并在大一下学期分流到了物理学（师范）专业，到了2021年3月的大三下学期，师范生必修课《微格教学诊断》让我和马老师"机缘巧合"地相识。为什么说"阴差阳错"呢？其实我是3班的学生，选该门课的任课老师时却选了1班的黄晓老师，恰巧因为黄

六十九、桃李不言，下自成蹊

老师事务繁忙，又要外出参加领导培训，学院特邀请已退休7年但有丰富经验的马老师为我们授课，开启我从学生走向教师的角色转换之旅。其二，2021年9月大四第一学期，因为《微格教学诊断》时的微信联系，马老师了解到我在金华一中实习，就通过微信询问我一些关于实习的有关事项，因为他临时受学校教务处的指派，要带八个学科近二十名学生到桐乡凤鸣高中实习，还要了解当年学校对实习生参加实习的新要求。之后老师就跟我介绍他为前后近五十年学生所建的"马铭群"，他说我们上微格课时由于我是组长对我有印象，现在实习又在他曾经任教多年的金华一中，有这两方面的缘分，问我要不要入群。原来马老师把我当成了陈文！闹了个乌龙，在金华一中实习的是我，叫陈文霞，而微格的组长却是陈文，陈文为男，我却是女的！哈哈。

和马老师第一次见面是在微格课，第一次见到这个老师，他头发稍白，但精神面貌却很饱满。他的第一堂课就给我留下了深刻的印象，因为我们物理181班微格课的报名学生有四十九人，所以学院安排了两个教室，意思是学生在两个教室训练，老师可以在两边教室巡回指导。但微格教学的特点是学生要训练各项教学技能，进行模拟上课和交流讨论，不宜太多的人，否则就不能让每位同学每次都有上讲台的机会。记得那天马老师先把我们集中在一起，讲了该门课程的总体安排和对我们的要求，老师的话言简意赅，目标明确；然后让班长和学习委员把我们分成四个组。原来老师到数理学院给我们争取了另外两个教室，每次训练，一半同学在微格教室，另一半同学在数理教室。微格教室与数理教室每周轮换，每个教室只有十二人，这样大家每次都有讲课的机会。老师就在微格教室巡回指导，每个同学的课他都会听到并给予点评。因为我们这组没有班长和学习委员，老师要临时指定组长，记得陈文就是这样当上了组长。这第一次，老师的风格给大家留下好感，也让我刮目相看。

具体微格训练上课时，同学们逐次在讲台上试讲训练各项教学技能，马老师喜欢坐在第一排的位置，仔细地听同学们的课，不忘观察我们的课件、教姿教态、语言表达，并做笔记。每一位同学讲完课，马老师会让我们先自我评价，再同伴互相评价，最后是马老师进行点评。我记得有几次同学讲完课，到了同伴评价时出现了冷场，马老师就会点我的名字让我说说看。通过比较我发现，我们对教书上课的理解好像还停留在表层，而马老师每次的点评都能把我们出现的问题一针见血地提出，并给出解决方法，这才是教书的内在。当然开始老师点评比较长，慢慢地让我们互相讨论，以不断提高我们对各项教学技能的把握。

翻开我大三时期微格课的笔记，在"导入技能课"时，我选了《摩擦力》这节课，我讲到摩擦力的产生需要相互接触时，讲得很乱。马老师注意到了这一点，最后给我的建议是，可以直接提问学生："不同位置的人之间有没有摩擦力？""哦，没有摩擦力是因为没有接触。"原来，一个难以讲通的物理知识，竟然可以以那么简单的方式讲明白，难怪马老师说过，物理就是贴近我们生活实际的。老师要求我们讲课"有时应该把简单的问题复杂化，有时却要把复杂的问题简单化"，这次的课让我明白了这个道理。还有一次是在"说课技能"课上，我选了《自由落体》这节课，为了讲清楚轻重不同的物体下落快慢的因素，一开始我几乎按照课本来讲，习惯地用两个演示实验说明物体下落快慢与轻重无关，马老师却别出心裁提出了四个演示实验：①重的快，②轻的快，③轻重一样快，④同重不一样快。正因为有了③④的实验，最后得出的结论并不是物体下落快慢与轻重无关，而是除了重力外，还有一个第三者：阻力。这个片段令我印象非常深刻。很巧的是，在2021年11月份校园招聘，我抽到的面试题目刚好就是《自由落体》，后面评委老师提问我的上课思路，我就把当时马老师对我的点评几乎复述了一遍，很幸运获得了他们的好评，并获得成功。

马老师除了在课上对我们点评之外，还会给我们讲人生哲理。"该做什么就做什么，该做什么就做好什么"，这句话至今对我影响仍很大。我认为这句话的意思，往小了说是：对于自己或他人交代的任务，一定要去做并且要做好。往大了说是：在人生的旅途中，在每个阶段都应该树立好自己的目标，抓住主要矛盾，不要让自己处于一个迷茫的状态；一旦确立了自己的目标，就要脚踏实地，努力做到尽善尽美。马老师有时还会给我们讲他的人生旅程，我记忆深刻的有几个关键字：恢复高考、金华一中、浙师大。但当时可能只是抱着吃瓜，又恰好能让我在课堂放松一下的心态去听的。后来在"马铭群"里，有时看到师兄师姐们的发言，最近又看到不少回忆与马老师相遇相识相知的文章，我很是感动，虽然也许我现在还年轻，还有两个月才毕业，没在那些年代里不能身临其境，但仍然能感受到马老师丰富的人生经历，和桃李满天下的壮观。

大四第一学期，我作为浙师大卓越班的成员，被安排到了金华一中实习，这

六十九、桃李不言，下自成蹊

是马老师曾经挥洒汗水的热土，曾在这里培养出浙江省高考状元。当时我的指导老师是物理特级教师楼松年老师，我还特意向他提起过马老师。再后来和马老师说起这件事，我才知道，楼老师还是马老师的师弟，并且，我在一中认识的也是我们群友的谢忠良、王蓓老师，竟然也是马老师曾经带过的学生，提起马老师他们都是由衷的敬佩，真像马腾飞师姐说的"缘分真是妙不可言"啊！

现在和马老师的交流是在"马铭群"里，有时看马老师每天必发的《冯站长之家》，以及马老师和师兄师姐们的对话。有时，马老师还会在朋友圈，给我点赞、评论。马老师那么和蔼可亲，打破了我对资深老师的刻板印象。现在，看到马老师桃李满天下，又那么优秀，更加激励我积极向上！看到他们都有和马老师的合照，而我却没有，我还真有点儿"嫉妒"呢！

以上大致就是我和马老师的相遇、相识，非常感谢马老师曾经对我的教诲，并给了我一个可以相互学习的平台，让我认识了那么多人。在未来，我也将成为一名中学物理老师，马老师将会是在我的教师路上播撒种子的大树、浇灌我成长的雨露。我希望自己像马老师一样：桃李不言，下自成蹊。

三尺讲台，染苍苍白发，桃李满园，露美美笑颜，我谨对马老师从教五十周年表示衷心的祝贺！

陈文霞[1]，浙江师范大学 2022 届
于浙江金华
2022 年 4 月 25 日

---

[1] 陈文霞，女，中共党员，浙江师范大学物理学 2022 届毕业生，在校期间入选物理系卓越教师计划班，现于广西钦州市第一中学任职高中物理教师。

所获荣誉：2018—2019 年获得校三等奖学金、国家励志奖学金；2019—2020 年获得校三等奖学金，国家励志奖学金，院师范技能大赛优秀奖，暑期社会实践优秀个人，浙江省物理科技创新竞赛三等奖；2020—2021 年获得校学生三等奖学金，校三好学生，优秀毕业生，国家励志奖学金，校自制教具比赛实物制作赛一等奖，校第九届大学生力学竞赛三等奖，全国科学教育师范生教学技能创新大赛三等奖。

七十、骥老犹存万里心，初心未改步难止

马昌法老师曾任我校教师教育学院硕士生导师，在物理课程与教学等方面的研究上卓有建树。马老师自高中毕业后便只身投入教学工作，至今已有整整五十载。在五十年的教学磨砺中，马昌法老师具备了出类拔萃的教学水平与教师素养，完成了教师生涯从职业到专业再到事业的"两个转变"，他在曲折的教师生涯中收获了人生感悟——"位卑未敢忘教育，一生只做一件事"；同时实现了职业心态由从业到敬业再到乐业的"两次提升"。

五十年如一日，无论是民办教师时的"教书匠"，或是省重点高中的高级教师，抑或是在师大肩负培养未来从事物理教学研究生职责的教授……他一直致力于教学方法、课程改革、教具创新等教学领域的科学研究，发表了许多学术著作与论文。不论身在何处，马昌法老师总是身体力行地演绎着对于"教师"这一职业的最佳诠释。值此马昌法老师从教五十周年之际，谨以此纪念文稿表示祝贺。

首先，马昌法老师勤奋严谨、勇于开拓的治学态度，谦逊平易的学者风范令

七十、骥老犹存万里心，初心未改步难止

我们由衷地佩服。作为一名教师，马昌法老师不仅对于自身本专业的相关知识有着透彻的理解，而且由于多年教育实践与指导的经验，其对教师教育师范技能方面有着自身独到的见解与认识，这点作为非物理学科而是汉语言文学学生的我深有感触。

在去年的 9 月 28 日，临时改变决定的我正在为自己未能报名人文学院组织的编队一筹莫展。后学校教务处老师通知我说在国庆后会有一支前往桐乡凤鸣高级中学的混合编队出发，将我拉入联系群中。那天，马老师立即对我们八个学科十六名队员提出备课试讲的要求，并部署了国庆假期的相关工作。"该干什么的时候就干什么，该干什么的时候就干好什么"，在合适的时间做合适的事情，才能有效拒绝焦虑、有的放矢，老师言简意赅的箴言顿时使我焦躁的心安定下来。

初见马老师是在 2021 年 10 月 8 日的实习临行试讲。老师告知我们不论什么学科、不管微格训练已经上课，实习上课前必须在他面前试讲并听他点评指导。当时，老师拿着一个公文包，身形挺拔俊朗，神采奕奕，显示出一名经验丰富的教师特有的风度。先前，我私下一直认为这次的带队老师应该是教育学院的某位在职教师，而马老师对自身经历的介绍却彻底推翻我的假想，令我大吃一惊：老师居然是已退休七年的教育学院教授，已执教近五十年！本可以享受闲适退休生活的他却接到学校紧急任务委托，不计报酬地担任我们的实习带队老师，真是"临危受命"。在整整两天指导十六位实习生的试讲中，马老师从未显示出疲惫的状态，总是非常专注地倾听、记录，结合具体要求给每一位同学提出建议，并乐于与大家分享他的教学理念和教学经验，对于即将走上讲台的我们具有极大的启发意义。

对于一堂优质课，马老师认为不管文科理科有一点是相通的，他认为需要注重"创设情境""指明目标""方法策略"三方面要求，在课程环节中朝着"凤头、猪肚、豹尾"的方向努力……这些理念均在教学设计上给予我很大的启发。在桐乡凤鸣高中的教育实习期间，马老师总是慷慨地给我们提供一些教学上的建议，以期我们呈现更加完美的课堂，最终带领我们圆满地完成了一项项实习任务。为了能够更有针对性地诊断实习队员的授课表现，我们在班级中开展的每一节课堂总少不了马老师在教室后面听课的身影。在每一次课后，大到对于课程目标的设计与体现等问题，小到课堂教学用具与媒体设施的运用与配合等细节，马老师总

是一针见血地指出我们在上课时存在的不足。清晨第一节课到教室他比实习生早，深夜仍值守在办公室的又是他……在马老师的身上我感受到了体现到极致"教师"之意义，他已将"教师"视为自己一生为之奋斗、坚守的"事业"。

在受马老师指导的短短几个月中，我们就多次听老师谈到其对于教师生涯发展的理解，受益匪浅。马老师将教师的教学生涯状态归纳为职业、专业、事业三个阶段，提出三重境界，他还提出要努力完成职业到专业再到事业的"两个转变"，职业阶段是教师从师任教的从业境界，从教者立身；专业阶段是教师从教的敬业境界，敬教者立行；事业阶段是教师从师任教的乐业境界，乐教者立人，最终实现职业心态由从业到敬业再到乐业的"两次提升"。

"职业是教师工作的载体，专业是教师工作的内涵和实质，事业是教师工作成熟和发展的风帆。"可以说，"职业、专业、事业"三阶段是对教师职业生涯的最佳概括。获得职业是教师生涯发展的基础和前提，是教师生涯发展的初级阶段。个人获得教师这一份职业可以定期获得一定的报酬，保障了生理需要与安全需要的实现。对此，教师也需要完成对职业角色职责的履行。专业是职业的高级发展形式，专业发展的同时也能促进职业的成功，是教师生涯发展的中级阶段。而事业则是职业、专业发展的终极目标、是教师职业境界的拓展，与教师的人生价值及成就密切相关，是教师生涯发展的高级阶段。将"教书育人"作为自己毕生甘愿为之孜孜不倦所热爱、追求的人生理想，这就是将"教师"视为事业的表现，也是其自我价值的创造。他们往往对教育有着持久的兴趣和情感，乐于教书育人，能从教育获得幸福感；有强烈的成就欲和精益求精的工作责任心，对自己有着较高的要求，不断尝试、探索新的教育教学方式和方法。在职业、专业、事业教师职业生涯的三阶段中，一名教师往往不但会把教育从职业发展成专业，还会将其作为毕生追求和付出的事业，并将其作为自我价值实现途径的工作。

自1972年至今的五十年中，马老师的任教学段从小学到中学直至大学、任教角色从民办教师到高级教师直至教授，他总是兢兢业业，身体力行地诠释了其对教师执教境界的解读。兼顾且平衡好教学工作与自己的学习绝非易事，从1972年的中柔初中代课、1973年的让河小学到1974年—1976年的龙潭下、里旺村小再到1976—1977年的义浦中学教高中，五年半的民办教师生涯中，历经九个年级繁重的教学任务、山区艰苦的环境条件、"上课＋生产建设"的特殊模式却未

七十、骥老犹存万里心，初心未改步难止

能浇灭马老师心中对于教学与读书学习的热情。终于，"星光不问赶路人，时光不负有心人"，怀揣着梦想，他在1977年恢复高考的第一年便跨入了浙江师范大学的大门。在师大4年的深造之后，马老师仍毅然决然地重新投入教学工作，开始从事金华一中的物理教学工作。深厚扎实的学科功底与专业的师范技能使其呈现了一堂堂思路清晰的物理课。对于物理教学，马老师同样有着"教学有法，教无定法，重在得法，得道昌法"（后面四字是其师大学生归纳）的特色：在注重夯实物理基础知识的同时，注重培养学生的学习兴趣，更强调思维方式的训练，有助于增强学生利用原理进行求证并动手解决现实问题的能力。在金华一中的教学生涯中，他从远离城区的蒋堂到八一南路301号，春去秋来，三点一线、起早贪黑的教学生活年复一年，在金华一中的土地上抛洒了十八年半的青春岁月，而马老师却乐在其中。从2000年至今，马老师受师大的召唤回到母校，接下了培育未来物理教师的重任。从"教物理"到"教人教物理"，马老师实现了"物理"教师到"物理教学论"教授的角色转变，也见证了浙江师范大学从骆家塘到高村即现在的迎宾大道688号的二十多年的历史变迁。如今老师虽已年近古稀，但仍然坚持在一线工作。"有召必应，退而不休"，老师在退休后仍连续五年不计报酬地任初阳学院实习带队老师，哪里的教育事业有需要老师必然会出现在哪里。在"连轴转"的实习带队日子中，马老师辛苦奔波，辗转宁波、杭州、汤溪、义乌各地而无一句怨言，致力于实现"为国家培养合格的师范生"的奋斗目标，显然已经达到了"敬业"的执教境界。

执教杏坛五十载是世间少有的际遇，"位卑未敢忘教育，一生只做一件事"是马老师的人生格言。他为我们树立了自强不息、奋斗不止的典范。他爱岗敬业，不计私利，顾全大局。他乐于成人之美，充满仁爱之心，勇于追求真理，真可谓卓然大家风范。他以"立下园丁志，甘为后人梯"为座右铭，以红烛精神、春蚕思想作为自己的追求，充满爱心，忠诚事业，淡泊名利，潜心钻研，学为人师，行为世范。

春秋时期鲁国大夫叔孙豹曾提出"立德、立功、立言"三不朽之说，阐述了人们做人做事的三种境界，历来被看作中国传统伦理人生价值观的核心内容。而马昌法老师在做人做事及"如何做好一名教师"等方面，都是我们学生辈的楷模。

今天，马昌法老师不但在教学上成就斐然，而且桃李遍布五湖四海，在各自的岗位上发光发热。犹记在实习总结会上老师对我们实习队员的寄语："你们作为浙江师范大学跟我在凤高实习混合编队的成员，期待你们在教学上的好上加好，期望你们有更高的教育理想、更新的教育理念与更强的教学能力。"落其实者思其树，饮其流者怀其源。学生定朝着老师给予的期望之方向继续努力，谨以此文略表私衷，以资纪念。

黄可悦[①]，浙江师范大学人文学院 2022 届
于浙江金华
2022 年 5 月 1 日

[①] 黄可悦，女，浙江师范大学人文学院 2022 届汉语言文学 188 班学生，为 2021 年马昌法老师带队的桐乡凤鸣高级中学实习混合编队语文组实习生，现即将就读于浙江师范大学教师教育学院以开展硕士阶段的学习。曾获浙江师范大学校级优秀毕业生、二等奖学金等荣誉。

七十一、与马老师相遇的两个月

近期在群里拜读了师兄师姐们在各行各业的心得体会，了解了马老师在民办教师、金华一中、浙江师范大学三个不同时期的点滴生活，想起了去年实习行前试讲时马老师与我们聊起自己的人生经历，和我们说起自己执教已尽五十年，感慨颇深。

我与群里师兄师姐们的境遇不太相同的是，马老师教了大家三年或者是作为导师带过大家，我仅仅是实习的时候与老师相处过两个月，而且我的专业是历史学科。与马老师的相遇，也是有点儿"魔幻"的。上学期（大四上），我原本是按照既定的计划准备考研的，所以在学院申请实习时选择了大四下。结果阴差阳错，我因为"农硕"计划成功上岸，也就不必再准备考研，可以在大四上去实习，但计划不能改变，所以就在懊悔不能再参加这学期自己学院安排的实习了，打算认认真真准备写论文。没想到，学校教务处针对我们这批保研的同学特地组织、安排了一次实习，地点是嘉兴市桐乡凤鸣高级中学。就这样，兜兜转转，我成为马老师两个月的学生，与其他十五位同学一起度过了充实的两个月实习生活。

记得第一次遇见马老师，是在实习前的行前试讲中。尽管老师是主修物理的，但对我们文科学生试讲的点评也能入木三分、恰到好处，特别对我的一些点评使我收获良多，受益匪浅。原来教育是不分学科的，教学方式和教学手段是互通的。老师在行前试讲的时候就和我们分享了许多"干货"，也希望我们对自己的实习生活有一个设想以及小目标。马老师提出，自己其实也是临时受命，接到学校的通知带领我们前往嘉兴实习。在行前试讲中，马老师提出一节好课要具备"凤头、猪肚、豹尾"等内容，教师课堂教学要按照"创设情境、指明目标、引导策略方法"三步骤进行，令大家眼前一亮。

马老师打破了我对资深老师的刻板印象，在我的固有印象里，这个年纪的老师会很"麻烦"，总会有很多的条条框框。但是，马老师却很愿意接受新鲜事物，还询问我如何创建公众号，以便将文章发到朋友圈。面对不会的电脑问题，也会询问实习队伍里的学生，真正做到不耻下问。遇见一些实习过程中各方面的不合理问题及要求，他也会考虑我们实习生的实际情况，及时向实习学校反映，帮助大家解决。在桐乡市凤鸣高级中学实习期间，老师也经常和我们一起在食堂吃饭，聊聊生活和实习工作遇到的事情。每周雷打不动的周前例会也会让我们整理上周的工作，安排具体发言时间，让大家畅所欲言，以便更有条理地安排下一周的任务。

在实习过程中，我多次邀请马老师来听我的课。课后，马老师都会针对我的问题提出一些意见和建议，但更多的是鼓励。似乎在老师眼中，我们已经很不错了，但依旧可以做到更优秀。这带给我很多的启发，希望在以后的工作当中，做到用发展的眼光看待学生，帮助学生全面进步，同时也要发展个性。和马老师相处的过程中，除了学习如何上课授课，我也学到了一些人生知识。

马老师在行前以及微信群里都和我们分享了自己的座右铭——该干什么的时候就干什么，该干什么的时候就干好什么。刚开始的时候，我对这句话没有

七十一、与马老师相遇的两个月

什么太大的感觉，单纯以为是马老师希望我们在实习阶段努力完成实习的任务，最好是出色完成，展现一下浙师大学生的风采。在实习两个月时间里，一直到现在，我好像读出了新的内涵——人在每个阶段都会遇见很多事情，不要让自己处在一个着急和迷茫的状态，在该干什么的时候干什么就好了，事情都是一件一件解决的；在面对那件事情的时候，专注它，做好它，就够了。另一句老师经常挂在嘴边的话是"利就是弊，弊就是利"，或许这个年纪的我还不能很好地体会这句话，毕竟我没有太多人生阅历，经常也只顾眼下。但结合我父亲的教诲，长远来看，很多事情都是具有两面性的。短期内是利的事情，长远看也可能是弊；反之亦然。我们无法预见未来，但要怀着长远的眼光看待事件、看待自我。

实习快结束的时候，马老师向我介绍了他的马铭群，看到了老师的《辛丑"感恩节"记事》，了解到群里都是马老师的"得意门生"。马老师在每届或每班里挑选几位加入本群，建立一个互相交流沟通的平台。当老师提出邀请我进群时，我感到十分荣幸。感谢网络，使得我与群里很多已经毕业几年、十几年甚至几十年的师兄师姐们有一个交流的平台。

执教五十年,是一件难事,也是一件幸事。我希望以后自己走上工作岗位,像马老师学习,帮助自己的学生发展自我,和学生共同进步。

值此马老师执教五十周年之际,祝老师身体健康!

罗远红[①],浙江师范大学历史系2022届

于浙江金华

2022年5月9日

[①] 罗远红,女,浙江丽水人,浙江师范大学人文学院历史学2022届毕业生。大学通过农硕计划,主要安排是接下来三年在温州文成县"半工半读",第四年前往浙江师范大学脱产学习取得硕士学位。在本科阶段取得的成绩有:校优秀课题,校三等奖学金,院优秀毕业生等。希望在接下来的工作中与学生一起共同进步,成为一名优秀的人民教师。

七十二、忆随笔：与马老师

恍惚间已经大四，临近毕业，正在做毕业论文，恰遇马昌法老师从教五十周年的纪念活动，想来与马老师相遇相识也一年有余，就打开记忆的闸门，随笔记录回忆一番。

（一）有缘

还记得第一次与马老师相遇，还是在去年大三的微格课上，因为我们原来微格课的黄晓老师外出培训，学院请虽然退休七年却有丰富的中学物理教学经验的马老师给我们上课。马老师站在讲台上，神采飞扬地讲述自己的从教故事与心得经验，侃侃而谈怎样上好物理课，怎样当好物理教师。我当时苦于没有足够的上课经验，对微格课又爱又恨，爱的是能从马老师身上学习到师范生所需要的知识；恨得是对课堂教学方面知识的掌握和运用时常不能让我自己满意。因此，我按照马老师给出的优质课要求认真备课，听从马老师的引导，多次尝试课外试讲。这些经历为我积累课堂经验、锻炼师范技能打下了良好的基础。此外，在后来的微格课各项教学技能训练课上，马老师对我的"上课"进行了认真、细致的点评和指导。其中，让我印象最为深刻的是"摩擦力"的实训课，马老师对我板书设计、概念讲解进行了评价，让我对板书的设计语言，学科概念的讲解产生了新的理解，开阔了我的思路，帮助我找到了前进的方向。

（二）尊重

第二次与马老师相识，是在桐乡凤鸣高中的实习组中。去年9月，我们语文、数学、物理、心理等八个学科参与"卓越教师项目"以及保送研究生，原先准备延期半年实习的十六位同学临时组建一支实习队到桐乡凤鸣高级中学实习，学校教务处了解到马老师虽退休多年但一直在帮初阳学院带实习，就请他为我们此次实习编队的高校指导老师。这样就和马老师在桐乡凤高度过难忘的两个多月实习岁月，慢慢地与老师熟悉起来了。

这次相识让我对马老师有了更深的了解。首先在实习队出发前，尽管有过微格训练，又都是"学霸"，马老师还是要求我们每位实习生进行本学科知识的实践试讲。在试讲前，马老师向实习队讲述了自己的教育理念，提出了一堂优质课的标准，告诉我们虽然学科不同，标准也有差异，但基本精神是相通的，当时我已经是第二次聆听马老师的教育思想，但是我依然从中吸收了许多第一次学习时未曾关注的细节。常读常新，这正是马老师教育理念的魅力所在。马老师的优质课要具备"凤头、猪肚、豹尾"三内容的说辞；教师课堂教学要"创设情景、指明目标、引导策略方法"三步骤的过程，令我们耳目一新。在工作上，马老师十分认真，实习前，帮我们与学校沟通，给我们安排好了办公室、寝室、食堂、出入校手续等等。

实习的两个多月中，马老师一直陪伴着我们。每当我们遇到问题时，马老师总是会热情帮助，给予指导，有时也会在为人处世上给我们启发。我作为实习组中物理学科的"独苗"，与马老师在课堂教学上有过许多沟通。此外，对于其他学科的同学，马老师也是尽己所能帮助他们提升教学技能。实习中，我发现实习

七十二、忆随笔：与马老师

学校即凤鸣高中有很多物理老师都曾是马老师的学生，受过马老师的教诲，学习过马老师的教育理念，同时他们非常尊重马老师，可以说，马老师对他们的教育道路起到了非常深刻的影响，我的中学指导老师罗成老师也是他的学生，在读教育硕士时是马老师给他们上的课，那天，罗老师还和他们学校的物理特级教师赵老师一起请我和马老师赴宴，表示感谢！

生活中的马老师从未停止学习新事物。对于年纪比较大的长辈，我一直有一个刻板印象：他们不愿意或很难接受新事物，尤其是电子产品。而马老师，却一直在不断地学习、尝试，马老师就是我们身边最好的榜样，学习永不停止，做终身学习者。

（三）期待

临近实习结束的时候，马老师向我介绍了他的"马铭群"，看到他《辛丑"感恩节"记事》，了解到这个群是为他前后五十年的学生而建，目的是提供平台，供大家相互学习和讨论，我就高兴地加入了这个群。

在群里，马老师每天转发《冯站长之家》，会提出一些自己的想法，从2021年3月26日那天开始，筹备组倡议我们写文稿纪念老师从教五十周年。通过群里师兄师姐们相互交流自己在各行各业的心得体会，我熟悉了老师在民办教师、金华一中、浙江师范大学三个不同时期的学生，知道老师这五十年从小学教到初中、高中、大学，各个年级的课都上过，各门学科都教过。半年下来，收获满满。

257

学物理的马老师喜欢用"三"来总结问题，今天，我也用三个词来总结我和马老师的相处过程：有缘、尊重和期待。首先，我和马老师的相遇相识非常有缘；其次，我受到了马老师许多的指导，马老师的教诲给我留下深刻印象，我十分尊重马老师；最后，我期待在未来的人生道路上，更多的得到老师的引导，使自己能成为像马老师一样优秀的老师。

章行[1]，浙江师范大学2022届

于浙江金华

2022年4月26日

---

[1] 章行，女，浙江诸暨人，浙师大物理与电子信息工程学院22届毕业生。目前主要生活在金华，正在为未来三年的研究生学习生涯打基础。本科阶段取得的成绩有：完成两篇sci（科学引文索引）二区论文，并顺利取得校优秀毕业生，校优秀团员，校优秀团干等。在今后的学习生活中再接再厉，取得进步，为成为一名优秀的人民教师而努力。

后 记

　　书稿酝酿于半个世纪的教学生涯，成熟于三个月师生的通力合作。从2022年3月26日的倡议书，到2022年6月20日的确认定稿，"马铭群"里不同地域、不同年龄、不同行业群友间五年来真诚地交流，真心地交谈，真挚地交心是《一生只做一件事——从教五十年的师生情缘》成稿的基础和条件，得益于互联网时代信息的畅通和快捷，终使"真实回眸前后相隔近五十年在不同时代、不同阶段、不同学科师生间相遇、相识、相知的经历；客观回顾长短不一三年、或两月、或几节课学友间学习、探讨、提高的岁月；艺术回味相别相续或偶遇、或追寻、或牵线群友间交往、沟通、成长的体验"成为现实。

　　作为普普通通的老师，这里特别要感谢1990届金华一中学生张芳江的深情厚谊，离别廿年时的主动提议、毕业卅年后的长期坚持，不懈努力筑就牢固基础，让师生情缘生根开花。这里还要特别感谢1985届金华一中蒋文华、1987届金华一中方立忠、1990届金华一中周励谦同学的精心策划、组织实施、汇编成集，让劳动成果得以绽放。当然，这里还要衷心感谢筹备组成员1974级里旺小学朱恒标、1985届金华一中陈英、王胜珍、1990届金华一中陈江红、吴小英、程哲、1993届金华一中曹寅、2015届浙江师范大学马腾飞等同学无私奉献以及群里群外那么多学生的热情参与，大家齐心协力、共同努力，让书稿得以圆满完成。

　　职业是教师工作的载体，专业是教师工作的内涵和实质，事业是教师工作成熟和发展的风帆。三个阶段、两次提升，作为教育工作者的我们，应该逐步完成"从业"到"敬业"再到"乐业"的飞跃。我愿与大家共勉。

马昌法
于杭州青山湖
2022年6月26日

附录：马昌法老师从教五十周年年表

时间	地点	性质	教学经历	备注
1972.9	中柔五七学校	代课教师	初一语文班主任	
1973.9	让河五七学校	民办教师	初二物理化学 小学过度班数学班主任 五年级体育	
1974.9	龙潭下里旺村小学		龙潭下4年级、5年级复式 里旺1—3年级复式	
1976.9	义浦中学		高一语文、物理 高二语文	
1978.3—1982.1	浙江师范学院	本科学生	理论学习，打好基础	
1982.1	金华一中（蒋堂）	中学教师	高一（3）班物理 师从毛颖可老师	
1982.9—1985.7			高一1、4、5班物理 高二（4）班、（5）班物理，高二（5）班主任 高三（4）班、（5）班物理，高三（5）班主任 物理竞赛第一届指导教师	
1985.9—1985.11			浙江省委党校 青年干部培训	
1985.12—1986.7			高三1班、3班物理 物理竞赛第二届指导教师	
1986.9—1987.7			高三1班、3班物理，三（1）班主任 物理竞赛第三届指导教师	
1987.9—1990.7			高一——高三（7）班、（8）班物理 高一——高三（8）班主任 政教处副主任 年级组长	
1990.9—1993.7			高一——高三（4）班、（5）班物理 政教处副主任 年级组长	
1993.9—1994.7			高一（1）班、（2）班物理 政教处副主任 年级组长	
1994.9—1997.7	金华一中（八一南街）	中学高级教师	高一——高二（4）班物理 高三（4）班、高三（10）班物理 物理竞赛第十三届指导教师 政教处副主任 年级组长	
1997.9—2000.7			高一——高三（1）班、（2）班物理 物理竞赛指导教师	1997.2—1998.8 首都师范大学 研究生班

260

2000.9—2002.7		中学高级教师		2000年带实习：温岭城南中学	
				2001年带实习：湖州中学	
2002.9—2014.9	浙江师范大学院数理学院	副教授	本科生课程 中学物理教法、中学物理教学概论、物理课程与教学、中学物理实验研究、中学物理教学的理论和实践、中学物理教学技能、微格教学训练、案例教学、课堂观察与评价、学科课标研究与教材研究 研究生课程 物理课程与教学论、物理教学论、物理实验教学研究、物理课程与教材分析	2002年带实习：嘉兴一中	2002.9—2003.7华东师范大学访问学者
				2003年带实习：宁波象山中学、象山三中	
				2004年带实习：台州中学	2004—2006学科教学党支部书记
				2005年带实习：绍兴柯桥中学	
				2006年带实习：衢州一中	
				2007年带实习：丽水缙云中学	
				2008年带实习：温州乐清中学	
	浙江师范大学教师教育学院			2009年带实习：嘉兴一中	
				2010年带实习：台州中学	
				2011年带实习：杭州长河中学	
				2012年带实习：义乌二中	课程与教学系教学首席
				2013年带实习：义乌二中	
				2014年带实习：兰溪三中	
2014.10—现在	浙江师范大学初阳学院 浙江师范大学教务处	退休教师	2021.3 上课微格教学诊断	2015年带实习：镇海中学、效实中学、宁波外国语学校	
				2016年带实习：金华二中	
				2017年带实习：汤溪中学	
				2018年带实习：金华二中	
				2019年带实习：杭二中白马湖学校、建兰中学、义乌群星外国语学校	
				2021年带实习：桐乡凤鸣高中	